HEYNE <

Das Buch

Seit Anbeginn der Zeit herrscht die Schneekönigin über die weiße Öde am Rande der Welt. Kalt ist ihr Reich und aus Eis ihr Herz. Doch dann wagt die junge Magierin Tamsin Spellwell, was keiner zuvor je gewagt hat – sie raubt einen Zapfen vom Eisherzen der Schneekönigin, um die Macht der Tyrannin zu brechen.

In Sankt Petersburg, im eisigsten Winter seit Menschengedenken, treffen die beiden erneut aufeinander. Ein fantastisches Zauberduell entbrennt – doch nicht Magie bestimmt die Siegerin, sondern der Mut des Mädchens Maus.

»Kai Meyer entwirft eigenwillige, ambivalente Figuren und siedelt sie in pittoresken Milieus an.«

Frankfurter Allgemeine

Der Autor

Kai Meyer, geboren 1969, ist einer der erfolgreichsten Schriftsteller Deutschlands. Er studierte Film und Theater, arbeitete einige Jahre als Journalist und widmet sich seit 1995 ganz dem Schreiben von Büchern. Viele seiner Romane wurden Bestseller und erscheinen auch in den USA, England, Japan, Italien, Frankreich und Russland. Für *Frostfeuer* erhielt Kai Meyer 2005 den »CORINE-Literaturpreis«.

Außerdem lieferbar: *Die Alchimistin – Die Unsterbliche – Die Vatikan-Verschwörung – Das zweite Gesicht* und die Merle-Trilogie: *Die Fließende Königin – Das Steinerne Licht – Das Gläserne Wort*

Kai Meyer

FROSTFEUER

Roman

WILHELM HEYNE VERLAG
MÜNCHEN

Verlagsgruppe Random House FSC-DEU-0100
Das für dieses Buch verwendete FSC-zertifizierte Papier
Holmen Book Cream liefert Holmen Paper,
Hallstavik, Schweden.

Vollständige Taschenbuchausgabe 06/2008
Text © Kai Meyer
Copyright © 2005 der deutschen Original- und
Erstausgabe by Loewe Verlag GmbH, Bindlach
Copyright © 2008 dieser Ausgabe by
Wilhelm Heyne Verlag, München
in der Verlagsgruppe Random House GmbH
Printed in Germany 2008
Umschlagillustration: © Joachim Knappe / Loewe Verlag
Umschlaggestaltung: Nele Schütz Design, München
Druck und Bindung: GGP Media GmbH, Pößneck
ISBN: 978-3-453-53278-6

www.heyne.de

„Die meisten Menschen glauben, dass die besonders großen Schneeflocken die schönsten sind; sie sind groß genug, dass wir mit bloßem Auge etwas von ihrer Schönheit erkennen können. In Wahrheit aber sind sie meist unvollkommen. Die eindrucksvollsten Eiskristalle sind die kleinsten."

Wilson A. Bentley, Eisfotograf, 1925

PROLOG

Wo Nacht und Norden enden, liegt über Nebeln die Feste der Schneekönigin.

Niemand hat ihr eisiges Reich je vermessen.

Keiner geht ohne guten Grund dorthin. Und kaum jemand ahnt, dass ihr Palast auch heute noch dort steht, auf der letzten und höchsten aller Klippen, wo Stein und Eis zu Ewigkeit verschmelzen.

Die Schneekönigin ist alt, aber keiner weiß, wann sie zum ersten Mal die eiskalten Öden durchstreifte. Aus Wind und Frost und Zauber erbaute sie ihren Palast, und noch heute winseln die Stürme um Gnade, wenn sie sich in den endlosen Gängen und Hallen verirren. Schnee treibt durch die verwinkelten Kammern, ohne jemals den Himmel zu sehen. Und selbst das Sternenlicht des Anbeginns ist hier eingeschlossen, in Türmen aus Eiskristall und in den tödlichen Augen der Königin.

Vor Jahren, die heute wie viele erscheinen, in Wahrheit aber nur ein Blinzeln in der Lebensspanne des Palastes bedeuten, jagte ein Schneeadler durch das Labyrinth der Säle und Klüfte. Er war kein gewöhnlicher Adler, aber das wussten nur er selbst und jene eine, deren hasserfüllter Blick ihm folgte. Er hatte gestohlen, was ihr das Teuerste war.

In seinen Krallen, überzogen von glitzerndem Raureif, trug er einen Zapfen aus Eis – einen Zapfen vom Herzen der Schneekönigin.

Wer so alt und kalt und schlau ist wie die Herrin des Nordlandes, der trägt sein Herz nicht in der Brust. Ein Herz kann selbst die schwärzeste Seele wärmen – manchmal, wenn sogar die Schlechtesten nicht damit rechnen –, und auch jenes der Königin hätte wohl dann und wann Freude empfunden oder in einem seltenen Glücksmoment schneller geschlagen.

All dem aber hatte die Königin vorgebeugt. In ihr war stets nur Kälte gewesen. Schon vor vielen Zeitaltern hatte sie sich das Herz aus der Brust gepflückt und bewahrte es seither in einer Kammer ihres Palastes auf, unbehelligt von menschlicher oder magischer Regung.

Niemandem war es je gelungen, einen Blick darauf zu werfen – bis zu jenem Tag, an dem der Schneeadler durch einen Spalt im Eis der Feste flog, sich auf dem Herzen der Königin niederließ und einen Zapfen davon abbrach. Der Schmerz, den dieser Diebstahl ihr verursachte, war rasch verflogen. Doch im selben Moment, da der Zapfen von ihrem Herzen splitterte, verlor sie einen Großteil ihrer Macht. Selbst ein Wesen wie sie hat eine schwache Stelle, und diese war, wie sie nun erkannte, ihr eigenes eisiges Herz.

Sogleich rief sie ihre grausamen Diener herbei, um den Adler einzufangen und den Zapfen zurück an seinen Platz zu bringen. Aber auch sie bekamen den Vogel nicht zu fassen.

Mit ausgebreiteten Schwingen fegte er durch die Hallen und verschlungenen Gänge. Manches Mal erschrak er, wenn sein Spiegelbild auf blankem Eis an ihm vorüberhuschte oder wenn Lawinen aus Schnee durch die Korridore tobten und mit Kristallkrallen nach ihm schlugen.

Endlich aber fand der Adler zurück zu dem Spalt, durch den er in das Allerheiligste der Königin eingedrungen war, und mit ihm entkamen die gefangenen Stürme hinaus in die Freiheit der Nordlandödnis.

Nebel wogte um die Steilwand aus Eis, die unter ihm mit dem Rand der Klippe verschmolz. Tiefer hinab konnten selbst seine Adleraugen nicht spähen: Was immer von jenseits der Nacht gegen die Felsen brandete, ein Meer war es nicht. Vielleicht das Ende der Welt; oder ein Rest von dem, was vor ihr war; oder gar das, was noch kommen mochte, nach dem Abschied aller Tage.

Der Schneeadler schlug einen Haken und glitt landeinwärts, getragen von den entfesselten Winden, die ihn aus Freude über ihre Freiheit schneller über die weiße Wüste trugen als je einen anderen Vogel zuvor.

Am Boden blieben die verschneiten Dächer einer Stadt zurück, die sich an die Felsen der Festung krallte, gekrümmt, gebuckelt, in Demut und Furcht vor der Herrin. Der Adler wusste, dass ihn Augen von dort unten beobachteten, verborgen im Schatten dicker Fellkapuzen, Menschen, die wussten, was er getan hatte, und dankbar dafür waren.

Pfeilschnell schoss er über die gefrorene Einöde. Einmal glaubte er, einen furchtbaren Aufschrei hinter sich zu hören, halb wahnsinnig vor Zorn und Rachsucht. Aber er blickte nicht zurück zum Schloss, denn er fürchtete, das Gesicht der Königin zu sehen, hoch droben über den Zinnen und Türmen, geformt aus Schneetreiben und dem Nachtschwarz am Rande der Welt.

Den Zapfen ihres Herzens hielt er fest in seinen Krallen, flog, so schnell er konnte, weit, weit, weit ins Land hinaus, gen Süden dem Zarenreich entgegen, dorthin, wo er verschnaufen und sich selbst und den Zapfen verbergen konnte.

Unterwegs verwandelte sich der Adler zurück in eine Frau mit blauem Haar, die ihre Reise auf einem Schlitten fortsetzte. Neben ihr standen ein Koffer und ein Regenschirm. Sie schaute noch immer nicht über ihre Schulter. Sie ahnte, dass sie verfolgt wurde.

Ein weiter Weg.

Eine seltsame Frau.

Und der Beginn einer wundersamen Geschichte.

Das Kapitel,
in dem die wahre Heldin dieser Erzählung noch gar nicht auftritt

Sankt Petersburg, Hauptstadt des Zarenreiches 1893

Der alte Mann saß auf einer Bank vor dem Winterpalais und fütterte die Schneeflocken.

Neben ihm lag ein kleiner Lederbeutel, aus dem er dann und wann eine Hand voll silbrigen Staubes hervorzog und mit einem leisen, glücklichen Lachen vor sich in die Luft streute. Die wattigen Flocken, die seit Tagen ununterbrochen aus dem grauen Himmel fielen, schwärmten sogleich aus allen Richtungen herbei und ballten sich um die glitzernde Wolke. Wenn sie am Boden ankamen, war der Staub verschwunden. Die Schneeflocken hatten ihn aufgezehrt.

Der Mann war groß und von bulliger Gestalt, trotz seines hohen Alters. Niemand hätte gewagt, den freien Platz neben ihm auf der Bank zu beanspruchen. Man sah nicht viel von seinen wettergegerbten Zügen, denn er verbarg sie hinter einem buschigen Vollbart, so hell wie der Schnee in der nördlichen Taiga. Seine Augen inmitten verwitterter Faltensterne strahlten in einem kristallenen Blau.

Der Mann trug einen Mantel aus Bärenfell und eine mit Schnee gepuderte Mütze, doch schien er auf beides kaum Wert zu legen: Der Mantel stand offen, die Kopfbedeckung war nachlässig verrutscht. Die Kälte konnte ihm nichts anhaben.

„Guten Tag, Väterchen Frost."

Der Mann blickte auf. Für einen Augenblick schwand sein Lächeln, weil jemand es wagte, ihn bei der Fütterung der Flocken zu stören. Dann aber erkannte er die Frau, die ihn angesprochen hatte. Sein Lächeln kehrte zurück.

„Lady Spellwell?", fragte er. „Tamsin Spellwell?"

Eine Frau war aus dem Schneetreiben getreten wie ein kunterbuntes Gespenst. Ihr zinnoberfarbener Mantel reichte bis zum Boden. Die Schuhe, die darunter hervorschauten, waren spitz wie Stoßzähne – und violett lackiert. Auf dem Kopf trug sie einen viel zu großen Zylinder aus Filz, zusammengeschoben wie eine Ziehharmonika, als hätte jemand darauf gesessen. Ein farbenfroher Schal war mehrfach um ihren Hals geschlungen und dennoch so lang, dass die Enden fast bis zum Boden baumelten.

Regenbogenbunt war auch der geschlossene Regenschirm, den sie in einer Hand hielt. In der anderen trug sie einen abgegriffenen Lederkoffer.

Vor der Bank blieb sie stehen und deutete mit einem Nicken auf den freien Platz. „Darf ich?"

Väterchen Frost verschloss den Beutel und ließ ihn unter seinem Mantel verschwinden. „Es ist lange her, seit es jemand gewagt hat, sich neben mich zu setzen."

Tamsin nahm Platz, schob den Regenschirm durch den

Griff des Koffers und stellte beides neben sich auf eine Schneewehe. Dann legte sie ihre Hände mit den klobigen Fausthandschuhen in den Schoß. Unter ihrer verbeulten Hutkrempe lugten ein paar veilchenblaue Locken hervor wie die Spitzen exotischer Vogelfedern.

„Wissen diese Menschen, wer du bist?" Sie deutete auf die wenigen Fußgänger, die bei diesem Wetter mit tief gesenkten Gesichtern den Platz vor dem Palais überquerten. Hinter Vorhängen aus Schnee glitten Pferdeschlitten vorüber. Niemand nahm Notiz von den beiden sonderbaren Gestalten auf der Bank.

Der bärenhafte Alte schüttelte niedergeschlagen den Kopf. „Sie spüren etwas, das sie von mir fern hält. Aber sie erkennen die Wahrheit nicht. Einst war das anders."

Tamsin glaubte, den Geruch von Wodka in seinem Atem zu riechen. Dunkle Zeiten, dachte sie, wenn selbst der Herr des russischen Winters der Vergangenheit nachtrauert. „Danke, dass du meinen Ruf erhört hast", sagte sie.

„Dein Vater war ein Freund." Väterchen Frost zögerte kurz. „Es tut mir Leid, was geschehen ist."

Sie wollte nicht über das Ende ihres Vaters sprechen. Seit dem Tode Master Spellwells war noch nicht genug Zeit verstrichen. „Wie lange schneit es schon so stark?"

Väterchen Frost blickte zum Himmel. „Seit ein paar Tagen. Und bevor du fragst: Nein, ich habe nichts damit zu tun. Und ich kann es nicht ändern."

Sie fluchte leise. Ihr fiel nur ein einziger Grund ein, warum Sankt Petersburg von solchen Schneefällen heimgesucht wurde.

„Hast du ihn dabei?", fragte er unvermittelt. „Den Herzzapfen der Schneekönigin?"

Sie nickte, machte aber keine Anstalten, ihn unter ihrem Mantel hervorzuziehen. Sie spürte seine Kälte an ihrer Brust. Je länger sie ihn bei sich trug, desto schmerzlicher war die Vorstellung, sich wieder davon trennen zu müssen.

„Ich will ihn nicht", sagte der alte Mann. „Ich weiß, dass du deshalb hergekommen bist."

Sie schloss für einen Moment die Augen, enttäuscht, verzweifelt. „Wem sonst könnte ich ihn geben?"

„Für wen hast du ihn denn gestohlen?"

„Mein Vater und ich sind vor ein paar Monaten von einer Gruppe Revolutionäre angeheuert worden, oben im Reich der Königin. Sie planen seit Jahren einen Umsturz. Sie wussten, dass nur jemand wie mein Vater das ... Talent besitzt, die Macht der Königin zu brechen."

„Oder jemand wie du. Menschen mit ganz besonderen Fähigkeiten."

Sie lächelte zum ersten Mal, seit sie neben ihm Platz genommen hatte. „Im Vergleich zu ihm bin ich nur ein Kind."

„Ja. *Sein* Kind."

Ihr Lächeln wurde für einen Augenblick breiter. Dann verfinsterten sich ihre Züge wieder. „Ich hatte so gehofft, dass du mir den Zapfen abnimmst. Mir fällt niemand sonst ein, dem ich ihn anvertrauen könnte."

Der Alte schüttelte den Kopf. „Er würde mich verderben. So, wie er die Seele eines jeden vereist, der ihn zu lange bei sich trägt." Ein Funkeln war plötzlich in seinen Augen, vielleicht war es Argwohn, vielleicht etwas ganz anderes. „Du magst Recht damit haben, dass du ihn loswerden musst. Aber es gibt nur eine einzige Möglichkeit."

Sie runzelte die Stirn. „So?"

„Bring ihn ihr zurück."

Tamsin presste die Lippen aufeinander. Sie waren trocken und rissig von der bitteren Kälte. „Niemals", sagte sie nach einem Augenblick.

„Aber du hast selbst schon daran gedacht, nicht wahr?"

„Nein", log sie. „Mein Vater ist bei dem Versuch gestorben, ihn zu stehlen. Die Schneekönigin hat ... sie hat ihn getötet." Master Spellwells Körper war im Palast der Tyrannin zurückgeblieben; dort stand er als vereiste Statue in einem der zahllosen Eisdome, wo nur die Stille ihm Gesellschaft leistete.

Tamsins Unterlippe zuckte. „Lieber soll es mir ergehen wie ihm, als dass ich ihr den Zapfen freiwillig zurückgebe."

Väterchen Frost lächelte milde und schob seine zitternde Rechte über ihre Hände. „Das sind tapfere Worte, Tamsin Spellwell. Wir sind uns nur einmal begegnet, und da warst du noch ein kleines Mädchen. Aber dein Vater hat schon damals gesagt, dass du großen Mut hast."

„Bitte", sagte sie eindringlich, „verwahr du den Zapfen."

„Niemals." Er zog seine Hand zurück und strich sich über den weißen Bart. „Dies ist jetzt allein dein Kampf. Und deine Entscheidung. Sag mir, wie alt bist du jetzt?"

„Fünfundzwanzig."

„Du siehst jünger aus."

„Kann das jemand beurteilen, der älter ist als die Berge und Wälder?"

Sein Lachen klang wie geraspeltes Eis. „Vielleicht nicht. Aber nimm trotzdem einen Rat von einem alten Narren an. Gib ihr den Zapfen zurück, bevor sie dich vernichtet. Was geht dich ihr Reich an – oder die Menschen, die dort in Knechtschaft leben?"

Tamsin schüttelte abermals den Kopf. Ihr Entschluss stand fest. Plötzlich war neue Kraft in ihr, flackerte empor wie Flammen aus kalter Kaminasche. „Du weißt, dass es nicht um ihr Reich geht. Nicht mehr." Sie schwieg einen Moment. „Ist sie schon hier? In Sankt Petersburg?"

Er nickte. „Diesen Schnee hat sie mitgebracht. Die Flocken werden redselig, wenn man sie füttert."

„Wo hält sie sich auf?"

Er sagte es ihr.

Tamsin rückte den zerknitterten Zylinder zurecht und erhob sich von der Bank.

„Was hast du jetzt vor?", fragte er.

„Ich sorge dafür, dass sie mich findet."

„Und dann?"

„Nun – ich werde meinen Auftrag zu Ende bringen. Das ist das, was meine Familie schon seit vielen Generationen tut."

„Und Rache nehmen für den Tod deines Vaters?" Er klang enttäuscht.

Tamsin nahm Regenschirm und Koffer, blieb aber vor ihm stehen. „Sie will den Herzzapfen zurück. Und sie weiß, dass nur ich ihn ihr geben kann. Also wird sie zu mir kommen."

„Du willst ihr eine Falle stellen?"

Tamsin gab keine Antwort.

„Was für eine dumme, dumme Idee", sagte er.

„Gehab dich wohl", wünschte sie ihm zum Abschied.

„Warte!"

Sie wandte das Gesicht zu Boden, dann sah sie ihn an.

„Du solltest noch etwas wissen." Er stieß einen tiefen Seufzer aus, wie ein Erwachsener, der zu einem uneinsichtigen Kind spricht. „Dieser plötzliche Wintereinbruch, all der Schnee, diese Kälte … es hat mit ihr zu tun."

„Und?"

„Du glaubst, sie bringt das alles mit sich, wie eine Schleppe aus Winterwetter, nicht wahr? Aber so einfach ist es nicht. Das hier ist eine *andere* Art von Kälte. Und nur ein Vorgeschmack."

Tamsin blickte ihn fragend an.

„Seit du ihr den Herzzapfen gestohlen hast, schwindet ihre Macht", fuhr er fort. „Die Kälte des Anbeginns, die vor der Welt da war, fließt aus der Königin heraus und beansprucht den Platz zurück, der einst ihr gehört hat."

„Dann wird es schlimmer werden?"

„Viel schlimmer", sagte er düster. „Nur wenn die Königin den Zapfen zurückbekommt und ihre alte Macht wieder herstellt, kann sie die Kälte in ihre Schranken weisen. Anderenfalls droht uns ein Winter, wie es noch keinen gegeben hat. Nicht einmal ich würde das lange überstehen."

„Wie viel Zeit bleibt mir?"

„Um den Zapfen zurückzugeben und die Kälte aufzuhalten? Oder um die Königin zu vernichten?"

„Wie viel Zeit?"

„Ein paar Tage. Allerhöchstens."

Tamsins Hand schloss sich fester um den regenbogenbunten Regenschirm. In ihrem zerbeulten Koffer bewegte sich etwas, rumorte ganz sachte.

„Ich danke dir", sagte sie und ging.

Väterchen Frost zog traurig den Beutel hervor und fuhr fort, die Flocken mit vergessenem Zauber zu füttern.

DAS KAPITEL,
IN DEM WIR DEM MÄDCHENJUNGEN
MAUS BEGEGNEN. UND DEM GEFÄHR-
LICHEN RUNDENMANN

Wahr ist, dass Maus ein Mädchen war. Aber das wussten nur wenige. Die meisten hielten sie für einen Jungen. Und wenn Maus in einen Spiegel blickte, glaubte sie das manchmal sogar selbst.

Wahr ist auch, dass sie eine Diebin war.

Wie von tausend Teufeln gehetzt, rannte sie durch die Korridore des ehrwürdigen Grandhotels Aurora. Der Mann, der sie verfolgte, war ihr dicht auf den Fersen. Kein guter Tag für Hotelzimmerdiebe. Nicht einmal dann, wenn sie ihre Diebereien mit so großem Geschick begingen wie Maus.

Die obere Etage des Hotels Aurora war für besondere Gäste reserviert. Nach vorn zum Boulevard hin, dem berühmten Newski Prospekt, lag die prunkvolle Zarensuite; eine Übernachtung darin kostete mehr, als Petersburgs einfache Bürger in einem Jahr verdienten.

Maus eilte flink unter silbernen Leuchtern dahin, die

elektrisches Licht verströmten. Die Spucknäpfe in den Ecken waren aus feinstem Porzellan. An den Wänden der Korridore standen schwere Kommoden aus Mahagoni. Spitzendeckchen flatterten im Zugwind, als Maus an ihnen vorüberjagte.

Manchmal blickte sie über ihre Schulter, um zu sehen, ob ihr Verfolger schon aufgeholt hatte. Aber noch hielt sie ihren Vorsprung. Es wäre nicht das erste Mal, dass sie ihm entkäme.

Maus trug eine Pagenuniform, die an mehreren Stellen geflickt war, wenn auch nicht so sehr, dass es einer der hoch geschätzten Gäste auf den ersten Blick bemerkt hätte. Hose und Jacke waren aus violettem Samt, besetzt mit schimmernden Schnallen und selbst genähten Schulterstücken aus goldenen Teppichfransen. Ihre Lackschuhe waren makellos geputzt – denn das war eine von Maus' Aufgaben hier im Hotel Aurora: nachts die Schuhe aller Gäste vor den Türen einsammeln, sie in den Keller bringen, dort allesamt auf Hochglanz polieren und vor dem Morgengrauen wieder vor den Zimmern verteilen. Ohne ein einziges Paar zu vertauschen, versteht sich.

Dazu gehöre Talent, behauptete Kukuschka, der Eintänzer im Ballsaal. Dazu gehöre gar nichts, sagte Maus. Nur die Bereitschaft, nachts auf den Beinen zu sein und am Tag zu schlafen. Und nicht einmal das war eine Leistung, wenn einem keine andere Wahl blieb.

Die Schritte in Maus' Rücken wurden lauter.

Gab es einen besonderen Grund, weshalb sie nach all den Jahren gerade heute erwischt werden sollte? Sie hatte am Abend ihren Teller mit dem, was die Gäste übrig ließen, leer gegessen und die Hänseleien der übrigen

Pagen und Zimmermädchen stumm über sich ergehen lassen; sie hatte so getan, als würde sie nicht hören, dass sie alle über sie sprachen, und das nicht einmal heimlich. „Mädchenjunge", lästerten sie. „Da geht der Mädchenjunge und stinkt nach alten Schuhen."

All das hatte sie wie jeden Tag ertragen. Sie hatte sich nichts zu Schulden kommen lassen, wirklich nicht.

Außer vielleicht diesen winzigen Diebstahl. Nicht ihr erster, keineswegs, aber sie war ja auch bislang immer davongekommen.

Wieder schaute sie nach hinten. Der schwere Teppichboden verschluckte die Schritte ihres Verfolgers fast vollständig. Maus zog die goldene Brosche aus der Uniformtasche und umschloss sie fest mit der Faust. Die Tür des Zimmers war unverschlossen gewesen – nicht *ihr* Fehler, oder? –, und die Brosche hatte offen auf einem Haufen Kleider gelegen. Dabei wurde doch allerorts vor Dieben gewarnt, gerade in solch schlechten Zeiten. Hatte die Besitzerin nicht besser Acht geben können?

Nein, Maus traf nun wahrlich keine Schuld. Sie hatte nur die Einladung angenommen, das Ding in ihre Tasche zu stecken. Und passiert ist nun mal passiert. Verzeihung, gnädige Frau.

Es war eine Frage der Ehre, ihr Beutestück zu all den anderen im Keller zu bringen. Später jedenfalls. Vorerst musste sie das Ding loswerden. Und zwar an einem Ort, an den niemand sonst seine Nase steckte. Erst einmal weg damit, sodass es keiner bei ihr finden konnte. Schon gar nicht der Rundenmann, der seit einer Ewigkeit darauf aus war, sie auf frischer Tat zu ertappen. Keine Beweise, kein Diebstahl. Keine Strafe für Maus.

Der Gang lag schier endlos vor ihr und war nur mit zwei einsamen Kommoden möbliert. Alle Schubladen waren zugeleimt. Die einzige Tür im ganzen Korridor führte zur Zarensuite. Es gab einen Spucknapf, sogar mit Goldrand, aber das war ein miserables Versteck.

Maus schwitzte, und das nicht nur vom Rennen. Allmählich wurde die Lage ernst. Der Rundenmann versuchte schon lange, sie zu überführen. Er würde sie am Schlafittchen durch die Korridore zerren und triumphierend dem Concierge in der Eingangshalle präsentieren: „Hier, eine Diebin! Der Mädchenjunge!" Und dann, ja dann würde man sie aus dem Hotel werfen, hinaus in die Kälte der russischen Winternacht. Ohne einen Ort, an dem sie unterkriechen konnte. Ohne eine einzige Kopeke, um davon ein Stück Brot oder heißen Tee zu kaufen.

Ganz zu schweigen von dem *anderen*, das sie dort draußen umbringen würde.

Maus musste handeln. Schleunigst. Kurz spielte sie mit dem Gedanken, die Brosche zu verschlucken. Aber das Ding war größer als ihr Daumen und wurde mit einer Anstecknadel befestigt. Keine gute Idee.

Sie hatte ein Drittel des Korridors hinter sich gebracht, als der Schatten des Rundenmanns an der letzten Biegung auftauchte. Der Eingang der Zarensuite, genau in der Mitte des Flurs, war ein prachtvolles Portal, mit kunstvollen Säulen zu beiden Seiten und dem Relief eines brüllenden Bären oberhalb der Tür.

Davor standen zwei Paar Schuhe.

Bis hierher war Maus auf ihrer heutigen Sammeltour noch nicht gekommen. Ihr Wagen, auf dem sie die Schuhe der Gäste – oft hundert Paar und mehr pro Nacht – durch die Gänge schob, stand eine Etage tiefer.

Maus war seit mehreren Jahren für die Schuhe der Hotelgäste zuständig. Sie kannte sich aus mit Formen, Größen, Ledersorten. Doch solch merkwürdige Exemplare hatte sie in ihrem Leben noch nicht gesehen.

Das eine Paar waren zwei kostbare Damenschuhe, sehr filigran gearbeitet, mit hohen Hacken und aus einem Material, das wie Kristall aussah.

In schroffem Gegensatz dazu stand das andere Paar. Zwei alte Lederschuhe, flach und schmucklos, wie die Straßenjungen sie trugen, die am Kücheneingang um Essensreste bettelten. Das Seltsame daran war ihr Zustand – sie sahen aus, als hätte ein Tier darauf herumgekaut, nachdem sie ungefähr ein Jahr lang bei Wind und Wetter im Wald gelegen hatten.

Maus blieb keine Zeit, darüber nachzudenken. Einer Eingebung folgend stopfte sie die Brosche in einen der beiden zerlumpten Lederschuhe – etwas warnte sie davor, das Kristallpaar zu berühren –, bevor sie sich nach ihrem Verfolger umblickte. Der Rundenmann war noch immer nicht in Sichtweite. Einen Augenblick lang bekam sie eine Gänsehaut, und erst in dem Moment wurde ihr bewusst, wie ungewöhnlich kalt es hier war. So als läge hinter der Tür keine beheizte Suite, sondern der zugeschneite Boulevard mit seinen tanzenden Windhosen aus Eiskristallen.

Sie sprang auf und rannte weiter, ließ Zarensuite, Schuhe und Brosche hinter sich. Sie erreichte die nächste Ecke, wollte schon aufatmen –

Und lief dem Rundenmann geradewegs in die Arme.

Er packte sie unter den Achseln, hob sie mühelos vom Boden und wartete, bis sie aufgehört hatte zu strampeln. Ihr Gesicht war nun auf einer Höhe mit seinem.

„Maus", sagte er nur. Die Art und Weise, wie er ihren Namen betonte, legte nahe, dass nun ihr letztes Stündlein geschlagen hatte.

Er war der Wachmann des Hotels. Jede Nacht zog er allein seine Runden durch das Aurora, genau wie Maus, und niemand wusste, wie sein wirklicher Name lautete.

Er war groß – fast doppelt so hoch wie Maus –, und seine Schultern schienen ihr so breit wie der Korridor zu sein. Seine Hände waren wie Schaufeln und offenkundig nur dazu gemacht, Dieben wie ihr den Kopf abzureißen. Er hatte ein flaches Riesengesicht, dessen Wangenknochen so weit auseinander lagen, dass Maus sie von nahem nur aus beiden Augenwinkeln sah: Seine groben, wie aus Fels gehauenen Züge nahmen ihr gesamtes Blickfeld ein.

„Maus", sagte er abermals, und jetzt klang es noch bedrohlicher.

„Lassen Sie mich los!" Sie versuchte, mit den Füßen nach ihm zu treten, und kam sich trotz ihrer Angst ein wenig albern vor. Eine Mücke hätte ihm kaum weniger gefährlich werden können.

Tatsächlich setzte er sie nach einem weiteren unergründlichen Blick am Boden ab, hielt sie aber mit der linken Hand am Arm fest, während seine Rechte begann, ihre Uniform abzutasten.

„Die Taschen", sagte er.

Im Grunde war sie ganz froh, dass er sie festhielt. Wer weiß, ob ihre zitternden Knie sie aus eigener Kraft getragen hätten.

„Taschen", brummte er abermals.

Erst nach einem Augenblick verstand sie, was er von ihr wollte. Es war ein bisschen so, als versuchte sie, die Grunzlaute eines Tieres zu entschlüsseln.

Mit bebenden Fingern stülpte sie das Innenleben ihrer Hosentaschen nach außen. Aus einer fiel eine Haselnuss. Das war alles.

Der Rundenmann hob eine Augenbraue.

„Da ist sonst nichts", sagte sie spitz, weil sie sich erinnerte, dass Angriff angeblich die beste Verteidigung war. Aber wer immer sich diesen Spruch ausgedacht hatte, er hatte es vermutlich in der behaglichen Sicherheit eines Ohrensessels getan, nicht in einem Augenblick höchster Not.

„Hmm?", grummelte er und beugte sich bedrohlich vor. Ihr wurde ganz schwindelig beim Anblick dieses Menschenturms.

„Ich hab nichts geklaut", sagte sie beharrlich.

Das war dumm, durchfuhr es sie. Er hat dir ja nicht mal vorgeworfen, etwas gestohlen zu haben. Nun weiß er, dass du ein schlechtes Gewissen hast.

Das Gefährliche am Rundenmann war nicht so sehr seine Größe und Kraft. Vielmehr war es die Tatsache, dass man ihn unterschätzte. Sicher, er war riesig und konnte einen jederzeit mit einem Schlag ins Jenseits befördern. Aber zugleich wirkte er in seiner Einsilbigkeit unbeholfen wie ein zu groß geratenes Kind – und Maus wurde den Verdacht nicht los, dass er diesen Eindruck mit voller Absicht erzeugte. Insgeheim, und davon war sie überzeugt, besaß der Rundenmann eine messerscharfe Schläue. Wenn er wollte, konnte er sich trotz seiner kolossalen Gestalt lautlos wie eine Katze bewegen. Oft stand er gerade dann unverhofft hinter einem, wenn man am wenigsten mit ihm rechnete. Nicht zu vergessen jene Augenblicke, wenn er an mehreren Orten zugleich zu sein schien. Und auch wenn er selbst gar nicht anwesend war – seine Augen und Ohren waren allgegenwärtig.

In seinen Blicken las sie die Gewissheit, dass sie die Brosche gestohlen hatte. Er wusste es, woher auch immer.

Kukuschka hatte Maus erzählt, dass manch einer im Hotel den Verdacht hegte, der Rundenmann arbeite als Spitzel für die Geheimpolizei. Das war ein Gerücht, dem Maus nur allzu gern Glauben schenkte. Die Männer und Frauen der Geheimpolizei waren im ganzen Zarenreich wegen ihrer Heimtücke und Grausamkeit verhasst. Dass ausgerechnet Maus' Erzfeind einer von ihnen sein sollte, schien ihr so nahe liegend, dass sie sich damals gewundert hatte, nicht von selbst darauf gekommen zu sein. Ein Spitzel! Natürlich!

Und dieses Ungetüm von einem Mann, dieser hinterlistige Verräter, hatte sie zu seinem persönlichen Lieblingsopfer erkoren. Maus, die keinen anderen Namen als diesen besaß; die hier im Hotel geboren war und es seither nicht verlassen hatte; die alle nur den Mädchenjungen nannten, weil ihr Körper so mager und ihr Haar raspelkurz war; ausgerechnet sie hatte seinen Zorn und sein allwissendes Auge auf sich gezogen.

Sie war erledigt. Hatte sie wirklich geglaubt, ihn hereinlegen zu können, indem sie ihr Diebesgut in einem Schuh versteckte?

Sie schloss die Augen und wartete auf das, was als Nächstes geschähe.

Der Druck seiner Hand auf ihren Oberarm ließ nach. Ganz kurz beschlich sie die Hoffnung, dass er fort sein könnte, wenn sie die Augen aufschlug, so wie irgendein Hirngespinst.

Aber natürlich war er nicht fort. Er stand da und starrte sie an. Vollkommen reglos, die Züge so starr wie aus Lehm geknetet.

„Ich beobachte dich", flüsterte er.

Sie nickte unbeholfen.

„Und ich weiß immer, was du tust."

Da wurde sie von solch einem Schauder geschüttelt, dass sie sich instinktiv herumwarf und floh. Sie rannte zurück um die Ecke, den langen, eiskalten Flur hinunter und an der Zarensuite vorbei, ohne einen zweiten Blick auf die Schuhe zu werfen. Sie konnte später wiederkommen und sie zum Putzen abholen.

Der Rundenmann blieb hinter der Biegung zurück, aber sie erkannte an seinem Schatten, dass er noch immer dort stand, abwartend, bewegungslos. Vielleicht war es auch nur sein Schatten, und er selbst war längst anderswo.

Ich beobachte dich.

Sie glaubte ihm aufs Wort.

Um noch eine Ecke fegte sie, an holzgetäfelten Wänden vorüber, unter Kronleuchtern hinweg, an denen Diademe aus Glassteinen klirrten im Luftzug ihrer Flucht.

Ich weiß immer, was du tust.

Ihr war sterbenselend, als sie endlich den vergitterten Lift erreichte.

„Hallo, Maus!"

DAS KAPITEL
ÜBER EINEN VERRAT UND DIE
SCHRECKEN DER AUSSENWELT

Maxim, der Liftjunge, stand in seiner Kabine, eine Hand am offenen Schiebegitter, die andere an dem langen Hebel, der den Aufzug auf seine Reise durch die Stockwerke schickte. Er lächelte Maus entgegen.

Sie blieb einige Schritte vor ihm stehen. Das Innere der Kabine war mit poliertem Messing, Gold und Spiegeln ausgekleidet. Elektrisches Licht erfüllte den engen Kasten mit dem Schein eines ewigen Sonnenuntergangs. Sein Glanz floss aus dem Inneren des Lifts auf den Gang und berührte Maus' Fußspitzen.

Maxim blickte an ihr vorbei durch den Korridor. „Wo ist dein Schuhwagen?"

Seltsam, dass er danach fragte. Die Liftjungen hassten es, wenn Maus mit dem klobigen Karren ihre Kabine belegte. Maus selbst nahm den Geruch der Schuhe längst nicht mehr wahr, aber die Jungen behaupteten, im Lift würde es noch eine Stunde später nach Schweiß und

Leder stinken. Ärgerlicherweise gab es nur diesen einen Aufzug im Hotel, und mit dem Wagen die Treppen zu benutzen, war unmöglich. Tatsächlich war dies der erste Fahrstuhl seiner Art in ganz Russland, importiert aus Amerika, wo die neue Technik von einem Mann namens Otis entwickelt worden war. Die Direktion des Aurora war ungeheuer stolz darauf.

Maxim war nicht irgendein Liftjunge. Mit seinen sechzehn Jahren war er der älteste und erfahrenste unter ihnen. Der geborene Anführer. Und hübsch außerdem. Maus war einmal heimlich in ihn verliebt gewesen – bis zu dem Tag, als sie beobachtet hatte, wie er sich für ein paar Kopeken vom reichen Töchterchen eines Hotelgastes küssen ließ.

„Also?", fragte er.

Sie suchte vergeblich nach Spott oder Hinterlist in seinem Tonfall. Womöglich wollte er wirklich nur freundlich sein.

„Also was?", fragte sie spröde.

„Dein Wagen."

„Oh, der ... Ich hab ihn eine Etage tiefer stehen lassen."

„Soll ich dich runterfahren?" Alle Liftjungen waren ungemein stolz auf ihre Aufgabe, beinahe als würden sie die Gitterkabine auf eigenen Schultern durch die Stockwerke tragen. Außerdem hatten sie die schönsten Uniformen. Ganz samtig rot und mit demselben Goldimitat besetzt, das ihre Kabine schmückte. Im Lift verschmolzen sie vollends mit der blitzenden, spiegelnden Umgebung. *Meine Goldjungen*, nannte sie der Concierge, dessen Lieblinge sie waren. Aber Maxim war jedermanns Liebling.

„Ich nehm lieber die Treppe", sagte Maus und wollte sich abwenden.

„Nun komm schon rein. Mitten in der Nacht fährt eh keiner mit dem Lift. Mir ist langweilig."

Und daran sollte ausgerechnet sie etwas ändern? Maxim hatte ihr niemals mehr Beachtung geschenkt als einem schmutzigen Fußabdruck, den ein Gast in seinem Aufzug hinterlassen hatte.

Vorsichtig ging sie auf die Kabine zu und trat damit vollends in den goldenen Lichtschein. Aus irgendeinem albernen Grund kam sie sich plötzlich wie ein richtiges Mädchen vor, so als machte das überirdische Licht diesmal nicht nur den Liftjungen, sondern auch sie selbst viel schöner.

„Vierter Stock?", fragte Maxim und nahm mit der Hand am Hebel Haltung an, so als hätte der Zar persönlich seinen Aufzug betreten.

Maus zögerte kurz, schaute sich ein letztes Mal auf dem verlassenen Korridor um, dann trat sie über den schmalen Spalt ins Innere der Kabine. Ihr wurde ein wenig schwindelig, als ihre Füße trotz des Teppichs einen leisen, hohlen Laut erzeugten. Die Gewissheit des tiefen schwarzen Schachts unter ihr erfüllte sie stets mit Unbehagen.

Nachdem Maxim die Gittertür geschlossen hatte, stellte sie sich neben ihn, damit sie ihm nicht in die Augen sehen musste. Aber vor lauter Aufregung – und sie war noch immer ein wenig atemlos von ihrer Flucht – hatte sie die Spiegel an den Wänden der Kabine vergessen. Wohin sie auch blickte, aus allen Richtungen schien der blonde Liftjunge sie anzusehen.

Maus hasste Spiegel. Sie war zu klein und dünn für ihr Alter, und wenn sie sich so anschaute, war wirklich nicht viel Mädchenhaftes an ihr. Sie war blass, sogar bei diesem Licht, das jeden anderen Menschen gesund aussehen ließ; selbst ihre Lippen kamen ihr farblos und schmal vor. Ihre dunkelblauen Augen wirkten stets ein wenig müde, vielleicht, weil sie immer müde *war*. Der Concierge, der allen niederen Hotelbediensteten vorstand, hatte festgelegt, dass sie wie ein Junge auszusehen hatte, sonst würden die feinen Gäste es vielleicht übel nehmen, dass man sie die ganze Nacht hindurch schuften ließ. Das war schon so gewesen, als sie noch sehr klein war, daher kannte sie es nicht anders. Maus, der Mädchenjunge.

Der Lift setzte sich mit einem Ruckeln in Bewegung. Über ihnen im Schacht fauchte das Dampfgetriebe. Mächtige Zahnräder knirschten.

„Das ist eine schöne Uniform", sagte sie, weil das verlegene Schweigen sie ganz zappelig machte.

„Danke", sagte Maxim, und nun tastete sein Blick ihre eigene Kleidung ab.

Das hast du nun davon, dachte sie bitter. Er wird sofort sehen, dass ich die Schulterstücke mit Teppichfransen ausgebessert habe.

„Möchtest du auch so eine?", fragte er.

Sie konnte ihm noch immer nicht in die Augen sehen. „So eine?", wiederholte sie unsicher.

„Eine Uniform wie meine."

„Ich bin kein Liftjunge." Und werde auch nie einer sein, setzte sie im Stillen hinzu, weil nämlich der Concierge keine Mädchen mag, nicht mal, wenn sie wie Jungen aussehen.

„Das macht doch nichts. Ich bin im letzten Jahr fast einen Kopf gewachsen. Du kannst eine von meinen alten haben."

„Das ist nicht dein Ernst!"

„Warum nicht? In meiner Kiste fressen sie doch nur die Motten."

Schwer vorzustellen, dass es in den Schlafräumen der Pagen und Liftjungen Motten gab. In dem Kellerloch, in dem Maus schlief, gab es sogar Ratten. Aber das störte sie nicht. Sie mochte so ziemlich alles, was klein war und am Boden kroch.

„Nun?", fragte Maxim.

Der Lift kam zum Stehen. Vor dem Gitter der Kabine lag jetzt ein Korridor, der nur unmerklich weniger prachtvoll wirkte als jener in der Suitenetage. Alles im Hotel Aurora war edel, kostbar und elegant. Abgesehen vom Benehmen mancher Angestellter, wenn kein Gast zugegen war.

In einiger Entfernung wartete Maus' Schuhwagen, ein stählernes Regal auf vier Rädern.

„Du würdest sie mir einfach so geben?", fragte sie zweifelnd.

Er strahlte wie das Goldimitat an den Wänden. „Ich kann doch eh nichts damit anfangen."

„Ich hab kein Geld."

„Ich will sie dir ja auch schenken."

Er mag dich nicht, gemahnte sie ihre innere Stimme. Niemand hier mag dich.

„Einverstanden!", platzte sie heraus. Ihr Herz raste schon wieder genauso schnell wie vorhin, als der Rundenmann sie gepackt hatte. Nur dass der Grund jetzt ein besserer war.

„Also dann", sagte Maxim, trat mit ihr auf den Gang, verschloss das Gitter von außen mit einem Schlüssel und befestigte daran ein Metallschild mit der Aufschrift *Außer Betrieb*. Maus fand das ziemlich mutig. Aber vermutlich konnte sich jemand wie Maxim solche Eskapaden erlauben.

Maus folgte ihm den Flur hinunter, zu einer Tür, deren Aufschrift darauf verwies, dass hier nur Hotelpersonal Zugang hatte. Dahinter lag ein ungleich engerer, dunklerer Gang, der zu den Schlafräumen der Bediensteten führte. Keine Teppiche, keine Bilder an den Wänden. Rohre lagen hier offen über dem Putz, nicht hinter Holztäfelungen.

Maxim ging mit Maus bis ans Ende eines Korridors. Dort befand sich ein Notausgang, eine schwere Tür mit Eisenriegel; Maus hatte keine Vorstellung von dem, was dahinter lag. Sie kannte das Äußere des Hotels lediglich von dem Gemälde im Tanzsalon, und dort war nur die glanzvolle Fassade am Newski Prospekt zu sehen, nicht aber die Rückseite oder andere Trakte des Gebäudes.

„Warte hier", sagte Maxim. Rechts und links des Flurs befanden sich die Türen der Schlafsäle. Je sechs Männer mussten sich ein Zimmer teilen. Die Räume der weiblichen Bediensteten lagen ein Stockwerk tiefer.

Maus nickte ihm zu, als er mit einem aufmunternden Lächeln hinter der letzten Tür auf der linken Seite verschwand. Eine muffige Wolke Schlafzimmergeruch wehte Maus entgegen.

Sie fühlte sich hier alles andere als wohl, und schon bereute sie, dass sie das Angebot angenommen hatte. Falls zufällig irgendjemand aus einem der Zimmer kam, konnte sie aus dieser Sackgasse nicht fliehen. Die Tür des Notausgangs in ihrem Rücken erschien ihr auf einen Schlag noch höher und schwerer.

Angst vor Prügeln hatte sie nicht – so weit waren die anderen Jungen und Mädchen noch nie gegangen –, aber es reichte schon aus, dass sie sich laufend über sie lustig machten. Maus hatte längst aufgehört, sich darüber zu wundern, obgleich sie selbst nie jemandem etwas zu Leide getan hatte. Ihre einzige Sünde war ihre niedere Arbeit. Und ihr Aussehen.

Vielleicht würde Maxims Uniform daran etwas ändern. Womöglich konnte sie damit ein wenig Achtung gewinnen. Allein diese Vorstellung war das Risiko wert, mitten in der Nacht auf dem Korridor der Männerquartiere herumzustehen.

Die Tür des Zimmers schwang wieder auf. Maxim trat auf den Flur.

„Das ging ja schnell", sagte sie mit scheuem Lächeln.

In seinen Händen hielt er einen alten Mantel wie ein Lumpenbündel. Ganz zerschlissen und zerknittert.

„Die Motten waren schneller", sagte er und klang dabei noch genauso freundlich wie vorhin im Lift. Zum allerersten Mal erkannte Maus, dass Bösartigkeit nicht immer mit Häme und Hohn einhergehen muss; manchmal verbirgt sie sich hinter einer Fassade von Höflichkeit und Anmut.

Die gegenüberliegende Tür wurde ebenfalls geöffnet. Dann zwei andere, weiter vorne im Gang. Innerhalb eines Augenblicks füllte sich der dunkle Korridor mit halbwüchsigen Jungen in Schlafanzügen. Raunen und Kichern drang Maus entgegen.

„Was wollt ihr?" Ihre Stimme klang rau und belegt. Ihr Hals war plötzlich genauso verstopft wie der Korridor.

„Mädchenjunge", sagte einer. Andere fielen mit ein, und in Windeseile wurde ein geflüsterter Sprechgesang daraus: „Mädchenjunge! Mädchenjunge! Mädchenjunge!"

Maus stieß mit dem Rücken gegen den Eisenriegel des Notausgangs. Seine Kälte drang durch ihre Uniformjacke wie eine Klinge.

„Mädchenjunge! Mädchenjunge!"

„Die Erwachsenen behaupten, du hast das Hotel noch nie verlassen", sagte Maxim und trat einen Schritt auf sie zu. „Ist das wahr?"

Ja!, wollte sie ihn anbrüllen. Ja, es ist wahr! Weil ich da draußen nämlich sterben muss, so ist das nun mal!

Vor nichts, vor wirklich überhaupt nichts, empfand sie solche Furcht wie vor der Welt dort draußen. Sie konnte sich nicht vorstellen, unter freiem Himmel auf einer Straße zu stehen. Der Gedanke an diese Weite, diese Leere, schnürte ihr den Atem ab.

Sie brachte keinen Laut mehr heraus. Nicht einmal ein Wimmern. Ihr Herzschlag galoppierte.

Maxims Tonfall blieb liebenswürdig. „Wir haben beschlossen, dass dir eine Menge entgeht, wenn du nie rausgehst. Es wird höchste Zeit, findest du nicht?"

„Mädchenjunge! Mädchenjunge!", raunte der heisere Chor. Mehr als ein Dutzend Jungen, die meisten im Stimmbruch.

„Bitte", flüsterte Maus. „Ich hab doch keinem was getan."

Maxim schüttelte lächelnd den Kopf. „Wir wollen dir auch nichts tun. Versteh doch – wir wollen dir helfen."

Er gab einem der anderen Jungen einen Wink – er arbeitete in der Küche, im Fleischraum –, und sogleich packte der feiste Kerl Maus an den Schultern und hob sie hoch wie einen Strauß Trockenblumen. Maxim trat an ihr vorbei, entriegelte die Tür und stieß sie auf.

Schnee wehte herein. Und eine Kälte, die den Pulk der Jungen aufstöhnen und einen Schritt zurückweichen ließ.

„Es ist nicht weit bis zum Haupteingang", versicherte Maxim der schreckensstarren Maus. „Wirklich nicht. Du musst nicht mal um das ganze Hotel herum. Höchstens um die Hälfte."

Tränen schossen ihr in die Augen. Und dann trat sie zu, dem Fleischerjungen mit aller Kraft vors Knie. Der heulte auf, ließ sie los, rutschte an der Wand hinunter und hielt sich wimmernd das Bein. Ein paar andere lachten gehässig, aber Maxim brachte sie mit einer Handbewegung zum Schweigen. Zwei weitere Jungen sprangen vor – Pagen aus der Eingangshalle –, ergriffen Maus und drehten sie mit dem Gesicht zur offenen Tür. Sie konnte in der Dunkelheit den Absatz einer eisernen Feuertreppe erkennen. Sonst nichts. Nur Nacht und Schneetreiben.

Sie begann zu schreien. Sie strampelte, schlug um sich, kratzte, trat und biss.

„… wollen dir nur helfen", hörte sie Maxim noch einmal sagen, dann bekam sie einen Stoß und stolperte hinaus auf die Eisentreppe. Sie strauchelte und bekam erst im letzten Moment das Geländer zu fassen. Noch nie in ihrem Leben hatte sie etwas so Kaltes berührt. Mit einem Aufheulen riss sie die Hände zurück, wirbelte herum – und starrte in Maxims lächelndes Gesicht. Ein Stoffknäuel flog auf sie zu – der alte Mantel, den er in der

Hand gehabt hatte. Im selben Moment fiel die Tür ins Schloss, und mit einem Knirschen rastete der Riegel an der Innenseite ein.

„Lasst mich rein!", schrie sie panisch und hämmerte mit beiden Fäusten gegen die Tür. „Bitte! Lasst mich wieder rein!"

Sie hatte noch immer die leise Hoffnung, dass der Streich nun lange genug gedauert hatte. Dass die Tür jeden Moment wieder aufschwingen würde. Dass man sie zurück ins Warme, ins Haus ziehen und unter viel Gelächter den Korridor entlangjagen würde. Aber die Tür blieb geschlossen.

Und Maus war allein im Freien.

Sie stand da und schlotterte, doch daran trug die Kälte nur einen Teil der Schuld. Um ihre Brust schien jemand einen Riemen zusammenzuziehen, sie bekam kaum noch Luft. Ihr Magen wollte sich nach außen stülpen. Alles an ihr zitterte und bebte, ihre Stimme versagte. Auf ihren Wangen gefroren die Tränen, wurden von den nachfließenden getaut und erstarrten erneut.

Es war so dunkel, dass sie nur mit Mühe die oberen Stufen der Gittertreppe erkennen konnte. Aber es war ohnehin undenkbar, dass sie einen Fuß darauf setzen würde. Sie konnte es nicht. Die Leere der Außenwelt verhärtete sich um sie wie Harz, hielt sie fest, ließ sie in Reglosigkeit erstarren. Ihre Muskeln krampften und weigerten sich, ihr zu gehorchen.

Sie wusste nicht, wie lange sie so dastand.

Als sie schließlich ihre Erstarrung überwand und ganz, ganz vorsichtig einen Fuß auf die oberste Stufe setzte, da war es, als müsste sie einen Eispanzer zerbrechen, der sich um ihren Körper gelegt hatte. Erneut blieb sie stehen, packte den Mantel und zog ihn über. Er war viel zu groß, das Kleidungsstück eines Erwachsenen. Der Saum schleifte über den Boden, und ihre Hände verschwanden tief in den baumelnden Ärmeln.

Ihre Bewegungen waren so zittrig, dass sie beinahe ausgerutscht und abgestürzt wäre. Wieder musste sie sich an dem eisigen Geländer festhalten, und selbst durch den Mantelstoff war die Kälte grauenvoll. Ihr ganzes Leben hatte sie in den beheizten Räumen des Hotels zugebracht. Erst jetzt wurde ihr klar, dass sie gar nicht gewusst hatte, was wahre Kälte bedeutete.

Ihr Blick suchte den Himmel, aber auch dort waren nur Schwärze und Millionen nassschwerer Schneeflocken, die lautlos zu Boden fielen. Unten erschien ihr wie oben, alles dunkel, alles leer, alles so schrecklich weit und grenzenlos.

Ihre Augen gewöhnten sich zaghaft an die Finsternis, und nun sah sie, dass sich die Treppe in einer schmalen Gasse befand. Gleich gegenüber der Rückwand des Hotels wuchs eine Ziegelsteinmauer in die Höhe, hoch hinauf bis Gott weiß wohin.

Mit dem Rücken zur Wand begann sie den Abstieg. Eine Stufe nach der anderen. Nicht einmal die furchtbare Kälte konnte sie dazu bringen, schneller zu gehen. Sie hatte immer größere Mühe, Atem zu holen. Die Panik nistete in ihrem Brustkorb, warf Fangarme aus, die sich um ihre Muskeln legten und ihnen eigene Bewegungen aufzwangen wie die Fäden eines Puppenspielers seiner Marionette.

Stolpernd bewegte sie sich die Stufen hinab in die Tiefe.

Vier Stockwerke können ein endloser Abgrund sein, wenn sie durch eiskalte, schneedurchwehte Dunkelheit führen. Aber weder die Schwärze noch die Höhe waren es, die Maus so zusetzten. Es war die Gewissheit, draußen zu sein. Im Freien. Sie hatte oft mit Kukuschka über ihre Furcht vor der Außenwelt gesprochen, aber nicht einmal er wusste eine Erklärung dafür. Irgendwas in meinem Kopf, hatte sie damals gedacht. Jetzt aber, als es so weit war, dachte sie gar nichts mehr. In ihrem Verstand war nur Leere, so wie am Himmel über ihr.

Stufe um Stufe. Quälend langsam.

Die Kälte würde sie umbringen, wenn sie nicht schneller lief. Sie wusste, dass jede Nacht Menschen auf den Straßen Sankt Petersburgs erfroren. Menschen ohne Geld, ohne Bleibe. Sie dagegen hatte ein ganzes Hotel für sich. Wäre da nur nicht diese Mauer, die sie davon trennte. Und die endlose Entfernung bis zum Vordereingang.

Sie würde es nicht schaffen. Niemals. Mit jeder Stufe, die sie bewältigte, schien unter ihr eine neue dazuzukommen. Ein endloser Abstieg in teerschwarzes Nirgendwo.

Nicht einmal Hass auf Maxim und die anderen verspürte sie. In ihr war nur Panik. Alles verzehrende Panik und Kälte.

Und dann kam sie doch unten an. Ihre Fußspitze tastete nach einer Stufenkante, doch die nächste war tief im Schnee versunken. Sie hatte ebenen Boden erreicht, die Oberfläche der Schneemassen, die ganz Petersburg bedeckten.

Sie sackte ein, aber nicht besonders tief: Sie war zu leicht. Sie stolperte über den Saum des Mantels, schluchzte auf, als sie gegen die Mauer des Hotels fiel und sich dennoch irgendwie auf den Beinen hielt. Wenn sie jetzt stürzte, würde sie liegen bleiben. Die Leere über ihr würde sie niederdrücken, in den Schnee hinein wie der Stiefel eines Riesen.

Weiter! Geh weiter!

Sie schob sich mit dem Rücken an der Mauer entlang. Die Wand gab ihr ein wenig Halt und hielt zumindest in einer Richtung die Außenwelt von ihr fern. Dadurch fühlte sie sich nicht ganz so schutzlos.

Es war eine schreckliche Tortur, sich bis zur nächsten Ecke vorzukämpfen. Die enge Schneise mündete in eine weitere Gasse. Wenn sich die Feuertreppe an der Rückseite des Aurora befand, dann musste das hier die Seitenwand sein. Der Weg daran entlang bis zum Newski Prospekt und dem Haupteingang erschien Maus von hier aus so endlos, als hätte jemand von ihr verlangt, zu Fuß nach Sibirien zu wandern.

Aussichtslos, flüsterte eine Stimme in ihr. Du schaffst das nicht. Du wirst sterben. Besser, du legst dich gleich hier in den Schnee. Erfrieren tut nicht weh, hatte Kukuschka gesagt; man schläft einfach ein.

Sie gab nicht auf. Noch nicht.

Hinter treibenden Schneevorhängen sah sie einen fernen Lichtschimmer: das Ende der Gasse, der Schein der Gaslaternen auf dem Newski Prospekt.

Der weiche Schnee unter ihren Füßen und der viel zu lange Mantel behinderten sie. Mit dem Rücken an der Wand, beide Hände mit gespreizten Fingern am Stein, schob sie sich seitwärts. Sie hielt jetzt die Augen geschlossen, um die Außenwelt auszusperren. Die Kälte verzehrte sie wie Feuer.

In der Schwärze hinter ihren Lidern entstand ein Bild wie ein Gemälde, das aus dunklen Ozeantiefen der Oberfläche entgegentrieb. Ein scharfkantiger Umriss. Türme und Zinnen, die wie Messer in einen tobenden Schneehimmel stachen, hoch oben auf einer schroffen Felsenklippe.

Maus riss die Augen auf. Die Vision verblasste. Aus geträumtem Schnee wurde echter. Der Lichtschein war näher gekommen, aber sie spürte, dass ihr die Schritte immer schwerer fielen. Würde man Maxim und die anderen Jungen bestrafen, falls sie hier draußen erfror? Wohl kaum. Niemand würde ihnen die Schuld geben. Sie war ja nur der Mädchenjunge, leichter zu ersetzen als zerbrochenes Fensterglas.

Die Schneewehen an der Hauswand ließen ihre Füße tiefer und tiefer einsinken; ihre Zehen spürte sie bereits nicht mehr. Noch ein paar Schritte bis zum Newski Prospekt. Ebenso gut hätte die Hauptstraße am anderen Ende der Welt liegen können. Es war zu spät. Zu kalt. Zu draußen.

Ihre Sicht verschwamm vollends, als sie mit letzter Kraft an der Ecke des Gebäudes vorbei ins flackernde Gaslicht stolperte. Hier fiel sie hin, rollte im Schnee auf die Seite, sah in einiger Entfernung die Lichter des Haupteingangs, Gold und Messing und die gläserne Drehtür. Viel zu weit.

Sie war so müde. Und jetzt wurde ihr warm. Das also hatte Kukuschka gemeint. Erfrieren war nicht schrecklich, wenn man erst einmal über das Schlimmste hinweg war. Ganz heiß wurde ihr. Ganz wohlig, ganz entspannt.

Jemand war bei ihr.

Unmöglich. Nicht so spät in der Nacht und bei diesen Temperaturen.

40

Aber doch, da war jemand. Beugte sich über sie. Strich über ihre Stirn. Und plötzlich war ihr, als ginge die Wärme von der Hand aus, die sie berührte. Viele Farben waren da auf einmal, regenbogenbunt vor ihren Augen.

„Armes Ding", flüsterte eine weibliche Stimme.

Dann schien es, als erstarrte die Frau in ihren Bewegungen, als hätte sie mit einem Mal etwas entdeckt, etwas gewittert.

„Du riechst nach ihr!"

Nach wem?, dachte Maus. Aber dann war es ihr auch schon egal, denn nun wurde sie aufgehoben wie ein halb verhungerter Hundewelpe und durch das Licht der Laternen getragen, dem hohen, von Markisen gekrönten Eingang entgegen.

Bald würde sie wieder drinnen sein. Wieder im Aurora! Der Gedanke gab ihr neue Kraft. „Ich kann selbst ... laufen", krächzte sie.

„Sicher doch", sagte die Frau, machte aber keine Anstalten, sie abzusetzen.

„Bitte ... ich ..."

Und dann wurde sie tatsächlich zu Boden gelassen, stand auf eigenen Füßen, gleich vor der Drehtür, wo im Sommer der rote Teppich in das Hotel mündete.

Licht. Wärme. Wände. Decken.

Sicherheit.

Maus stand da, immer noch unsicher, halb taumelnd. Sie schaute sich um. Die Frau war verschwunden, aber die Wärme in Maus' Innerem blieb. Sie fror nicht mehr.

Irgendwie stolperte sie durch die Drehtür. Der lange Mantel verfing sich darin. Maus streifte ihn im Laufen ab und ließ ihn liegen wie einen verlorenen Schatten.

Der Nachtportier blickte ihr verwundert hinterher und rief etwas, dem sie keine Beachtung schenkte.

Dann war sie im Treppenhaus, das in den Keller führte, hielt sich am Geländer fest, eilte nach unten. Es konnten gar nicht genug Stein und Holz und Mörtel um sie herum in die Höhe wuchern.

Die Erinnerung an die Frau verblasste gemeinsam mit der Wärme in ihrem Körper. Im Keller war es ebenfalls kalt, aber längst nicht so frostig wie im Freien.

Bald erreichte Maus ihre Kammer, die gemauerte Höhle im Erdinneren, in der sie tagsüber schlief und bei Nacht Schuhe putzte. Vor dem heißen Kohleofen kauerte sie sich zusammen, horchte auf das Fauchen der Flammen und spürte, wie die gefrorenen Tränen auf ihren Wangen zerschmolzen.

DAS KAPITEL,
IN DEM WIR VON MAUS' GEHEIMNIS
HÖREN. UND VOM EISENSTERN

Am Nachmittag des nächsten Tages öffnete Maus die Tür zum Dampfbad für die männlichen Gäste. Sie hatte das Zittern der vergangenen Nacht nicht aus ihrem Körper vertreiben können, ganz gleich, was sie auch versucht hatte. Aber größer noch als die Furcht und die Scham vor den Pagen war die Angst, ihre Aufgaben zu vernachlässigen.

Das Dampfbad lag im Erdgeschoss des Grandhotels, weit entfernt vom Glanz der Eingangshalle und am Ende gewundener Korridore. Die Wände der kuppelförmigen Bäderkammern waren vom Boden bis zu den Deckenwölbungen gekachelt, mit tausenden und abertausenden glänzender Fliesen, keine größer als ein Handteller. Meist waren sie zu kunstvollen Mosaiken angeordnet –, Jagdszenen aus den russischen Wäldern, Schiffe auf hoher See oder fantasievolle Unterwasserlandschaften. Von der Hitze, den Duftölen im Dampf und vom Schweiß der Besucher beschlugen die Kacheln, und rasch bildete sich ein fettiger Schmierfilm.

Maus' zweite Pflicht im Hotel war es, die Kacheln sauber zu halten. Natürlich war es völlig unmöglich, jemals damit fertig zu werden. Bevor sie am hinteren Ende des letzten Kuppelraumes ankam, wurde sie mit verlässlicher Regelmäßigkeit dafür gerügt, dass die Fliesen im vorderen Raum schon wieder schmutzig waren.

Jeden Tag suchte sie sich durch die Schwaden einen Weg zu jener Stelle, an der sie am Vortag mit dem Säubern aufgehört hatte, und fuhr fort, Kachel um Kachel zu polieren. Sie trug dabei schlichte Leinenkleidung, die sie im Dunst fast unsichtbar machte. Und falls doch einmal einer der nackten Männer in den Bädern sie bemerkte, machte es ihm nichts aus, denn alle hielten sie ohnehin für einen Jungen.

Während Maus den Lappen in die Seifenlauge tauchte, dachte sie an die Geschehnisse der vergangenen Nacht. Sie wünschte sich verzweifelt, mit Kukuschka darüber reden zu können, doch der kam erst in einer Stunde, wenn seine Schicht als Eintänzer begann. Sie hatte eine Nachricht durch die Ritze seines Spinds geschoben; er würde sie finden, wenn er in seine piekfeine Abendgarderobe schlüpfte. Im Gegensatz zu vielen anderen Bediensteten wohnte er nicht im Aurora, sondern besaß eine winzige Wohnung am anderen Ufer der Newa. Im Frühjahr und Sommer zog er Blumen auf seiner Fensterbank. In seinen freien Stunden saß er am offenen Fenster, blickte über die Blüten hinweg auf den Fluss und atmete ihren Duft ein. Manchmal erzählte er Maus davon, aber nicht oft. Vielleicht dachte er, es würde sie traurig machen. Aber sie verspürte keine Sehnsucht nach Blumen oder dem Blick über die Newa. Vier Wände aus Stein und eine solide Decke waren alles, was sie sich wünschte.

Maus stieg von der Leiter, die sie benutzte, um an die oberen Kachelreihen heranzukommen, und rückte sie ein Stückchen weiter. Sie bemühte sich, nicht nach rechts und links zu sehen. Der Anblick der Männer war ihr unangenehm. Manche trugen ein Handtuch um die Hüften, die meisten jedoch gar nichts. Viele waren alt und dick, und ihre Umrisse schoben sich verschwommen durch die Dunstschwaden wie Dinosaurier durch Urzeitennebel.

Sie wollte gerade nach dem Eimer mit der Seifenlösung greifen, als ihre Finger von der glitschigen Oberfläche abrutschten. Mit einem Poltern fiel das Gefäß auf den gefliesten Boden.

Ehe Maus reagieren konnte, schob sich neben ihr ein fleischiger Koloss aus dem Dunst, trat barfuß in die Pfütze und rutschte aus. Mit einem widerlichen Laut klatschte der fette Mann der Länge nach auf den Boden.

Er schrie auf, wollte aufstehen, glitt abermals aus und blieb fluchend und jammernd liegen. Bevor er Maus entdecken und ihr die Schuld geben konnte, packte sie Eimer und Leiter und zog sich in den Nebel zurück, verbarg sich hinter den wogenden Schwaden.

Ich sollte mich nicht verstecken, dachte sie.

Ich sollte mich allem stellen, was mir Angst macht.

Ich sollte nach draußen gehen. Aus freien Stücken. Ich muss mir beweisen, dass ich es kann, wenn ich nur will.

Aber erst einmal lief sie davon, ehe das Geschrei des Dicken andere herbeilocken konnte. Sie versteckte Leiter und Putzzeug in einer Nische und rannte durch die Tür des vorderen Kuppelbades. Rechts und links lagen die Umkleideräume. Niemand kam ihr entgegen.

An der Tür zu einem der Dienstbotengänge ließ sie Hitze und Feuchtigkeit zurück. Wie eine Lokomotive unter Volldampf zog sie eine Spur weißer Atemwölkchen hinter sich her. Nur gut, dass sie so schnell verpufften und keine Spuren hinterließen. Das Licht war hier schwach und flackerte. Gänge wie diesen gab es einige im Aurora; sie sahen aus wie Tunnel, die jemand durch massives Gestein getrieben hatte. Nur das Personal benutzte sie.

Vor ihr trat jemand aus einer Wand aus Schatten.

„Kukuschka?" Sie blieb atemlos stehen.

Er trat in den Schein einer Glühbirne. Wie Quecksilber ergoss sich das Licht über breite Schultern, grobe Züge.

Ihre Erleichterung verpuffte so schnell wie sein Atem, als er sie ansprach:

„Aufruhr im Dampfbad! Und du in der Nähe!"

Der Rundenmann.

„Aufruhr?" Nur nicht stammeln. Zeig ihm nicht, wie viel Angst er dir macht. „Ach ja?" Warum wusste er nur so schnell davon? Und wie kam er so rasch hierher? Aber dann fiel ihr ein, dass der Rundenmann *alles* wusste. Immer ein wenig früher als andere, immer ein wenig genauer. Vor allem die unangenehmen Dinge.

Er verzog keine Miene. „Wo willst du hin?"

„Sonderauftrag vom Concierge", log sie. „Unten in der Waschküche. Ratten fangen. Die Waschfrauen haben sich beschwert. Und außer mir will sich keiner darum kümmern." Am liebsten hätte sie immer weitergeplappert, ihr Lügennetz größer und größer gesponnen, um ihm nur ja keine Gelegenheit zu geben, Fragen zu stellen. „Ich muss hinter die Zuber kriechen. Und über die Mangeln. Ich mach das ja nicht zum ersten Mal, wissen Sie, und meistens –"

„Du hast irgendwo ein Versteck", unterbrach er sie, ohne auf ihre Worte zu achten.

„Vor wem sollte ich mich denn verstecken?" Als wäre das nicht offensichtlich.

„Du versteckst die Sachen, die du stiehlst."

„Aber ich stehle nicht!"

Seine Hand zuckte vor, und diesmal packte er sie so fest am Oberarm, dass es wehtat. „Bring mich hin!", verlangte er.

Eine dritte Stimme schnitt durch das Dunkel des langen Korridors: „Was ist hier los?" Empörter Tonfall, schnelle Schritte.

Dann war Kukuschka neben ihnen.

„Ich verlange zu erfahren, was Sie hier tun!" Kukuschka sah dabei den Rundenmann direkt an und hielt dem Blick des größeren, kräftigeren Mannes mit einem Selbstbewusstsein stand, für das Maus ihren rechten Arm gegeben hätte.

Der Rundenmann zog seine Hand nicht zurück. Tatsächlich stand er da wie ein Automatenmensch, dessen Antriebskurbel zerbrochen war.

Nur in seinen Augen war Leben. Blanker Zorn.

„Lassen Sie auf der Stelle das Kind los!" Kukuschka war mutig, es derart energisch auf eine Konfrontation ankommen zu lassen. Er war ein schmaler Mann, nicht schmächtig, auch nicht schwächlich, aber der klobigen Statur des Rundenmannes eindeutig unterlegen. Sein früh ergrautes Haar erschien in der flackernden Beleuchtung schneeweiß. Nur wenn er lachte, konnte man erahnen, dass er jünger war, als er auf den ersten Blick erschien. Anfang vierzig, wusste Maus. Ungefähr so alt wie der Rundenmann.

Der Prankengriff an ihrem Arm lockerte sich, kniff dann noch einmal so fest zu, dass sie aufstöhnte, und ließ sie schließlich los. Erfolgreich kämpfte sie gegen den Impuls an, vor ihrem Peiniger zurückzuweichen. Stattdessen blieb sie stehen und hob trotzig das Kinn.

„Er sagt, ich habe geklaut."

„Und?", fragte Kukuschka, ohne den Blick vom Gesicht seines Widersachers zu nehmen. „Hast du?"

„Nein." Das Wort brannte in ihrer Kehle wie Gift. Es war eine Sache, den Rundenmann anzulügen. Und eine ganz andere bei Kukuschka.

„Also?", fragte er. „Was wollen Sie dann von dem Mädchen?"

„Das hier ist nicht Ihre Sache", knurrte der Rundenmann.

„Das scheint mir sehr wohl der Fall zu sein", entgegnete Kukuschka auf seine übliche vornehme Weise. Er sprach oft so gewählt, beinahe wie die Schauspieler, die während ihrer Engagements im Alexandertheater am Newski Prospekt hier im Aurora übernachteten. Er besaß mehr Bildung als die Hälfte des Hotelpersonals zusammengenommen und genug Anstand für sie alle. Früher war er einmal Lehrer gewesen, bevor er seinen Posten verloren hatte und gezwungen gewesen war, im Hotel als

Eintänzer für einsame Damen anzuheuern. Die Frauen mochten ihn, weil er gut aussah und seine Erscheinung so gepflegt war wie die Worte, mit denen er sie beim Walzer unterhielt.

Er und der Rundenmann belauerten einander über Maus' Kopf hinweg. Feinsinn gegen rohe Gewalt.

Gleich werden sie mich an den Armen packen und jeder in seine Richtung ziehen, schoss es ihr durch den Kopf. Mit einem Mal war ihr, als ginge es nicht mehr nur um sie, sondern um einen anderen, sehr viel älteren Streit.

Der Rundenmann ballte unmerklich eine Faust. „Sie haben hier nichts zu sagen. Sie *tanzen* nur." Er sagte es so abfällig, als wäre Kukuschka der Dieb, nicht sie. Das versetzte ihr einen weiteren Stich.

„Ich vermute, Sie haben Beweise für ihre Schuld, oder?" Kukuschka deutete ungerührt auf Maus. „Wenn dem so ist, sollten wir alle drei jetzt zur Direktion gehen, und Sie können dort Ihr Anliegen vortragen."

„Er hat gar nichts!", rief Maus schnippisch. „Er kann mich nur nicht leiden." Weil eben niemand sie leiden konnte, außer Kukuschka.

Der Rundenmann öffnete die Faust wieder, wenn auch gewiss nicht, weil die Worte des Tänzers ihn beeindruckten. Er wusste, er hatte alle Zeit der Welt. Maus würde ihm nicht davonlaufen. Wohin auch?

Mit einem Ruck wandte er sich ab und ging. Ohne ein weiteres Wort. Sogar ohne drohenden Blick. Fehlte nur noch das Surren eines Aufziehmechanismus, dachte Maus. Angekurbelt, angeschoben, losgelaufen. Sie würde sich in den kommenden Nächten höllisch vor ihm in Acht nehmen müssen.

Dann war er fort, verschwunden hinter der nächsten Biegung. Schritte polterten, dann klapperte die Tür zu den Bädern.

„Ein grobschlächtiger Widerling!", ereiferte sich Kukuschka.

„Er ist gefährlich", sagte Maus.

„Weil er dumm und ungehobelt ist."

„Weil er es auf mich abgesehen hat."

Kukuschka lächelte und strich ihr über das kurze Stoppelhaar. Er war der Einzige, der das durfte. Nicht, dass es irgendwer sonst je versucht hätte.

„Ich habe deine Botschaft erhalten", sagte er förmlich.

„Kuku", sagte sie mit einem Seufzen, „das war keine Botschaft, sondern ein Zettel mit ein paar hingeschmierten Wörtern."

„Der Inhalt zählt, nicht das Äußere." Einer seiner Lieblingssätze, und weil er das wusste, mussten sie beide grinsen.

„Erzähl mir, was passiert ist", bat er sie. „Was haben diese Kerle dir diesmal angetan?"

Sie berichtete ihm alles, während sie neben ihm Richtung Eingangshalle ging. Kukuschka würde bald seinen Dienst antreten müssen.

Maus fiel es leicht, ihm von Maxim und den anderen zu erzählen, weil sie neben Schreiben und Lesen auch noch etwas anderes von ihm gelernt hatte: dass es einem half, wenn man mit jemandem über seine Sorgen sprach. Kukuschka war ein guter Zuhörer. Auch er wusste nicht immer, was zu tun war, und vermutlich hätte es ihn überfordert, wenn sie ihm erzählt hätte, dass ihr weiterer Ärger wegen des gestürzten Dicken im Dampfbad bevorstand. Doch was Maxim und seine Kumpane anging, sagte er nur: „Sie wissen es nicht besser."

Maus kräuselte eine Augenbraue. „Und daran soll ich mich erinnern, wenn sie mich das nächste Mal fast erfrieren lassen?"

„Nein. Aber wenn du ihnen auf den Gängen begegnest. Oder im Lift. Schau ihnen in die Augen. Weich ihnen nicht aus. Du bist ihnen überlegen, das musst du dir immer wieder sagen."

„Aber sie sind stärker", sagte sie. „Und älter. Und der Concierge nimmt sie in Schutz, egal, was sie auch anstellen."

„Weil sie genauso sind wie er. Er erkennt sich in ihnen wieder. Aber er ist kein dummer Mann, und er weiß, was in dir steckt. Dass du mehr Verstand hast als all seine geschniegelten Engel zusammen. Und deshalb mag er dich nicht."

Natürlich hatte sie gewusst, dass der Concierge sie nicht leiden konnte. Aber es noch einmal aus Kukuschkas Mund zu hören, machte den Umstand nicht gerade angenehmer.

„Du hast von mir das Schreiben gelernt und das Lesen", fuhr Kukuschka fort. „Nicht wie die anderen in einer richtigen Schule, mit ein paar Stunden Unterricht am Tag und Hausaufgaben und der Androhung von Prügeln, wenn sie nichts lernen. Du hast das alles in viel kürzerer Zeit geschafft – und aus freien Stücken. Als ich noch Lehrer war, hab ich keinen Schüler gekannt, der die Dinge schneller begriffen hat als du."

„Du bist ein schlechter Schwindler, Kuku."

Er lächelte. „Der gute Wille zählt." Und ernster fügte er hinzu: „Außerdem ist es die Wahrheit."

„Danke", sagte sie. „Mir egal, ob du schwindelst."
„Tu ich nicht."
Sie umarmte ihn. „Egal."

Der Rundenmann hatte Recht. Es gab tatsächlich ein Versteck.

Eines ihrer ersten Beutestücke, der Grundstein ihrer Laufbahn als Diebin, war der Schlüssel zum Weinkeller gewesen. Damals hatte sie bemerkt, wie leicht es war, andere zu bestehlen.

Nachdem sie und Kukuschka sich getrennt hatten, ging sie dorthin, eilig, aber nicht überhastet, mit vielen Blicken über ihre Schulter. Niemand folgte ihr.

Sie schloss die Tür des Weinkellers auf, huschte hindurch und sperrte hastig wieder hinter sich ab. Erst dann drehte sie den Schalter der elektrischen Lampen. Ihr Schein war so gelb wie schlechte Zähne und flackerte unablässig.

Der Weinkeller bestand aus drei hintereinander liegenden Gewölben, jedes davon gut fünfzehn Meter lang. Es gab drei Dutzend grob gemauerte Säulen, die die niedrige Decke hielten und ein enges Streifenmuster aus Schatten und Flackerlicht über den Boden legten. Das Aurora brüstete sich, eine der wertvollsten Weinsammlungen des Zarenreichs zu besitzen. Maus hatte Zweifel an dieser Behauptung, denn wäre sie sonst so leicht an den Schlüssel herangekommen? Nicht mal das Türschloss war ausgetauscht worden.

Sie mochte keinen Wein, aber sie liebte die Atmosphäre dieser Gewölbe. Die Decke lastete so niedrig und schwer auf den Kammern, dass sie jeden Gedanken an die Außenwelt erdrückte. Es duftete intensiv nach dem Holz der Fässer im hinteren Keller und nach den Korken der Flaschen, die weiter vorn in ihren Regalen ruhten. Auch die Weine selbst strömten ganz eigene Düfte aus, mal süßlich, mal herb und auf eine Weise berauschend, die nichts mit der Wirkung von Alkohol zu tun hatte. Für Maus war es, als zöge sie sich eine bunt gewebte Decke über den Kopf, unter der in ihrer Fantasie die wunderbarsten Dinge geschehen konnten.

Andere hätten sich hier unten wohl gefürchtet. Es gab genug dunkle Ecken ohne Lichtschein für ein ganzes Geisterschloss. Ratten lebten hinter den Regalen und Fässern, aber sie waren klug genug, sich zu verstecken, wenn der Küchenchef herabkam; nicht einmal Spuren hinterließen sie. Nur Maus entdeckte dann und wann eines der Tiere, weil Kellerkinder keine Scheu voreinander kannten.

Hinter dem letzten Fass des hinteren Kellers gab es einen Spalt in der Mauer. Niemand außer Maus wusste von ihm. Sie konnte sich nicht mehr erinnern, wann sie ihn entdeckt hatte – ihr war, als hätte sie schon immer von seiner Existenz gewusst.

Vielleicht, weil sie hier unten geboren war.

In diesem Weinkeller, in diesen schattigen Gewölben, hatte Maus das Licht der Welt erblickt: die trübe Funzel einer knisternden Kellerlampe.

Das letzte Fass war leer, und das war nie anders gewesen. Maus vermutete, dass es undicht war und niemand es für wichtig hielt, ein neues herbeizuschaffen. Mit ein wenig Mühe ließ es sich einen Schritt weit zur Seite rollen, bis es gegen die Wölbung des benachbarten Weinfasses pochte. Dadurch wurde der Zugang zu dem geheimen Mauerspalt frei – und zu dem noch geheimeren Ort, der dahinter lag.

Maus zwängte sich rückwärts in den Spalt und ließ das Fass zurück in seine Ausgangsposition rollen. Aufgrund der Enge war das ein wenig umständlich und mühsam, aber sie war längst an diese Prozedur gewöhnt. Zuletzt entzündete sie eine gläserne Petroleumlampe, die am Boden bereitstand.

Einst musste es an dieser Stelle einen breiteren Durchgang gegeben haben, denn das Gestein rund um den Spalt war mit hellerem Mörtel verfugt als die übrigen Wände des Weinkellers. Augenscheinlich war die Öffnung in großer Eile und mit wenig Handwerksgeschick verschlossen worden, denn das Mauerwerk war brüchig, die Fugen bröckelten. Wäre ihr daran gelegen gewesen, hätte Maus den Spalt mit bloßen Händen erweitern können, so locker saßen rundherum die Steine.

Jenseits des Spalts lag ein kurzer Gang. Seine Wände waren staubtrocken. Jemand hatte sie mit Balken abgestützt, von denen einer irgendwann abgerutscht war und jetzt schräg inmitten des Tunnels klemmte.

Etwa fünf Schritt hinter dem morschen Balken endete der Gang als Sackgasse vor einer Wand aus Lehm und Mörtel; insgesamt maß er kaum mehr als acht Schritt in der Länge und drei in der Breite. Das Ganze wäre alles andere als ein behaglicher Ort gewesen, hätte Maus ihn nicht mithilfe ihres Diebesguts von einem dunklen Tunnel in einen, nun ja, herrschaftlichen Salon verwandelt. Jedenfalls soweit ihr das möglich gewesen war.

Jenseits des Balkens, auf den letzten fünf Metern des Tunnels, hatte sie die Seitenwände mit rotem Samt bespannt. Nur die Rückwand am Ende des Gangs lag offen – an ihr hing das Ölporträt eines vergessenen Adeligen, der im Gegensatz zu den meisten seiner gemalten Standesgenossen recht liebenswürdig aus dem goldenen Rahmen schaute. Maus kannte weder seinen Namen noch Rang, aber sie hatte sich gedacht, dass es nicht schaden könne, ab und an in ein freundliches Gesicht zu blicken. Er war bartlos, noch jung und hatte dunkles, zurückgekämmtes Haar.

In schmuckvollen Hutschachteln, die Maus sich über Jahre aus den Zimmern der reichen Gäste zusammengeklaut hatte, befand sich ihr übriges Diebesgut: ein paar Bücher, ein halbes Dutzend Schreibfedern und Tintenfässchen, Schnupftabaksdosen und bestickte Taschentücher, eine Karaffe und ein paar wertlose Armreife und Broschen. Maus gab Acht, niemals etwas zu stehlen, das kostbar war. Ihr lag nicht daran, jemandem ernsthaft zu schaden oder sich zu bereichern. Wem hätte sie ihre Beute auch verkaufen sollen? Nein, es ging ihr nur um den Nervenkitzel. Und um die eine oder andere Sache, die sie wirklich haben wollte: etwa das Kästchen mit Schminke, mit dem sie einmal versucht hatte, sich wie eine echte Dame anzupinseln. Oder den kleinen Handspiegel, den sie gleich darauf vor Wut auf sich selbst zerbrochen hatte.

In der Mitte der Tunnelkammer aber lag etwas, das Maus nicht gestohlen hatte. Es war schon hier gewesen, als sie zum ersten Mal durch den Spalt gekrochen war. Das Herz ihrer Sammlung aus Tand und Krempel.

Der Eisenstern.

Was er genau war, vermochte Maus nicht zu sagen. Es handelte sich dabei um ein wunderliches Ding, eine Kugel, halb so hoch wie sie selbst, aus mattem, grün angelaufenem Metall. Seine Oberfläche war mit daumenlangen Stacheln überzogen, deren Enden in stumpfen Rundungen ausliefen. Auf der einen Seite der Kugel gab es eine fest angezogene Schraube, so groß wie ein Fingernagel. Aus Neugier hatte Maus sie einmal gelöst; dahinter befand sich eine kleine Öffnung ins Innere des Eisensterns, gerade breit genug, dass eine Haarnadel hindurchpasste. Welchem Zweck sie dienen mochte, war Maus ein Rätsel geblieben, und so hatte sie die Schraube wieder hineingedreht und seither nicht mehr angerührt.

Wer auch immer den Eisenstern hierher gebracht hatte, schien das Interesse daran verloren zu haben. Außer Maus kam niemals irgendjemand her. Der Eisenstern gehörte jetzt ihr. Und das war die Hauptsache, fand sie.

Man musste nicht viel Spürsinn besitzen, um eins und eins zusammenzuzählen: Der Spalt, durch den sich Maus in den Tunnel quetschte, war viel zu eng für den Eisenstern. Der zugemauerte Durchbruch im Mauerwerk war vermutlich geschaffen worden, um das merkwürdige Ding hierher zu bringen; möglich, dass selbst der Tunnel nur zu diesem Zweck gegraben worden war. Jemand hatte die sonderbare Kugel an diesem Ort deponiert und anschließend die Wand bis auf den schmalen Durchschlupf wieder aufgebaut. Das Ganze war ein Rätsel, das Maus seit Jahren beschäftigte, und bis heute war sie seiner Lösung keinen Schritt näher gekommen.

Oft saß sie inmitten ihres Diebesguts und starrte den Eisenstern an. Als wartete sie darauf, dass er eines Tages zu ihr sprechen und sein Geheimnis offenbaren würde. Sie gab die Hoffnung nicht auf, seinen einstigen Besitzern irgendwann doch noch auf die Schliche zu kommen.

Unter dem Ölgemälde an der Rückwand lag ein Haufen Kissen. Die meisten hatte Maus schon vor ein paar Jahren in den Keller geschafft, und weil der Tunnel so trocken war, zeigte sich an ihnen keine Spur von Moder oder Schimmel. Sie kuschelte sich hinein, stellte die Petroleumlampe auf dem Boden ab und nahm eines der Bücher zur Hand. Erwartungsvoll schlug sie es an der Stelle auf, an der sie tagszuvor mit dem Lesen aufgehört hatte. Es war ein altes Buch, das Papier gelb und an den Kanten brüchig. Kukuschka hatte Maus das Lesen und Schreiben gelehrt – niemand sonst hatte es je für nötig gehalten, ihr etwas beizubringen, das übers Schuheputzen und Kachelnpolieren hinausging. Aber sie war nicht besonders schnell und musste manche Wörter zweimal lesen, ehe sie ihren Sinn vollständig erfasste.

Sie war drauf und dran herauszufinden, wie die Geschichte vom Zarewitsch Gwidon und seiner Liebe zur schönen Schwanenprinzessin zu Ende ging, als ihr die Brosche wieder einfiel. Die goldene Brosche in einem Paar fremder Schuhe.

Irgendwann in der letzten Nacht hatte sie sich aufgerappelt und die übrigen Schuhe eingesammelt, ganz wackelig in den Knien und von schrecklichem Schwindel geplagt. Doch die beiden Schuhe vor der Zarensuite waren fort gewesen. Und mit ihnen die gestohlene Brosche. Maus war unbehaglich bei dem Gedanken zu Mute, dass jemand, der dort wohnte, sie unweigerlich finden musste. Und warum überhaupt hatten die Besitzer die Schuhe wieder hereingeholt, bevor sie geputzt worden waren?

Sie wischte sich eine Träne von der Wange – lästig, dachte sie; wie dumm und kindisch, wegen einer Geschichte zu weinen –, legte das Buch so vorsichtig wie einen Porzellanvogel beiseite und sprang auf.

Bald darauf eilte sie durch den Weinkeller, löschte das Licht, verschloss die Tür hinter sich und rannte, so schnell sie konnte, Richtung Schuhkammer. Die nackten Glühbirnen an den Ecken der Korridore waren spärlich gesät, und selbst das war ein Luxus, den sich nur die allerwenigsten Gebäude Sankt Petersburgs leisten konnten; elektrisches Licht war noch immer so kostbar wie die Schmuckstücke jener, die in seinem Schein flanierten. Andere Bedienstete, die hier herabstiegen, trugen meist Lampen bei sich, um die Schatten und ihre eigene Furcht zu vertreiben. Aber Maus kannte jeden Trittbreit dieser Gänge, selbst in völliger Dunkelheit hätte sie ihren Weg gefunden.

In der Kammer streifte sie das klamme Leinenzeug ab und schlüpfte in ihre Uniform. Mit zwei schnellen Handbewegungen sortierte sie die goldenen Fransen auf ihren Schultern, zog die Jacke straff und schlug spielerisch die Hacken gegeneinander.

Bereit zum Aufbruch.

Bereit, die dumme Brosche zurückzuerobern.

DAS KAPITEL,
IN DEM MAUS DER SCHNEEKÖNIGIN
BEGEGNET. UND DEM JUNGEN OHNE
STIMME

Maus schob ihren Schuhkarren zum Aufzug und läutete nach der Kabine. Beherzt blickte sie den Jungen an, der das Gitter für sie aufschob. Dabei bemerkte sie, dass man Menschen in die Augen und trotzdem durch sie hindurchsehen kann. Das machte ihr ein wenig Mut, und sie hatte das Gefühl, dass der Junge überrascht war; sie hatte ihn gleich erkannt, er war einer von denen, die letzte Nacht in vorderster Reihe gestanden hatten. Wie albern er in seinem gestreiften, viel zu großen Schlafanzug ausgesehen hatte! Am liebsten hätte sie ihm das ins Gesicht gesagt, aber so mutig war sie dann doch nicht.

Im Gegensatz zu sonst begann sie ihre Arbeit heute in der oberen Etage. Mit wild pochendem Herzen schob sie den Karren durch dieselben Gänge, durch die sie am Tag zuvor der Rundenmann gejagt hatte. Es kam ihr vor, als hätte die Kälte, die sie am Vortag schon bemerkt hatte, bereits das ganze Stockwerk erfasst. Die übrigen Suiten in der fünften Etage waren derzeit unbewohnt, wohl deshalb hatte sich noch niemand beschwert. Maus nahm sich vor, dem Hausmeister Bescheid zu geben.

Zögernd bugsierte sie das fahrbare Regal an die Wand des Flurs, schluckte den Kloß in ihrem Hals herunter und pochte mit einem Fingerknöchel gegen die Tür der Zarensuite. Das war zu zaghaft, aber sie wartete trotzdem eine ganze Weile, ehe sie es erneut versuchte, diesmal mit der ganzen Hand und ein wenig fester.

Im Inneren klapperte eine Zwischentür, Füße raschelten auf Teppich. Die Kälte kroch als Gänsehaut an Maus' Beinen empor.

Sie hob den Kopf, weil sie damit rechnete, dass jemand von oben auf sie herabblicken würde, wenn die Tür der Suite geöffnet wurde. Stattdessen war der schmale Spalt gerade breit genug für ein einzelnes Auge, und es befand sich fast auf derselben Höhe wie ihr eigenes Gesicht.

„Bitte verzeihen Sie", sagte sie mit belegter Stimme. „Entschuldigen Sie die Störung."

Der Spalt wurde breiter. Vor ihr stand ein Junge mit braunem, struppigem Haar und Kleidung, die eigentlich zu verschlissen aussah für jemanden, der sich diese Räume leisten konnte. Auf den ersten Blick hätte man ihn für einen Straßenjungen halten können.

Er sah sie nur an und nickte einmal kurz.

Das verwirrte sie, und einen Moment lang wusste sie nicht, was sie als Nächstes tun sollte. Dann aber besann sie sich und sagte: „Ich … ich gehöre zum Hotelpersonal. Ich sammle Schuhe ein, um sie zu putzen."

Wieder nickte er.

„Mir ist leider ein Missgeschick passiert. Gestern Abend."

Es sind seine Augen, dachte sie. Irgendwas ist anders daran. Sie waren so haselnussbraun wie sein Haar, doch es war nicht die Farbe, die sie irritierte: In den Augen des Jungen gab es so gut wie kein Weiß. Die Iris reichte von einem Augenwinkel zum anderen. Und seine Pupillen waren riesig. Schöne Augen, dachte sie. Seltsame Augen.

Er war ein wilder, strubbeliger Kerl, drahtig und mit einem sehnigen Hals. Er bewegte sich ein wenig ungelenk, so als wüsste er nicht recht, was er mit seinen Armen und Beinen anstellen sollte. Tatsächlich war er nur unmerklich größer als sie. Schwer, sein Alter zu schätzen.

„Wer ist da?" Es war die Stimme einer Frau, die aus den Tiefen der Suite an die Tür drang. Eine angenehme Stimme. Das Gesicht, das man sich dazu vorstellte, war jung und freundlich.

Der Junge sah über die Schulter, dann wieder auf Maus und sagte nichts. Seine Lippen bewegten sich, aber es kam kein Ton heraus.

Er kann nicht sprechen, durchzuckte es Maus. Er ist stumm!

„Verzeihen Sie die Störung, Madame", rief sie eilig, als ihr klar wurde, dass der Junge nicht wusste, was er jetzt tun sollte.

Sie hatte die Bewohnerin der Suite *Madame* genannt, weil der russische Adel die französische Sprache und Lebensart verehrte. Sie hoffte, dass der Frau das gefallen würde.

Im Hintergrund raschelte es. Irgendwo schien ein weiteres Fenster geöffnet zu werden: Ein eiskalter Luftstoß wehte Maus über die Schultern des Jungen entgegen. Sie fröstelte so sehr, dass sie um ein Haar einen Schritt zurückgewichen wäre.

„Verzeihen Sie", sagte sie noch einmal. Der Junge blickte nun merklich hektischer zwischen ihr und jemandem hin und her, der von hinten herankam. Maus hörte keine Schritte. Dennoch begann sie erneut, ihren Spruch aufzusagen. Sie war gerade bei „Missgeschick passiert" angekommen, als die Frau hinter dem Jungen in ihr Blickfeld trat, ihn sanft beiseite schob und die Tür zu voller Weite öffnete.

Maus hatte noch nie in ihrem Leben jemanden gesehen, der so aussah wie sie. Niemanden, der so schön war und so anders. Die Frau war ungemein groß, und das lag nicht allein an den Schuhen mit hohen Kristallabsätzen, die sie trug. (Maus hatte nicht auf die Schuhe des Jungen geachtet, aber ihm gehörte sicher das kaputte Paar, in dem sie die Brosche versteckt hatte.) Das Kleid der Frau war auf den ersten Blick schlicht, sehr eng und weiß, aber ohne aufwändige Verzierungen, wie andere reiche Damen sie liebten. Sie trug keinen sichtbaren Schmuck, und warum auch? Neben ihrem Gesicht wäre jeder Edelstein verblasst. Sie hatte weißblondes Haar, das sie hochgesteckt hatte; nur ein paar lange Strähnen fielen glatt über ihre Schultern. Ihre Haut war so hell, als wäre sie ihr Leben lang nie in die Sonne getreten.

Eiskalte Blicke tasteten über Maus' Gesicht. „Was willst du?" Sie klang nicht unhöflich, trotz der barschen Worte. Mit dieser Stimme hätte sie fluchen können, ohne zu beleidigen.

Maus brachte stammelnd die Geschichte vor, die sie sich zurechtgelegt hatte. Vor ein paar Minuten war sie ihr noch glaubwürdig erschienen, gerade weil sie so blödsinnig klang – wer würde schon solch eine Lüge erfinden? Jetzt aber, laut ausgesprochen, kam sie ihr wie der größte Unfug vor, den sie sich je hatte einfallen lassen. Es lief darauf hinaus, dass sie behauptete, einem Gast sei eine Brosche in dessen Schuh gefallen. Sie selbst habe das Schmuckstück beim Putzen der Schuhe entdeckt und beiseite gelegt. Dabei müsse es jedoch versehentlich in einen anderen Schuh gerutscht sein, und sie habe die Hoffnung, dass er zu einem Paar aus dieser Suite gehöre. Sie tat ganz verzweifelt und behauptete, man werde sie entlassen, wenn die Brosche nicht alsbald wieder auftauchte und der rechtmäßigen Besitzerin zurückgebracht werden konnte.

„So, so", sagte die weiße Frau in der Tür und verriet durch keine Regung, ob sie Maus durchschaut hatte oder nicht.

Der Junge hatte sich in den Vorraum der Suite zurückgezogen. Maus konnte ihn nicht mehr sehen, aber sie vermutete, dass er nach wie vor neben der Tür stand.

„Es tut mir schrecklich Leid, Ihnen solche Mühe zu bereiten", sagte Maus, „aber wäre es vielleicht möglich, dass Sie kurz nachsehen? In ... in den Schuhen, meine ich."

Die Frau musterte sie noch immer, dann blickte sie zur Seite, als wollte sie in Erfahrung bringen, was der Junge dazu meinte. „Hattest du nicht gemeint, die Schuhe seien gestern gar nicht geputzt worden?", fragte sie ihn. Argwohn lag in ihren Worten, aber nicht in ihrem Tonfall; der blieb warm und melodiös.

Ein Schreck durchfuhr Maus. In ihrer Aufregung hatte sie den denkbar gröbsten Fehler begangen: Natürlich waren die Schuhe gar nicht im Keller gewesen. Irgendjemand – der Junge oder die Frau – hatte sie ja wieder in die Suite gezogen, bevor Maus sie hatte einsammeln können! Es war derart dumm, eine so wichtige Sache zu vergessen, dass sie am liebsten laut geschrien hätte.

Aber es war zu spät, um jetzt noch einen Rückzieher zu machen. Außerdem, und das war das Erstaunlichste, hatte sie mit einem Mal einen Verbündeten.

„Du hast dich geirrt?", fragte die Frau den Jungen, so als hätte er etwas zu ihr gesagt. Vielleicht in Zeichensprache. Maus hatte jedenfalls nichts gehört. Das schmale, weiße, wunderschöne Gesicht wandte sich wieder zu Maus. Und plötzlich veränderte sich etwas darin. Aus Gleichmut wurde überraschtes Interesse.

Mit einer eleganten Bewegung beugte sie sich vor und brachte ihr Gesicht ganz nah an Maus heran. „Ist das möglich?", murmelte sie tonlos.

„Was meinen Sie, Madame?" Maus bog Kopf und Schultern ganz leicht nach hinten, wich aber noch immer nicht zurück. Roch die Frau etwa an ihr?

Da zog sich die Fremde mit einem Ruck wieder zurück. „Nun ja, dann wird die Brosche, die wir gefunden haben, wohl deine sein." Sie machte einen halben Schritt zur Seite. „Tritt ein."

„Ich bleibe auch gern vor der Tür stehen."

Ein ungeduldiges Funkeln flitterte durch die blauen Augen. „Komm rein, hab ich gesagt." Es war ein Befehl, aber so, wie sie ihn betonte, klang er dennoch wie eine höfliche Bitte.

Maus trat an der Frau vorbei in die Suite. Der fensterlose Vorraum allein maß mehr als das Dreifache ihrer Schuhkammer im Keller. Zwei Türen gingen davon ab. Die eine, die zum Bad führte, war geschlossen; die andere stand weit offen und gewährte den Blick in das riesige Schlafzimmer. Draußen war es längst dunkel geworden, aber in dem Raum mit dem riesigen Himmelbett herrschte ein seltsames Silberlicht, so als stünde der Vollmond direkt vor der breiten Fensterfront. Dabei schneite es draußen noch immer, der Himmel musste voller Wolken sein.

Maus blieb unweit des Eingangs stehen. Die Mundwinkel der Frau verzogen sich zu einem Lächeln, aber ihre Augen lächelten nicht. Sie schloss hinter Maus die Tür. „Das Schmuckstück, das du suchst, liegt im Schlafzimmer."

Erst jetzt wurde Maus wieder der Kälte gewahr. Merkten die beiden denn nicht, wie frostig es hier war? Maus sah, wie ihr Atem zu Schwaden wurde, genau wie der des Jungen. Nur vor dem Gesicht der Frau zeigte sich kein noch so blasses Atemwölkchen.

Ich hätte nicht herkommen dürfen, dachte sie nervös. Was bedeutet mir schon die eine blöde Brosche? Aber nun war sie einmal hier, und es gab kein Zurück.

Mit einem gemurmelten Dank ging sie den beiden voraus ins Schlafzimmer. Die Wand zu ihrer Linken bestand nur aus Fenstern, draußen erstreckte sich eine weitläufige Dachterrasse. Hinter dem Glas fielen schwere, nasse Flocken. Nirgends war der Mond zu sehen. Doch noch ehe Maus nach der Quelle des Silberlichts im Raum suchen konnte, schaltete die Frau neben der Tür die Beleuchtung ein. An der hohen Decke flammten rund um einen Kronleuchter schlanke Birnen auf. Das Himmelbett, Kommoden, Sessel und Gemälde in schweren Rahmen wurden von elektrischem Licht überflutet. Der Silberglanz war schlagartig fortgeblasen wie Feenstaub.

Die Frau erschien ihr jetzt weniger überirdisch, auch

wenn ihre Schönheit von dem gelblichen Schein unangetastet blieb. Aber sie wirkte älter, mindestens zehn Jahre. Und ihr silbrig weißes Haar hatte an Glanz verloren, war matter, beinahe grau. Auch die Kleidung des Jungen, der zappelig im Rahmen der Schlafzimmertür stand, schien noch schäbiger als zuvor. Maus fand, dass er verängstigt aussah.

„Ich möchte Sie wirklich nicht stören", sagte sie, und ihre Stimme klang jetzt so piepsig, dass sie ihrem Namen alle Ehre machte.

Die Frau beugte sich zu dem Jungen hinab und flüsterte ihm etwas ins Ohr. Seine großen dunklen Augen wurden noch ein wenig weiter. Maus lief es eisig über den Rücken, aber das spürte sie kaum in der Kälte des Zimmers. Eher hatte sie das Gefühl, als legte sich der Frost um ihre Glieder und Gelenke. Als begänne sie selbst, allmählich einzufrieren.

Der Junge rührte sich nicht, nur sein Blick wanderte zu Maus. Die Frau stieß ein einziges Wort aus, und zum ersten Mal klang sie dabei gereizt. Maus verstand nicht, was sie gesagt hatte.

„Ich kann gern wieder gehen", murmelte sie kleinlaut. „Wirklich, das macht gar nichts."

„Du bleibst", befahl die Frau.

Der Junge wandte sich nach einem letzten Zögern ab und eilte durchs Vorzimmer hinaus auf den Korridor. Die Eingangstür der Suite zog er hinter sich zu.

Die Frau legte eine Hand auf die Klinke der Schlafzimmertür. Die Kristalle am Kronleuchter klirrten leise, als Maus der einzige Fluchtweg versperrt wurde.

„Was wollen Sie von mir?" Das Sprechen fiel ihr mit einem Mal schwer. Vielleicht gefroren ihre Stimmbänder. Oder ihre Kiefer gehorchten ihr nicht mehr. Die Kälte war allgegenwärtig, ergriff Besitz von ihr, und doch fühlte sie sich ganz anders an als der Frost der Außenwelt. Maus hatte nicht das Gefühl zu erfrieren. Was diese Kälte bewirkte, war viel eher eine Lähmung.

„Du bist eine Diebin, mein Kind." Die Frau ging mit langsamen Schritten quer durch den Raum, bis sie am Fenster stand. Unterwegs passierte sie ein paar mannshohe Überseekoffer und Reisekisten, dann eine Stellwand aus Stoff, die eine Ecke des Schlafzimmers abteilte. Davor standen mehrere Paar schlichter Lederschuhe, alle identisch, alle gleichermaßen verschlissen; eigentlich waren es nur noch Sohlen, an deren Rändern Lederfetzen hingen. Über dem Rand der Stellwand lagen zerknüllte Kleidungsstücke, schlichte Hemden und Hosen, wie sie der stumme Junge getragen hatte; sie alle waren alt und löchrig und vermodert. Maus verstand nicht, wie all das zu dem Prunk der Suite und dem majestätischen Äußeren der Frau passte.

„Diebe müssen bestraft werden", fuhr die Frau fort und brachte ihr Gesicht ganz nah an das Glas der Fensterfront. Eigentlich hätte es jetzt von ihrem Atem beschlagen müssen, doch davon war nichts zu sehen.

„Diebe sind nicht gut für die öffentliche Ordnung. Und die Ordnung muss gewahrt bleiben, hier wie anderswo."

Öffentliche Ordnung? Was redete sie da? Maus fiel allmählich das Denken schwer, als ob selbst ihr Verstand gefror, vollkommen schmerzlos, aber unausweichlich.

Der Blick der Frau blieb hinaus in die Nacht gerichtet, in den dichten, unablässigen Schneefall, der die Terrasse immer tiefer unter sich begrub. Oder betrachtete sie ihr eigenes Spiegelbild in der Scheibe? Bemerkte sie, dass sie älter wirkte als vorhin, weniger Imposant?

„Sag mir, bist du kürzlich jemandem begegnet, den du vorher noch nie hier im Hotel gesehen hast?"

Maus hatte Mühe, sich zu konzentrieren. Auf die Worte der Fremden, auf ihre eigene Lage. Auf irgendetwas.

„Nun?", fragte die Frau, jetzt voller Ungeduld. Sie drehte sich um und durchbohrte Maus mit ihrem Blick.

„Das ... das hier ist ein Hotel, Madame. Viele Leute kommen und gehen ..."

„Ich meine jemand Bestimmten. Eine Frau. Sie trägt gern bunte Kleidung. Ihr Haar ist blau."

Maus war es, als gäbe es so jemanden in ihrer Erinnerung, aber sie brauchte lange, ehe sie begriff, wen die Fremde meinte. „Nein", sagte sie trotzdem.

„Du lügst."

Das schien ihr mittlerweile jedermann zu unterstellen, deshalb war sie nicht beleidigt. Die meisten hatten ja Recht damit.

„Ich weiß nicht, wen Sie meinen."

Die Frau machte zwei ungeheuer schnelle Schritte auf sie zu. Maus hatte jetzt das Gefühl, als käme die Kälte unter ihrem Kleid hervor, als flösse die eisige Luft von ihr herab wie Schmelzwasser von einem Schneemann.

„Gib dir Mühe! Ein lächerlicher bunter Schal. Ein abgegriffener Koffer aus Leder. Ein schreiend hässlicher Regenschirm. Und ein zerbeulter Zylinder aus Filz."

„Ich kann mich nicht erinnern." Immerhin war das zur Abwechslung mal die Wahrheit. Die Gestalt, die sie vor dem Hotel aufgelesen und zum Eingang getragen hatte, mochte all das bei sich gehabt haben; aber aufgefallen war es Maus nicht.

„Du riechst nach ihr", stellte die Frau fest. „Also lüg mich nicht an. Ich habe Erlen aufgetragen, den Nachtwächter zu holen. Ich werde dich ihm ausliefern, zusammen mit der Brosche, die du gestohlen hast. Was wird er dann wohl mit dir tun? Dich zur Polizei bringen? Auf jeden Fall bist du deine Arbeit los, kleines Mädchen. Willst du das wirklich?"

Der Rundenmann würde all das tun, ganz ohne Zweifel. Aber erst, nachdem er sie gründlich verprügelt hatte.

„Sie war vor dem Hotel", sagte Maus mit schwacher Stimme. „Ich habe sie nur ein einziges Mal gesehen."

Die Frau atmete tief durch. „Sie weiß also, dass ich hier bin." Ein Moment kurzen Nachdenkens, dann: „Hat sie dich nach mir gefragt?"

„Nein."

„Bist du sicher?"

„Nein. Ich meine, ja. Sie hat nicht gefragt. Ich kannte Sie ja auch gar nicht." Die Furcht vor dem Rundenmann schärfte ihre Sinne noch einmal, fräste durch die Lähmung ihrer Gedanken wie ein Eisbrecher.

„Was hattest du dann mit ihr zu tun?"

„Sie hat mir geholfen. Draußen, im Schnee, hat sie mich zum Eingang getragen, als ich nicht mehr laufen konnte."

„So?" Die Frau runzelte die Stirn, und diesmal glättete sich ihre Haut nicht wieder. Jugend und Majestät entglitten ihr immer mehr. Eine Maske aus Eis, die langsam von ihr abschmolz. „Sie hat dich gewiss nicht ohne Grund gerettet. Wahrscheinlich hofft sie, dich dadurch als Helferin zu gewinnen. Eine kleine, flinke Helferin, die sich im ganzen Hotel auskennt wie in ihrer Uniform-tasche, nicht wahr?"

Maus wusste nicht, was die Frau von ihr als Antwort er-wartete, daher sagte sie lieber gar nichts.

Die Fremde richtete sich wieder zu voller Größe auf – sie war nun merklich kleiner als vorhin am Eingang – und ging zurück zum Fenster.

Maus wollte sich zur Tür drehen, davonlaufen, nur weg hier – doch sie konnte sich nicht mehr rühren, nicht ein-mal ihre Fingerspitzen. Sie stand da, als gehörte sie zur Einrichtung der Suite, festgewachsen am Teppich. Nur ihre Augäpfel spähten in wilder Panik einmal nach rechts, einmal nach links.

Die Frau verlor plötzlich jegliches Interesse an ihr. Maus blickte an ihr vorbei auf einen Winkel des Schlafzimmers, der ihr zuvor noch nicht aufgefallen war.

Unweit des Bettes, in einer der Ecken, lag ein braunes Fell, das sie im ersten Moment für einen achtlos hinge-worfenen Pelzmantel hielt. Dann aber erkannte sie, dass es sich um ein Rentierfell handeln musste. Unter einer Falte schaute traurig ein Stück der leblosen Schnauze hervor, eine breite schwarze Nase. Zum Zimmer hin war das Fellknäuel von drei kleinen runden Spiegeln umge-ben, die flach auf dem Boden lagen und mit dem Glas zur Decke blickten. Sie waren nicht in Rahmen einge-fasst und hätten ebenso gut kreisrunde Wasserpfützen oder Eisscherben sein können.

Während Maus zu dem Fell und den drei Spiegeln hi-nübersah, hatte sie die Frau für einen Moment aus den Augen verloren. Nun war ihr auf einmal, als wüchse die Fremde außerhalb ihres Blickfeldes zum Doppelten ihrer Größe an, gewaltig und Ehrfurcht gebietend – aber als Maus wieder hinsah, stand die Frau unverändert am Fenster und hatte ihr den Rücken zugewandt. Schlank, groß, jedoch nicht so monströs, wie sie ihr einen Augenblick lang erschienen war.

Versuchsweise sah sie noch einmal weg, und wieder überkam sie dieser erschreckende Eindruck. Doch als sie abermals zu der Frau blickte, hatte diese ihre ursprüngliche Gestalt wiedererlangt. Maus erinnerte sich vage an Figuren aus Märchen, die nicht das waren, was sie nach außen hin zu sein vorgaben. Nur aus dem äußersten Augenwinkel betrachtet, zeigten sie ihr wahres Ich, ihre wahre, erschreckende Größe.

Du redest dir etwas ein, sagte sich Maus. Aber sie vermochte den Gedanken nicht zu Ende zu bringen, denn das Eis in ihrem Kopf ließ das nicht mehr zu.

Wie viel Zeit verging, wusste sie nicht.

Schließlich klopfte es an der Tür, und der Junge trat ein. *Erlen* hatte die Frau ihn genannt. Erschrocken sah er auf die reglose Maus, dann machte er eine Geste in Richtung seiner Herrin.

Die Frau nickte langsam, ohne ihren Blick vom Fenster und ihrem Spiegelbild zu nehmen. Sie deutete auf eine Kommode. Dort lag die Brosche, die der Junge jetzt eilig an sich nahm. Er kam zu Maus herüber und berührte ihre Hand.

„Geh mit ihm", sagte die Frau. „Der Nachtwächter erwartet euch draußen auf dem Flur."

Maus konnte sich wieder regen, erst nur sehr steif, dann allmählich flüssiger. Aber sie war noch immer unendlich träge. Weglaufen war vollkommen ausgeschlossen.

Der Junge führte sie an der Hand in den Vorraum und schloss die Schlafzimmertür hinter ihnen. Dann begleitete er Maus zum Eingang der Suite.

„Wer ist sie?", fragte Maus mit krächzender Stimme. „Und wer bist du?"

Er schüttelte hastig den Kopf, nickte zum Schlafzimmer hinüber, dann zur Tür. Sie war angelehnt. Maus graute bei der Vorstellung, dass der Rundenmann sie auf der anderen Seite erwartete.

Erlen öffnete ihre Finger mit seiner Hand und schob die Brosche hinein. Dann schloss er ihre Faust darum wie die einer Puppe.

Maus starrte ihn verständnislos an.

Der Junge zog die Tür auf. Der Korridor draußen war leer. Maus trat zögernd an ihm vorbei, blickte nach links, dann nach rechts. Niemand war zu sehen.

Der Junge schob sie hinaus. Geh!, flehte sein Rehblick. Schnell!

Maus begriff noch immer nicht gänzlich. Ließ er sie laufen? Tatsächlich, ja! Er hatte sich dem Befehl der Frau widersetzt und den Rundenmann gar nicht gerufen. Er hatte für sie gelogen. Für Maus!

Ehe sie ihm danken oder sich auch nur zu ihm umdrehen konnte, fiel hinter ihr die Tür ins Schloss.

Maus stand allein neben ihrem Schuhkarren, die Brosche in der schweißnassen Hand, benommen, aber jetzt allmählich klarer, wacher, beweglicher, auch in ihrem Verstand.

Er hat mir geholfen, dachte sie mit grenzenloser Verwunderung.

Er hat das wirklich für mich getan.

DAS KAPITEL
ÜBER DIE BUNTE FRAU HINTER GLAS.
UND EINEN KOFFER VOLLER WORTE

Um in aller Ruhe nachzudenken, ging Maus oft ins bodenlose Treppenhaus.

Nur sie nannte es so, und nur sie kam noch hierher. Das Treppenhaus befand sich im hintersten der vielen Flügel des Hotels, ferner ab von der Pracht des Newski Prospekt als jeder andere Winkel der Nobelherberge. Tatsächlich war dies der älteste Teil des Gebäudes, wo vor vielen Jahren ein gewisser Herr Polonskij die erste Pension Aurora eröffnet hatte, im vierten und fünften Stockwerk eines turmähnlichen Gemäuers, das damals zwischen zwei anderen Häusern eingezwängt gewesen war. Beide waren später abgerissen worden; das eine, um Platz für einen weiteren Trakt des Hotels zu schaffen, das andere, um dort einen Garten für die Gäste anzulegen. Auch dieser Garten war längst verschwunden. Heute standen dort hölzerne Schuppen.

Das Gebäude selbst, die Keimzelle des Aurora, stand seit mehr als zehn Jahren leer. Die Zimmer waren viel zu eng für die Ansprüche der reichen Gäste, und das Verlegen elektrischer Leitungen hatte sich als unmöglich erwiesen. Akute Brandgefahr, hatte man die Direktion gewarnt. Zudem könnten Mauerwerk und Gebälk einstürzen, ein Abriss sei höchst ratsam.

Seither waren alle Verbindungstüren zu dem alten Gebäudeflügel verschlossen. Man hatte sie übertapeziert und für die Gäste unsichtbar gemacht. An einen der rostigen Schlüssel heranzukommen, war für Maus kein Problem gewesen, doch eine Tür zu finden, die sich von außen unbemerkt öffnen ließ, ohne Tapete oder Farbe zu beschädigen, hatte sich als weitaus schwieriger erwiesen. Schließlich aber hatte Maus sogar zwei davon entdeckt – eine im Erdgeschoss, eine in der vierten Etage.

Das bodenlose Treppenhaus war ein runder Schlauch im Herzen des verlassenen Hoteltrakts. Eine breite Wendeltreppe führte ohne Zwischenabsätze an der Wand entlang, mit festem, gemauertem Geländer, dessen Oberfläche von zahllosen Händen glatt geschliffen war. Während der wärmeren Jahreszeiten fiel Licht durch eine Glaskuppel, getragen von einem filigranen Netzwerk eiserner Streben, die von unten betrachtet die Form einer Rosenblüte bildeten. Einst mochte die Kuppel als Kunstwerk gegolten haben, doch heute war das Glas mit Schmutz und Taubenkot verkrustet. An manchen Stellen hatte das Gewicht des Schnees einzelne Scheiben zerbrochen; durch die Löcher rieselten unablässig Fäden aus Eiskristallen in die Tiefe.

Das Treppenhaus war nicht wirklich bodenlos, obgleich es von oben so aussah. Schaute man im Dachgeschoss über das Geländer, konnte man selbst bei Tageslicht kaum bis zum ersten Stock hinabsehen. Die Fliesen im Erdgeschoss waren aus schwarzem Schiefer, und der Schmutz des vergangenen Jahrzehnts hatte das Seine getan, den Steinboden unsichtbar zu machen. Selbst bei genauem Hinsehen schien es, als verschwände die graue Treppenspirale in einem endlosen, tiefschwarzen Abgrund.

Maus schwang sich zum Nachdenken gern rittlings auf das Geländer; das war der gefährlichste Teil, denn wenn sie dabei zu viel Schwung nahm, drohte sie auf der anderen Seite herunterzufallen. Sobald sie sicher saß, stieß sie sich mit beiden Händen ab und glitt rückwärts in die Tiefe. Auf der weiten Schneckenhausbahn des Treppengeländers rutschte sie gemächlich abwärts. Mittlerweile hatte sie genug Erfahrung darin, um genau zu wissen, wie kräftig sie sich abstoßen musste, um ohne Unterbrechung das gesamte Geländer hinabzurutschen. Vier Minuten von oben bis unten. Und immer, wirklich immer kam sie am Ende des bodenlosen Treppenhauses mit einer Idee an. Einem Einfall, der ihre Probleme löste. Zumindest einem Gedanken, der ihr Mut machte und sie aufbaute.

Heute schlug der Versuch zum ersten Mal fehl. Sie zerbrach sich beim Hinabrutschen den Kopf darüber, was sie als Nächstes tun sollte. Die Hoteldirektion über die gefährliche Frau in der Zarensuite informieren? Womöglich wusste man dort, wer sie war, und Maus würde sich mit ihrer Meldung nur Ärger einhandeln. Noch einmal Kontakt zu dem stummen Jungen aufnehmen? Aber war er bereit, ein zweites Mal Strafe zu riskieren, nur um sich mit ihr zu treffen?

Und was hatte dieses Gerede von der bunten Frau zu bedeuten? Warum konnten sie und die Fremde in der Suite einander riechen, noch dazu an Maus? Das war nun wirklich mehr als nur sonderbar.

Sie passierte gerade die zweite Etage – Dunkel, Staub und hohle Echos überall –, als sie dachte, dass es wohl das Beste wäre, sich von beiden in Zukunft fern zu halten. Und auch den Jungen zu vergessen.

Mit einem leisen Seufzen rutschte sie vom blank geschliffenen Sockel im Erdgeschoss, verwundert, dass sie schon unten war, und landete schmerzhaft auf dem Hinterteil.

Es gab noch eine Möglichkeit.

Du musst lernen, das Hotel zu verlassen, sagte sie sich. Einfach von hier fortgehen. Dann sieht es nicht aus, als würdest du weglaufen, sondern, ganz im Gegenteil, als hättest du einen Sieg errungen. Über dich selbst und deine Ängste.

Schließlich aber dachte sie an die Weite dort draußen. Den Schnee. Und die Kälte. Aber Kälte gab es auch hier im Hotel, oben in der Suitenetage. Maus war nicht mal sicher, welche die schlimmere war.

Geh fort von hier, flüsterte es in ihrem Kopf. Beweise dir, dass du es kannst.

Sie saß da und blickte zu der dunklen Kuppel hinauf. Schneekristalle rieselten ihr durch das zerbrochene Glas entgegen wie Sterne, so als fiele der Himmel auf sie herab. Oder gar sie selbst in die Nacht hinein.

Panniki gab es am nächsten Tag zum Abendessen. Pfeffer-
kuchen. Das war Maus' Leibgericht, auch wenn sie das
selbstverständlich nie erwähnt hatte. Allein aus Gehässig-
keit hätten sonst die anderen alles aufgegessen.

Maus kam meist zu spät zum Essen. Für viele der Jungen
und Mädchen, die im Hotel beschäftigt waren, war dies
die letzte Mahlzeit des Tages. Für Maus aber war es die erste. Manchmal argwöhnte sie, dass ihre Polierschicht in
den Dampfbädern vom Concierge mit voller Absicht so gelegt worden war, dass sie erst dann zum Essen dazukam,
wenn die Übrigen sich bereits gründlich bedient hatten.

Pagen und Zimmermädchen, Küchengehilfen und
Kellnerlehrlinge bekamen stets das, was die Gäste im Speise-
saal übrig ließen. Meist waren es die Reste aus den riesigen Kochkesseln, die knusprigen Krusten der Backbleche
und Überbleibsel aus Obst- und Gemüseschüsseln. Selten
kehrte irgendjemand tatsächlich das Liegengelassene von
den Gästetellern in die Töpfe, aus denen sich die Jungen
und Mädchen ihre Mahlzeiten auf Blechteller schaufelten.
Wer zuerst kam, musste garantiert keinen Hunger leiden.
Die Letzte aber hatte oft das Nachsehen.

Die Speisungen fanden in einem gekachelten Saal hinter der Küche statt, in dem auch Kartoffelsäcke und leere Milchkannen aufbewahrt wurden. Manchmal wusel-
te eine Hausmaus zwischen den Stuhlbeinen an der
langen Tafel hindurch, was stets zu viel Geschrei und
allerlei Versuchen führte, das arme Tier zu zertreten.

Maus blieb niemals länger als nötig. Sie saß am hinteren Ende der Tafel, wo sie den Blicken der anderen und
ihrer Häme schutzlos ausgeliefert war. Wann immer es
möglich war, nahm sie ihren Teller und verzog sich da-

mit nach vorn in die Küche. Die schwitzenden Frauen, die dort unter dem Kommando der Chefköche arbeiteten, waren zwar nicht viel freundlicher zu ihr als Maus' Altersgenossen im Hinterzimmer, aber meist hatten sie zu viel zu tun, um ihr Beachtung zu schenken. So lange Maus sich vor den Blicken des griesgrämigen Gemüsekochs, des lüsternen Sauciers oder gar des allmächtigen *Chef de Cuisine* fern hielt, ließ man sie in Ruhe.

Während sie aß, kam sie nicht los von dem Gedanken an den fremden Jungen. Ob auch er wegen seiner Sprachlosigkeit gehänselt wurde? Jemand, der sich gegen den Befehl einer Zauberin auflehnte – denn eine Zauberin musste die Frau wohl sein –, ließ sich so etwas gewiss nicht gefallen. Sicher hätte er auch keine Angst, das Hotel zu verlassen.

Maus stocherte gedankenverloren mit dem Löffel im Restebrei auf ihrem Blechteller, kratzte Muster hinein, Linien und Winkel, ehe ihr auffiel, dass sie einen Eiskristall gezeichnet hatte.

Das Hotel verlassen. Nach allem, was vor zwei Nächten geschehen war, war das ein absurder Gedanke. Und dennoch – vielleicht war es wirklich an der Zeit dafür.

Du musst es nur tun. Einfach nur tun.

Heute Nacht.

Der Stolz des Grandhotels Aurora war seine moderne Drehtür, die vom Foyer hinaus auf den breiten Gehweg des Boulevards führte. Es war ein monströses Ding aus Glas und Messing, unterteilt in vier Kabinen, jede einzelne groß genug, um mehreren Menschen Platz zu bieten. Das Glas reichte vom Boden bis zur Decke und wurde peinlichst sauber gehalten. Jeden Morgen wurden die großen Scheiben von der Direktion inspiziert. Ein Fingerabdruck zu viel hatte schon mehr als einen Bediensteten die Anstellung gekostet.

Maus stand am anderen Ende der Eingangshalle und starrte über den Parkettfußboden zur Glastür hinüber. Das Foyer war ihr noch nie so riesig erschienen. Obwohl sich um diese Uhrzeit – drei Uhr in der Nacht – nur ein verschlafener Portier in der Halle aufhielt, kam es ihr vor, als läge ein Spießrutenlauf vor ihr.

Zu ihrer Linken befand sich die gewaltige Eichenrezeption, länger als zehn Meter; sie war an der Vorderseite mit kunstvollen Schnitzereien bedeckt, die Szenen aus der glorreichen Geschichte des russischen Volkes zeigten. Von der gegenüberliegenden Wand starrten die Ölporträts der Zarenfamilie herab; Maus fand, dass die Kinder darauf schon jetzt wie alte Leute aussahen, ausgelaugt von jahrzehntelanger Herrschaft. Obwohl sie unermesslich reich waren, hatte Maus manchmal Mitleid mit ihnen. In gewisser Weise waren die Zarenkinder ebenso Gefangene wie sie selbst.

Trotz der elektrischen Glühbirnen im Kronleuchter standen überall in der Eingangshalle schmiedeeiserne Kerzenleuchter, manche doppelt so hoch wie Maus und verzweigt wie ein junger Baum. Über der Rezeption funkelte das Licht auf einem gewaltigen goldenen Gong, der nur geschlagen wurde, wenn wichtige Persönlichkeiten das Aurora betraten. Es war das Zeichen für die Bediensteten, ein Spalier für den hohen Gast zu bilden. Jetzt leuchtete die runde Metallscheibe an der Wand wie ein Vollmond, der in der Halle eingesperrt war.

Rechts von ihr, in der Seitenwand, befand sich die Gittertür des Lifts. Der Aufzug war gerade in einem anderen Stockwerk. Im Schein der Deckenlüster konnte Maus hinter den Metallstreben die Schlaufen dicker Ketten und Seile erkennen, mit deren Hilfe sich die Liftkabine auf und ab bewegte; es sah aus, als könnte man durch die Öffnung einen Blick auf bloßliegende Venen und Arterien des Gebäudes werfen.

Die dreißig Meter bis zur Drehtür kosteten Maus ebensolche Überwindung wie schließlich der eine, zögernde Schritt, mit dem sie die gläserne Kabine betrat. Der Portier lehnte im Halbschlaf an der Wand, warf ihr unterm Rand seiner Mütze einen argwöhnischen Blick zu, registrierte, dass sie kein Gast war, sondern nur der Mädchenjunge, und senkte wieder das Gesicht. Falls ihn der Concierge so sehen würde, würde er ihn vermutlich hinauswerfen; doch der Concierge schlief um diese Zeit daheim im Bett, und die Nachtbesetzung der Rezeption ruhte sich in einem Hinterzimmer aus. In den Nächten und bei solch einem Schneesturm kam und ging ohnehin kein Gast.

Maus trug über ihrer Uniform eine dicke Felljacke, die Kukuschka ihr geschenkt hatte. Mittlerweile war sie ein wenig eng geworden, aber noch passte sie leidlich. Dazu trug sie einen Schal, den sie aus dem Fundus liegen gelassener Kleidungsstücke stibitzt hatte. Sie hatte nicht vor, sich lange im Freien aufzuhalten. Es kam ihr nur auf den Versuch an. Einmal freiwillig das Hotel verlassen, und wenn es nur für ein paar Augenblicke war.

Maus rührte sich immer noch nicht. Sie brachte es nicht über sich, die Hand zu heben und die Griffstange zu berühren, mit der man die Drehtür in Bewegung setzte. Noch konnte sie zurück.

Mach schon, sagte sie sich. Geh endlich.

Sie blickte wieder nach vorn, auf das Glas und auf die Messingstange. Ihr Gesicht spiegelte sich in der Scheibe. Sie sah sehr unglücklich aus. Vielleicht war das alles ja doch keine gute Idee.

Ihre Knie bebten. Ihr Herz pumpte hektisch. Sie hatte Kopfschmerzen in der rechten Schläfe, als bohrte sich eine Nadel in ihren Schädel.

Also?, fragte eine Stimme in ihrem Kopf. Soll's das jetzt gewesen sein?

Maus streckte beide Hände nach der Haltestange aus und drückte dagegen. Die Drehtür setzte sich in Bewegung. Maus machte zwei, drei Schritte vorwärts, dann befand sie sich samt ihrer Kabine immerhin schon seitlich der Drehspindel. Die gerundete Seitenwand bestand aus spiegelglattem Holz. Die Trennwände der vier Kabinen waren mit einem bürstenartigen Rand besetzt, der mit einem leisen Rauschen an der Verkleidung entlangstrich.

Maus spürte die Kälte näher kommen. Noch ein Schritt, dann erreichte sie die Außenwelt. Die Markise über dem Gehweg reichte bis zum Straßenrand, wo tagsüber Pferdegespanne auf Fahrgäste warteten; sie hielt auch jetzt das schlimmste Schneetreiben fern. Trotzdem schlug der Frost Maus wie eine Ohrfeige ins Gesicht. Die Schweißperlen auf ihrer Stirn schienen schlagartig zu Eis zu werden. Sie zitterte am ganzen Leib, aber das hatte sie schon zuvor in der warmen Eingangshalle.

Die Tür besaß genug Schwung, um sich weiterzudrehen. Maus zögerte einen Moment zu lange, dann war ihre Kabine bereits von neuem auf dem Weg nach innen. Der Kältehauch aus der Nacht wurde abrupt abgeschnitten. Ehe Maus sich's versah, blickte sie schon wieder ins Foyer. Der Portier hatte den eisigen Luftzug der Drehtür bemerkt, nahm Haltung an, erkannte dann Maus und schüttelte stumm den Kopf. Sein Kinn sackte zurück auf die Brust, er schlief wieder.

Maus atmete tief ein und aus. Ihre Hände waren noch immer um die Messingstange gekrallt. Es konnte doch, verdammt nochmal, nicht so schwer sein, diesen einen letzten Schritt ins Freie zu tun! Sie ärgerte sich über sich selbst und war zugleich erleichtert. Vielleicht morgen Nacht. Oder übermorgen. Dann läge Maxims Gemeinheit weiter zurück, alles würde viel einfacher sein.

Nein!, durchfuhr es sie. Red dir nicht solchen Unsinn ein. Maxim hat nichts damit zu tun. Nur du selbst.

Du kannst es. Heute. Jetzt gleich.

Abermals drückte sie gegen die Stange. Die Tür drehte sich. Die hölzerne Seitenwand glitt vorüber, die Kälte wehte herein – und mit ihr eine Gestalt so flink wie ein Schatten und bunt wie eine Zuckerstange.

Etwas stieß gegen Maus' Knie. Die Kante eines Lederkoffers. Beinahe hätte sich die Spitze des zusammengefalteten Regenschirms in der Tür verkeilt, doch die Frau zog ihn mit einem „Hoppla!" gerade noch zu ihnen herein.

Die Kabine wanderte weiter, von der Außenseite erneut Richtung Eingangshalle. Die Fremde packte die Haltestange und hielt die Tür auf halbem Weg an. Die Flucht nach vorn und nach hinten wurde jetzt von den Glasscheiben versperrt.

Maus war mit ihr in der Kabine gefangen.

„Was wollen Sie von mir?" Die Worte kamen ihr wie von selbst über die Lippen. Dabei war sie eigentlich viel zu überrascht, dass sie auf einmal nicht mehr allein in der Drehtür war. Die Frau war wie aus dem Nichts aufgetaucht.

„Wie ist dein Name?" Schnee lag auf der Krempe ihres Zylinders. Irgendjemand musste vor kurzem darauf gesessen haben, so zerknautscht war er.

„Maus", sagte Maus.

„Meiner ist Tamsin." Die Frau deutete eine leichte Verbeugung an. Blaue Haarsträhnen fielen unter dem Hut hervor. „Tamsin Spellwell, zu deinen Diensten."

„Zu meinen Diensten?"

Die Frau zuckte lächelnd die Achseln. „Nur so eine Redensart."

„Ich möchte jetzt gerne wieder ins Foyer", sagte Maus sehr vorsichtig. Das Gefühl, das sie in der Gegenwart dieser Frau – dieser Tamsin – beschlich, unterschied sich kaum von jenem, das sie in der Zarensuite verspürt hatte. Die Luft in der Glaskabine kribbelte und knisterte wie elektrisiert. Der Schal um Maus' Hals schien enger zu werden.

Auch die Frau besaß einen Schal, bunter noch als alles andere an ihr – mit Ausnahme des Regenschirms vielleicht, der wirklich lächerlich aussah, sogar in geschlossenem Zustand.

„Darf ich mich kurz mit dir unterhalten?", fragte Tamsin.

Was für ein seltsamer Name, dachte Maus. Und Spellwell? Russisch klang das nun wirklich nicht.

„Ich –", begann Maus, wurde aber gleich unterbrochen: „Ich werde nicht viel von deiner kostbaren Zeit beanspruchen. Jedenfalls nicht, solange du es nicht wünschst."

Maus musterte die Frau voller Misstrauen. Machte sie sich über sie lustig? Ihr Gesicht wirkte offen und ehrlich, weit freundlicher als die meisten anderen, denen sie Tag für Tag begegnete. Und sie war jung, ganz erstaunlich jung.

„Können wir nicht im Foyer miteinander reden?", fragte Maus. Die feinen Härchen auf ihrem Handrücken hatten sich aufgestellt wie Nadeln, über die man einen Magneten hält.

Tamsin schüttelte den Kopf. „Ich würde es vorziehen, wenn dieser verschlafene Portier uns nicht hört."

Maus seufzte leise und nickte. Was blieb ihr auch übrig?

„Dein Name ist also Maus, ja?"

Noch ein Nicken.

„Ist das dein richtiger Name?"

„Stimmt irgendwas nicht damit?"

„Oh, Verzeihung. Ich schätze, er ist schon ganz in Ordnung. Mein Bruder heißt Rufus, weißt du? Niemand auf der Welt will Rufus heißen." Tamsin gestikulierte beim Sprechen ziemlich aufgeregt mit den Händen. Weil sie Koffer und Regenschirm festhielt, machte das die Enge in der Kabine nicht gerade angenehmer. „Hmm, nochmal Verzeihung", sagte sie lachend, als sie sah, dass Maus sicherheitshalber einen Schritt zurücktrat. „Ich sollte damit nicht so rumfuchteln, was?"

„Sie haben mich gerettet", stellte Maus fest. „Draußen im Schnee."

„Du hättest es auch allein geschafft. Es war nicht mehr weit."

Maus wusste es besser. „Danke", sagte sie.

„Keine Ursache. Also, Maus ... Ich suche jemanden, der mir ein wenig hilft. Bei allerhand Kleinigkeiten."

Eine kleine, flinke Helferin, die sich im ganzen Hotel auskennt, hatte die Frau in der Suite gesagt. Woher hatte sie das gewusst? Was ging hier nur vor?

„Ich hab schon Arbeit. Hier im Hotel."

„Aber sie macht dich nicht glücklich."

„Kann Arbeit das denn?"

„Manchmal schon." Tamsin fasste sie sanft an den Schultern und drehte sie um, sodass Maus sich selbst in der Scheibe betrachten konnte. „Sieht so ein glückliches Mädchen aus?"

Tatsächlich fand Maus, dass sie heute viel mehr nach einem Mädchen aussah als sonst. Das musste am Licht liegen. Aber glücklich wirkte sie trotzdem nicht. „Nein", sagte sie und senkte den Blick.

Tamsin zog sie vorsichtig wieder zu sich herum und ging vor ihr in die Hocke. Ihre Augen befanden sich jetzt auf einer Höhe, nur der alberne Zylinder überragte Maus noch immer um mindestens einen Fuß.

„Du kannst weiterhin deine Arbeit im Hotel machen", sagte Tamsin, „jedenfalls wenn dir das lieber ist. Aber solange ich hier wohne, würdest du manchmal kleine Erledigungen für mich machen müssen. Wäre das in Ordnung?"

„Was für Erledigungen?"

„Zum Anfang könntest du meinen Koffer tragen. Er ist nicht schwer."

„Dann wird der Portier wütend auf mich sein, weil es seine Aufgabe ist, den Koffer durch die Tür zu tragen.

Und der Page wird mich hassen, weil er ein Trinkgeld dafür bekommt, Gepäck aufs Zimmer zu bringen."

Tamsin grinste Maus an. „Aber der Portier schläft. Und der Page wahrscheinlich auch, oder? Jedenfalls sehe ich keinen."

Tatsächlich war der Junge von der Nachtschicht nirgends zu entdecken. Maus vermutete, dass er hinter irgendeinem Blumenkübel saß und schnarchte.

„Nun?", fragte Tamsin.

„Warum nicht." Maus wollte nach dem Koffer greifen, aber Tamsin zog ihn noch einmal zurück.

„Moment. Noch was."

Die Sache musste ja einen Haken haben. „Hmm?"

„Du musst Tamsin zu mir sagen. Nicht Lady Spellwell oder so einen Blödsinn."

Durch die vielen ausländischen Gäste im Hotel hatte Maus immerhin gelernt, dass *Lady* eine Anrede für eine englische Adelige war. War Tamsin also eine Frau von hoher Geburt?

Sie nickte wieder, und Tamsin fuhr fort: „Du musst mir noch eine Frage beantworten."

„Sicher."

„Du bist ihr begegnet, oder? Ich meine, ich kann sie an dir riechen, jetzt noch viel stärker als beim letzten Mal. Hast du mit ihr gesprochen?"

Maus schluckte.

„Und sie hat dich bestimmt nach mir gefragt", stellte Tamsin fest. „Hat sie das getan?"

Tamsin hatte keinen Namen genannt, die Frau in der Suite nicht mal beschrieben. Als wäre Maus eine enge Vertraute, die auch so verstand, von wem sie sprach.

„Ja." Ihre Stimme klang kleinlaut. „Ich musste ihr sagen, dass ich Sie vor dem Hotel gesehen habe."

Tamsin strich ihr übers Haar. „Das macht gar nichts. Und sag bitte *du* zu mir."

„Ich hätte ihr nichts verraten sollen, oder?"

„Sie hätte sowieso bald bemerkt, dass ich in ihrer Nähe bin."

„Dann sind Sie ... bist du nicht böse?"

„Ach was. Keine Spur." Sie hob Maus' Kinn mit dem Zeigefinger an. „Einmal lächeln für Tamsin."

Maus lächelte, aber es sah wohl eher aus, als hätte sie Zahnschmerzen.

Tamsin seufzte. „Na, daran arbeiten wir noch." Sie richtete sich auf, drückte Maus den Koffergriff in die Hand und schob die Drehtür an, bis sie das Foyer betreten konnten.

„Der ist ganz leicht!", sagte Maus neugierig und ließ das Gepäckstück ein wenig nach oben schwingen. „Ist da überhaupt was drin?"

Tamsin lachte glockenhell, drehte sich aber nicht um, während sie zur Rezeption vorauseilte und die Klingel bediente.

„Natürlich ist etwas drin. Worte. Jede Menge Worte."

Maus dachte, Tamsin hätte vielleicht die falsche Vokabel gewählt, weil Russisch nicht ihre Muttersprache war. „Sie meinen Bücher? Aber die sind viel schwerer."

„*Worte* hab ich gesagt, und die meine ich auch."

Ein verschlafener Rezeptionist erschien, beäugte argwöhnisch Maus mit dem Koffer, beeilte sich dann aber dienstfertig, der Besucherin ein Zimmer zuzuweisen. Er blickte den beiden verwundert nach, als Tamsin abermals vorausging, diesmal Richtung Lift.

„Hier", sagte sie und reichte Maus auch den bunten Regenschirm. Nur den Zimmerschlüssel behielt sie bei sich.

Ganz trocken, dachte Maus verwundert, als sie den Schirm in die freie Hand nahm; und ohne es zu wollen, hatte sie den Gedanken auch schon laut ausgesprochen.

„Einen Schirm wie diesen spannt man nicht leichtfertig auf", erklärte Tamsin, als sie vor dem Liftgitter warteten.

„Und warum nicht?"

„Warum nicht?" Sie kicherte wieder, und allmählich fragte sich Maus, wer von ihnen beiden eigentlich das Mädchen und wer die erwachsene Frau war. Tamsin riss theatralisch die Arme auseinander und blickte mit großen Augen zur Decke. „Natürlich weil man sonst Gefahr läuft, dass einem eine ganze Welt auf den Kopf fällt!"

DAS KAPITEL, IN DEM MAUS VON IHRER GEBURT ERZÄHLT. UND TAMSIN VON DER GEFAHR AUS DEM NORDEN

„Wer ist die Frau, die nach dir gefragt hat?",
fragte Maus, als sie den Koffer in Tamsins
Zimmer im ersten Stock abstellte, vier Etagen
unter der Zarensuite. Den Regenschirm legte
sie respektvoll aufs Bett und ließ ihn nicht aus den Augen.

„Niemand, der in seinem Leben je irgendetwas Gutes
getan hätte." Tamsin ließ sich auf die Bettkante fallen
und wippte prüfend auf und ab. „Ganz schön weich."

„Du kannst meine Matte aus dem Keller haben. Garantiert so hart, dass man davon blaue Flecken bekommt."

Tamsin sah auf. „Die lassen dich auf dem Fußboden
schlafen?"

Maus nickte.

„Das ist kein Platz für eine Dame."

„Die meisten Leute denken eh, dass ich ein Junge bin."

„Aber du bist ein Mädchen."

Maus zuckte die Achseln. „Wenn du das sagst." Sie
mochte dieses Thema nicht besonders. Es war ihr aus

Gründen unangenehm, die sie selbst nicht so recht verstand.

„Du musst mir alles über dich erzählen", sagte Tamsin.

„Jetzt gleich?"

„Wenn es deine kostbare Zeit erlaubt."

Maus überlegte. „Es gibt nichts Interessantes über mich zu erzählen."

„Fang mit deiner Geburt an."

„Ich bin hier im Hotel geboren, unten im Weinkeller. Meinen Namen haben mir die Frauen aus der Waschküche gegeben. Jedenfalls die, die damals dort gearbeitet haben. Aber von denen ist keine mehr übrig. Sie sind alle entlassen worden."

„Und deine Mutter?"

„Ist noch während meiner Geburt von der Geheimpolizei verhaftet worden. Ihr Name war Julia. Sie hatte sich unten im Keller versteckt. Die Polizisten haben mich einfach liegen lassen und sie mitgenommen. Sie ist noch am gleichen Tag hingerichtet worden."

„Oh."

„Sie war eine Nihilistin."

„Oh", sagte Tamsin noch einmal.

„Wer sind die Nihilisten?", hatte Maus einmal Kukuschka gefragt. Ein paar Jahre war das jetzt her. Aber sie hatte dieses Gespräch nie vergessen.

„Warum willst du das wissen?"

„In der Küche hat jemand gesagt, meine Mutter war eine Nihilistin."

Kukuschka hatte geseufzt. „Das mag wohl richtig sein."

„Und – wer sind sie?"

„Revolutionäre. Feinde unseres Zaren Alexander. Sie haben seinen Vater, den früheren Zaren, ermordet, und am liebsten würden sie es mit ihm und seiner Familie genauso machen. Sie glauben, jeder Herrscher unterdrücke sein Volk, und sie geben ihm die Schuld daran, dass es so viele Arme in den Städten und draußen auf dem Land gibt. Sie sagen, der Zar schaue tatenlos zu, wie in jedem Winter tausende von Menschen im ganzen Reich erfrieren. Und jede Woche hunderte verhungern."

„Haben sie denn Recht?"

Kukuschka hatte lange geschwiegen und überlegt. „Nein. Ich glaube nicht."

„Aber meine Mutter hat das geglaubt, oder? Deshalb ist sie gestorben."

„Ja." Eine noch längere Pause. „Ja, das ist wohl wahr."

„Was passiert mit Nihilisten, wenn die Geheimpolizei sie fängt?"

„Sie werden hingerichtet. Oder nach Sibirien in Straflager gebracht. Am schlimmsten aber trifft es jene, die man ins Gefängnis der Stille steckt."

„Ins Gefängnis der Stille?" Davon hatte sie noch nie gehört.

„Dort ertönt nie irgendein Geräusch. Alle Wärter vor den Zellentüren müssen auf Filzpantoffeln gehen. Jeder von ihnen hat ein Ölkännchen dabei, um die Eisenklappen zu schmieren, durch die sie den Gefangenen das Essen hineinschieben. Niemand dort darf je seine Zelle verlassen. Und keinem ist es erlaubt, ein Wort zu sprechen, auch nicht den Aufsehern, sonst landen sie ganz schnell selbst hinter Gittern."

Weil Maus damals noch jung gewesen war, hatte sie eine Weile überlegen und sich das alles erst bildlich vorstellen müssen. „Das ist eine schreckliche Strafe."

„Die schrecklichste."

„Hat der Zar sie sich ausgedacht?"

„Einer seiner Vorfahren."

„Dann haben die Nihilisten vielleicht Recht", hatte sie gesagt. Und gemeint: Dann hatte meine Mutter vielleicht Recht.

Kukuschka hatte sie sehr ernst angesehen. „Sprich so etwas niemals laut aus."

Und das hatte sie nie wieder getan.

Tamsin wippte nicht mehr auf der Matratze, sondern saß ganz still. Sie hörte Maus jetzt aufmerksam zu.

„Es war der 13. März 1881", erzählte Maus. Sie benutzte Kukuschkas Worte, weil sie sich die Geschichte so oft von ihm hatte erzählen lassen, dass sie sie auswendig kannte. Sogar seinen Tonfall imitierte sie, ohne es zu wollen. „Der Zar Alexander – das war Alexander der Zweite, also der Vater von unserem Zaren Alexander dem Dritten – hatte sich vorgenommen, an diesem Tag die Wachtparade in der Sankt-Michails-Manege zu besuchen. Seine Geheimpolizei hatte ihn gewarnt, dass die Nihilisten womöglich ein Attentat auf ihn planten, aber er ließ sich davon nicht abhalten, denn unter den Offizieren, die bei der Parade zum ersten Mal ein Bataillon führten, war auch einer seiner Neffen. Alles ging gut, und nach der Parade beschloss er, der Großfürstin einen Besuch abzustatten. Er saß in seiner prächtigen Kutsche und winkte den Menschen zu, die sich am Straßenrand versammelt hatten. Plötzlich, in einer kleinen Gasse in der Nähe des Katharina-Kanals, flog etwas durch die Luft. Ein Schneeball, dachten alle. Aber es war kein Schneeball, sondern eine Bombe. Sie landete ein ganzes Stück hinter der Kutsche und explodierte. Der Zar ließ anhalten, um sich persönlich nach den Verletzten zu erkundigen. Er war schockiert, als er sah, was die Explosion angerichtet hatte. Und vielleicht – nur ganz kurz – fiel sein Blick auf einen jungen Mann, einen Studenten namens Nikolai Iwanowitsch – er war es, der die Bombe geworfen hatte. Und dann kam auch schon die zweite geflogen, und diesmal traf sie genau ins Ziel. Menschen und Pferde, die Kutsche und der Zar Alexander wurden von der Explosion in Stücke gerissen. Er hat noch ein paar Stunden gelebt, aber schließlich ist er gestorben. Zugleich wurde Nikolai Iwanowitsch verhaftet, und mit ihm viele andere Nihilisten. Sie hatten sich in der ganzen Stadt versteckt, und viele hatten selbst Bomben dabei, um dem Zaren an einer anderen Stelle seines Weges aufzulauern, falls der erste Anschlag misslungen wäre."

Maus hielt kurz inne, um sich zu vergewissern, dass sie Tamsin nicht langweilte. Aber die Engländerin saß reglos neben ihrem Regenschirm auf dem Bett und hörte angespannt zu.

„Meine Mutter war hier im Hotel angestellt. Das heißt, eigentlich war sie Studentin, genau wie Nikolai Iwanowitsch. Aber sie hat hier in der Wäscherei gearbeitet, als

Hilfskraft. Sie war damals im neunten Monat schwanger. Die Polizei hat ihren Namen auf einer Liste in Nikolais Zimmer gefunden, und als die Männer das Hotel stürmten, um nach ihr zu suchen, versteckte sie sich im Weinkeller. Dort haben sie sie schließlich gefunden, während sie vor lauter Aufregung und Angst ihr Kind zur Welt gebracht hat – und, na ja, das war ich." Maus lächelte verschämt. „Aber das weißt du ja schon."

„Und sie haben dich einfach liegen gelassen?", fragte Tamsin fassungslos.

„So haben es mir zumindest alle erzählt." Sie meinte Kukuschka und einige der Waschfrauen von damals, an deren Gesichter sie sich verschwommen erinnern konnte.

„Das ist keine schöne Geschichte", stellte Tamsin fest.

„Tut mir Leid."

„Nein, du kannst ja nichts dafür." Tamsin streckte ihre Hand aus, aber Maus ergriff sie nur zögernd. „Ich meine, was für eine traurige, traurige, *traurige* Geschichte!"

Maus wusste nicht recht, was sie darauf sagen sollte. „Es ist eben eine Geschichte. Ich kenne sie ja auch nur, weil man sie mir erzählt hat. Ungefähr so wie ein Märchen."

„Mehr Märchen sind wahr, als wir denken." Tamsin wirkte jetzt gar nicht mehr so fröhlich wie unten im Foyer. „Und leider sind es nur selten die schönen."

Maus zog ihre Hand vorsichtig zurück und setzte sich auf den Koffer voller Worte. Sofort begann er unter ihr zu rumoren, als sei ein Tier darin eingesperrt. „Iiihh", machte sie und sprang wieder auf.

„Er mag das nicht", sagte Tamsin.

„Er?"

„Der Koffer."

„Aber irgendwas lebt doch darin!"

„Nur die Worte. Wer denn sonst?"

Maus schüttelte verständnislos den Kopf, fragte aber nicht weiter. Etwas anderes interessierte sie viel mehr. „Wer ist denn nun die Frau in der Zarensuite? Und warum ist sie böse auf dich?"

„Böse?" Tamsin lachte schallend auf. „Sie hasst mich mehr als ... als das Feuer das Wasser. Mehr als ... na, du weißt schon."

„Aber warum?"

„Weil ich ihr etwas gestohlen habe."

Eine Diebin!, dachte Maus aufgeregt. Sie ist eine Diebin wie ich! „Und was?"

„Etwas, das ihr mehr bedeutet als ... Hmm, schwer zu sagen. Ich weiß gar nicht, was ihr überhaupt noch etwas bedeuten könnte ... Außer vielleicht, Menschen zu unterjochen und zu bestrafen und in ihren Kerkern erfrieren zu lassen."

Das klang, fand Maus, als spräche Tamsin vom Zaren. Aber sie befolgte Kukuschkas Ratschlag und schwieg.

„Sie ist eine Königin, weißt du?", sagte Tamsin nach einem Augenblick. „Jedenfalls in ihrem Reich."

„Was für ein Reich soll das sein?"

„Es liegt hoch oben im Norden."

„Sibirien?" Das war das Nördlichste, was Maus einfiel.

„Noch viel weiter nördlich", erwiderte Tamsin kopfschüttelnd. „Man findet nur auf seltsamen Wegen dorthin, und wen es einmal in ihr Reich verschlagen hat, der kommt meistens nicht mehr von dort zurück."

„Aber du bist da gewesen. Und wieder herausgekommen."

„Für einen hohen Preis." Tamsin zögerte kurz. „Mein Vater ist dabei gestorben."

„Tut mir Leid."

Einen Augenblick lang dämmerte Trübsal hinter Tamsins heiterer Fassade, aber sie hatte sich gleich wieder unter Kontrolle.

Das war eine ganz schön merkwürdige Geschichte, fand Maus, aber eigentlich machte sie das nur glaubwürdiger. Denn auch Tamsin war seltsam. Und noch viel seltsamer war die unheimliche Frau in der Zarensuite.

„Sie ist die Schneekönigin", sagte Tamsin.

Maus vergaß, was sie gerade hatte sagen wollen. „Die Schneekönigin?"

Tamsin nickte. „Sie ist das Gefährlichste, Durchtriebenste und Bösartigste, was je nach Sankt Petersburg gekommen ist. Aber das Allerschlimmste ist, dass ich die Schuld daran trage." Sie ging zum Koffer, nahm ihn hoch und legte ihn flach neben den Regenschirm aufs Bett. Maus glaubte schon, sie würde ihn öffnen. Doch dann ließ Tamsin ihn liegen, trat an eines der hohen Fenster und zog den Vorhang zurück. Die Nacht war immer noch voller Schneetreiben. „Sie ist mir in die Stadt gefolgt, aber offenbar hatte sie Mühe, mich zu finden. Also dachte ich mir, ich mach's ihr einfach und komme zu ihr."

„Dann wird sie dich bestrafen."

„Nicht, wenn ich es verhindern kann. Und du mir vielleicht ein wenig aus der Patsche hilfst."

Maus dachte nach. „Da ist ein Junge bei ihr. Erlen. Er sieht sehr traurig aus. Und er hat Angst vor ihr."

„In Wahrheit", sagte Tamsin, „ist Erlen gar kein Junge."

Maus legte skeptisch den Kopf schräg. „Er sah jedenfalls aus wie einer."

„Er ist ein Rentier. Dasselbe, das ihren Schlitten aus dem hohen Norden bis hierher gezogen hat." Tamsin zeichnete gedankenverloren mit dem Finger eine Linie von oben nach unten über das beschlagene Fenster, so als erfordere dieser Satz eine Karte zur besseren Orientierung.

„Ein Rentier", wiederholte Maus.

Tamsins Finger kritzelt blitzschnell ein fahriges Zickzack über die Linie und fuhr herum. „Warst du in ihrem Zimmer? Hast du dort ein Fell liegen sehen?"

Maus nickte benommen.

Tamsin sah zufrieden aus. „Das ist sein Fell. Er wird wieder zum Rentier, wenn er es überzieht. Aber das wird sie nicht zulassen, solange sie Freude an seiner Gesellschaft findet ... oder das, was ein Wesen wie sie unter Freude versteht."

Was für eine sonderbare Nacht!, sagte sich Maus. Zauberinnen in Zarensuiten. Bunte Frauen mit leeren, aber irgendwie lebendigen Lederkoffern. Und ein Junge, der gar kein Junge war, sondern ein Rentier. Fehlte eigentlich nur noch Väterchen Frost, der vor dem Fenster einen Schneemann baute.

„Warum hat sie ihn in einen Jungen verwandelt?"

„Im hintersten Winkel ihres verschlagenen Geistes hat sie sich immer einen Sohn gewünscht", sagte Tamsin. „Einmal hat sie versucht, einen echten Jungen zu entführen und an sich zu binden. Das ist schief gegangen. Jetzt füllt sie die Leere in ihrem Inneren mithilfe solcher Kunststücke." Tamsin schnaubte verächtlich. „‚Kunststücke' lässt es so harmlos klingen. Dabei ist es grausam und niederträchtig. Die meisten Tiere würden lieber sterben, als ein Mensch zu sein – dafür kennen sie uns zu gut." Sie zwinkerte Maus zu. „Und wer will schon ein Junge sein?"

Maus hatte sich nie Gedanken darüber gemacht, was sie wirklich sein wollte, aber sie lächelte höflich.

„Würdest du ihn gerne erlösen?", fragte Tamsin. „Ich meine, ihn wieder zurück in ein Rentier verwandeln? Wir könnten es versuchen."

Der Junge hatte Maus vor der Königin und vor dem Rundenmann gerettet. Natürlich würde sie ihm helfen. Aber sie ahnte auch, dass Tamsin ihn als Vorwand benutzte. In Wahrheit ging es ihr nicht um Erlen, sondern allein um die Schneekönigin.

„Was soll ich denn tun?", fragte Maus.

„Halt dich einfach bereit. Ich gebe dir Bescheid, sobald ich dich brauche."

„Wird sie nicht ... ich meine, irgendwie spüren, dass du hier bist? Ganz in ihrer Nähe?"

„Oh doch, das hoffe ich." Tamsin schnippte mit dem Finger. „Wahrscheinlich weiß sie es schon."

„Und warum kommt sie dann nicht her?"

„Sie ist geschwächt. Indem ich ein Stück von ihr gestohlen habe, habe ich ihr zugleich einen Teil ihrer Macht geraubt. Sie verliert allmählich die Kontrolle über die Kälte in ihrem Inneren. Sie fließt aus ihr heraus in die Stadt."

„Ist es deshalb so viel kälter als sonst?"

„Ja. Und es wird noch kälter werden." Einen Moment lang sah es aus, als wollte Tamsin noch etwas Wichtiges hinzufügen, aber dann schwieg sie mit einem kaum merklichen Kopfschütteln.

„Und wenn du sie besiegst", fragte Maus, „wird die Kälte dann wieder verschwinden?"

Tamsin zögerte. Nach einer längeren Pause nickte sie. „Ja, ganz bestimmt."

Maus fand das nicht besonders überzeugend.

Tamsin bemerkte ihren verständnislosen Blick und lachte endlich wieder. Es war ein angenehmes Lachen, das es unmöglich machte, sich nicht davon anstecken zu lassen. „Sie ist noch immer gemeingefährlich, ganz ohne Zweifel. Aber sie muss ihre verbliebenen Kräfte sammeln, bevor sie zuschlägt."

Maus stand da, blickte von Tamsin zum Koffer und zum Regenschirm, dann wieder auf ihr kunterbuntes Gegenüber. „Und du bist mächtig genug, es mit ihr aufzunehmen?"

„Das werden wir sehen, wenn es so weit ist." Zum ersten Mal wirkte Tamsins Leichtigkeit gespielt, ihr Schulterzucken steif. „Wir werden sehen."

Das Kapitel
über einen Tanz mit Tamsin.
Unten wird mit Oben vertauscht

Im Ballsaal wurde zum letzten Tanz aufge-
spielt. Hinter einer Wand aus Glas drehten
Fische Pirouetten.

Ein Tag war vergangen, seit die Fremde aufgetaucht war, und Maus hatte sie nicht mehr zu Gesicht
bekommen. Das Letzte, woran sie sich erinnerte, war der
Augenblick, in dem Tamsin ihren Zylinder vom Kopf genommen hatte und blaue Locken wie eine Flut über ihre
Schultern geströmt waren. Der Hut schien viel schwerer
zu sein, als er aussah, denn Tamsin hatte ihn mit beiden
Händen und einem leisen Ächzen verkehrt herum auf
den Tisch gelegt.

Jetzt, kurz nach zwei in der folgenden Nacht, stand
Maus am Eingang des Ballsaals und sah abwechselnd von
Kukuschka und seiner grauhaarigen Tanzpartnerin hinüber zur Südwand des Raumes. In die Mauer war eine
gigantische Glasscheibe eingelassen, hinter der dutzende exotischer Fische durch das Wasser eines hell erleuch-

teten Aquariums glitten. Eine weitere Attraktion des Aurora. *Tanz am Grunde des Ozeans* nannte die Direktion dies begeistert in der Werbung für die nachmittäglichen Tanztees.

Die alte Frau, die sich von Kukuschka mit ungebrochenem Eifer über die Tanzfläche führen ließ, hatte in der Tat ein wenig Ähnlichkeit mit einer Wasserleiche. Grau und schwammig und totenbleich. Doch der tapfere Kukuschka behandelte sie so galant, als hielte er eine schöne Zarentochter in den Armen. Die beiden schwebten regelrecht durch den Saal, vorbei an den Fischen im Aquarium und einem monströs großen Gemälde der Hotelfassade.

Sie waren das letzte Paar im ganzen Saal, alle anderen hatten längst ihre Zimmer aufgesucht. Maus wartete geduldig ab, bis die Kapelle ihr Spiel beendet hatte und die müden Musiker ihre Instrumente einpackten. Kukuschka verabschiedete seine geschmeichelte Partnerin mit einem Handkuss und geleitete sie zum Ausgang des Tanzsaals. Hochrot wie ein junges Ding walzte sie davon, während Kukuschka verhalten seufzte und dann endlich Maus begrüßte.

„Lust auf ein Tänzchen?", fragte er scheinheilig.

„Lieber geh ich freiwillig Schuhe putzen."

„Oh, heute schlecht gelaunt?"

„Ich tanze nicht. Das weißt du doch."

„Dann fängst du eben jetzt damit an!"

Und schon fühlte sie sich an der Hand gepackt, nach vorn gerissen und über das Parkett gekreiselt. „Mir wird übel!", brummelte sie mürrisch, musste sich aber eingestehen, dass diese alberne Tanzerei doch mehr Spaß machte, als sie immer geglaubt hatte.

Die Musiker riefen Kukuschka einen müden Abschiedsgruß zu, dann verschwanden sie durch eine Seitentür. Maus und er waren jetzt ganz allein in dem riesigen Saal.

Wortlos und ohne Musik tanzten sie unter den zehn mächtigen Kronleuchtern. Kaskaden aus Licht fielen auf sie herab. Maus ließ sich vertrauensvoll von Kukuschka führen, der sie freundlich anlächelte und in seinem Kopf wahrscheinlich eine der vielen Melodien hörte, die Abend für Abend in diesem Saal erklangen.

Bald war sie außer Atem. „Es ist ein bisschen traurig, ganz allein zu tanzen, oder?"

„Nur, wenn man keinen anderen Ort hat, an den man gehen könnte", sagte Kukuschka. „Und wenn man darauf angewiesen ist, sich von einem fremden Eintänzer Komplimente machen zu lassen, weil niemand sonst mit einem redet."

„Ist das so gewesen, vorhin bei der Frau?"

„Nicht nur bei ihr. Viele Menschen sind einsam. Glaubst du, die Zimmermädchen und Pagen hier im Hotel wären alle so viel glücklicher als du?"

Tatsächlich hatte sie das immer angenommen, ohne wirklich darüber nachzudenken.

Kukuschka schüttelte sanft den Kopf. „Man kann auch inmitten einer Menschenmenge einsam sein. Und gerade dort. Wenn sie dich hänseln, tun sie das nicht, weil sie etwas gegen dich haben, sondern nur gegen sich selbst. Andere zu verspotten, lenkt einen davon ab, über sich selbst nachzugrübeln."

„Wenn Maxim das nächste Mal versucht, mich umzubringen, kann ich ihn ja in ein tiefsinniges Gespräch darüber verwickeln."

Kukuschka lächelte, während er Maus einmal mehr um die eigene Achse wirbelte wie eine Ballerina. „Kannst du nicht einfach akzeptieren, dass Ältere manchmal Recht haben?"

„Ich hoffe, das kommt von selbst, wenn ich älter bin."

„Sollte ich mich vorhin geirrt haben? Kann es sein, dass du tatsächlich *gute* Laune hast? Wie konnte das denn passieren?"

Sie blieb mit einem Ruck stehen und löste sich von ihm. Kukuschka vollführte allein eine letzte Drehung und verbeugte sich galant vor ihr.

Sie *hatte* gute Laune, auch wenn sie sich das bis jetzt noch nicht klar gemacht hatte. Dabei hätte sie nach allem, was sie von Tamsin erfahren hatte, doch besorgt, gar verängstigt sein müssen. Stattdessen verstärkte sich in ihr das Gefühl, dass endlich etwas geschah in ihrem Leben. Etwas Großes stand bevor.

„Hast du schon von der Frau aus dem ersten Stock gehört?", fragte sie. Natürlich hatte er – die halbe Belegschaft sprach von ihr. Maus hatte das Abendessen mit den anderen Jungen und Mädchen eingenommen, weil ausnahmsweise einmal nicht sie selbst und ihre Unzulänglichkeiten Gesprächsthema waren, sondern die „blaue Frau aus dem Ersten".

Offenbar – und auch Maus wusste davon nur vom Hörensagen – war Tamsin am Nachmittag ungerührt in den Rauchersalon des Hotels spaziert, hatte es sich in einem der ledernen Sessel bequem gemacht und genüsslich eine Zigarre geraucht. „So lang wie mein Unterarm, ich schwör's", hatte einer der Kellner beteuert.

Zum einen war es vollkommen unerhört, ja skandalös, dass eine Frau es wagte, den Rauchersalon überhaupt zu betreten, denn er war allein den Herren vorbehalten. Dass Tamsin es aber noch dazu gewagt hatte, in aller Öffentlichkeit zu rauchen, setzte ihrem Fauxpas die Krone auf. Frauen rauchten niemals, schon gar nicht vor anderen. Es gehörte sich einfach nicht. „Und wo kämen wir auch hin", hatte Maxim beim Essen verkündet, „wenn jedes Weibsbild es sich herausnehmen würde herumzuqualmen." Niemand hatte ihm widersprochen, auch nicht die Zimmermädchen, von denen ein paar heimlich in einer Kammer im Westflügel gefundene Zigarrenstumpen pafften; Maus hatte sie schon dabei beobachtet.

Es gab gesellschaftliche Regeln, an die jedermann sich zu halten hatte. Erst recht jede Frau. Hier im Zarenreich galt das ebenso wie anderswo.

„Eine Unruhestifterin", geisterte es durch die Korridore des Hotels. „Eine schreckliche Person ohne Moral." – „Sie verstößt gegen Anstand und gute Sitten." – „Gegen jeden Benimm." – „Ein Flittchen!"

Ein Skandal war das alles, ganz ohne Frage. Und nichts anderes hatte Maus von Tamsin erwartet. Lediglich die Tatsache, dass sie so schnell damit loslegte, überraschte sie ein wenig. Tamsin musste es verteufelt eilig haben, die Schneekönigin auf sich aufmerksam zu machen.

„Maus? Hallo?" Kukuschka wedelte mit einer Hand vor ihren Augen. Grob wurde sie aus ihren Gedanken gerissen. „Äh ... ja?"

„Du hast mich gefragt, ob ich schon von der Frau mit den blauen Haaren gehört hätte. Und ich hab gesagt, ja, hab ich. Aber du scheinst mir gar nicht zuzuhören."

„Tut mir Leid. Ich musste gerade selbst an sie denken."

„Du bist ihr schon begegnet?" Seine Stirn legte sich in Falten, und einen Augenblick lang schien er ernstlich besorgt. „Sie hat dir doch keine albernen Flausen in den Kopf gesetzt?"

„Kuku", entgegnete sie in ihrem vorwurfsvollsten Tonfall, „der Rundenmann glaubt, ich bin eine Diebin. Alle anderen hassen mich. Meinst du wirklich, ich bräuchte noch mehr Feinde?" Das war – ganz bewusst – keine direkte Antwort auf seine Frage, aber er schien sich damit halbwegs zufrieden zu geben.

„Sie ist eine skandalöse Person", raunte er, als hätten die Wände mit einem Mal Ohren. „Ich bin sicher, die Direktion würde sie für die peinliche Szene im Rauchersalon am liebsten vor die Tür setzen."

„Was ist denn so peinlich daran?"

Kukuschkas Empörung war nicht gespielt. „Sie hat geraucht!"

„Na und? Das tun die Männer doch auch!"

„Aber sie ist kein Mann!"

Maus hatte plötzlich Lust, ihn zu reizen. „Und wie wäre das bei mir? Die meisten denken, ich bin ein Junge. Das würde doch heißen, ich könnte einfach –"

Er unterbrach sie mit einem scharfen Laut der Entrüstung. „Mon dieu!" Französisch sprach er nur, wenn er sich ärgerte. „Das wirst du gefälligst sein lassen!"

Maus kicherte. Nachdem er sie noch eine Weile länger finster angesehen hatte, zuckten endlich auch seine Mundwinkel. „Ich werde zu alt für so was", seufzte er. „Ich sollte mich nicht aufregen über ... nichts."

„Nichts – in der Tat", sagte eine Stimme hinter ihnen.

Beide wirbelten herum.

Im offenen Portal des Tanzsaals stand Tamsin in einem unerhört kurzen Kleid, dessen Farben in den Augen schmerzten. Sie trug weder Mantel noch Zylinder, aber aus Gründen, die nur sie verstand, hatte sie Koffer und Regenschirm dabei. Beides stellte sie jetzt neben dem Eingang ab und kam mit tänzelnden Schritten auf Maus und Kukuschka zu. Ihre hochhackigen Schuhe klickten und klackten auf dem Parkett wie die Kauwerkzeuge einer Wespenkönigin.

Kukuschka versteifte sich. „Verzeihen Sie", sagte er mit gezwungener Freundlichkeit, „die Kapelle ist bereits nach Hause gegangen. Der Saal ist geschlossen."

„Aber mit Maus haben Sie doch gerade auch ohne Musik getanzt." Sie musste schon länger in der Tür gestanden haben, ohne dass es die beiden bemerkt hatten. Sicher hatte sie jedes Wort mit angehört. Der arme Kukuschka! Maus wusste, wie unangenehm ihm manche Dinge sein konnten. Innerlich starb er vermutlich tausend Tode.

Am meisten jedoch schien ihn zu irritieren, dass Tamsin Maus' Namen kannte. Später würde sie sich dazu wohl noch einiges anhören müssen. Maus sah ihm an, wie er nach höflichen Worten suchte, um die unerwünschte Engländerin wieder loszuwerden.

Tamsin strahlte ihn zwischen blauen Lockensträhnen an. „Würden Sie mit mir tanzen, Herr Kukuschka?" Sie klimperte mit den Augen. „Oje! Ich weiß gar nicht, ob Kukuschka ihr Vor- oder Nachname ist! Jedenfalls finde ich ihn ganz bezaubernd."

Maus hatte Kukuschka nur selten sprachlos erlebt, aber das hier war zweifellos ein solcher Moment. „Ich ... nun ja ...", stammelte der Arme. Maus musste sich abwenden, damit er ihr Grinsen nicht sah.

„Bitte", sagte Tamsin. „Ich kann nicht schlafen, wissen Sie? Und ich brauche ein wenig Führung beim Tanzen, Sie verstehen das doch."

Maus grinste noch immer, dachte dann aber, dass es nun allmählich gut wäre mit dem Süßholzgeraspel.

„Nun ja", murmelte Kukuschka noch einmal.

„Oh, seien Sie kein Spielverderber!"

„Ich schätze, ein Tanz kann ja nicht schaden", sagte er und räusperte sich.

Maus verspürte einen sonderbaren Stich, als die zwei sich berührten, erst ein wenig zögerlich, dann entschlossener. Beide lächelten jetzt: Kukuschka noch etwas flatterig, Tamsin voller Charme. Maus trat einige Schritte zurück und beobachtete sie voller ... Eifersucht? Aber auf wen von beiden? Kukuschka war ihr ältester Freund, ihre Vertrauter und Lehrer. Und Tamsin? Tja, was war sie eigentlich?

Kukuschka brauchte genau zwei Tanzschritte, ehe seine antrainierten Reflexe die Oberhand über seinen Widerwillen gewannen. Und wenn Maus es sich genau überlegte, schien er mit einem Mal gar nicht mehr so widerwillig zu sein. Tamsin wickelte ihn um den kleinen Finger, ohne dass er es bemerkte. Allein durch ihr Lächeln. Und ihr kurzes Kleid.

Skandalös, in der Tat!, sagte sich Maus. Aber sie traute ihrer eigenen Ironie nicht über den Weg. Sonderbares ging hier vor, was allerdings in Anbetracht der Tatsache, dass Tamsin Spellwell darin verwickelt war, nicht wirklich überraschend war.

Eifersucht war kein Gefühl, das Maus je zuvor empfunden hatte. Auf wen hätte sie früher auch eifersüchtig sein sollen? Kukuschka war ihr Freund. Und Tamsin – nun, Tamsin irgendwie auch. Einen Moment lang fürchtete sie tatsächlich, keiner der beiden würde sich je wieder für sie interessieren, falls sie erst Sympathien füreinander entdeckten.

Aber sie tanzten doch nur! Was war so furchtbar daran? Kukuschka wurde sogar dafür bezahlt.

Tamsin zog seinen Oberkörper enger an ihren. Ihr Gesicht war nur einen Fingerbreit von seinem entfernt. Ihre Lippen bewegten sich, aber Maus konnte nicht hören, was sie sagte. Das gefiel ihr noch viel weniger.

Die beiden drehten und drehten sich, tanzten von Maus fort, der gegenüberliegenden Seite des Saales entgegen. Sie waren ein schönes, wenn auch extravagantes Paar. Und es zeigte sich, dass Tamsin Kukuschkas Führung keineswegs bedurfte. Sie war eine vorzügliche Tänzerin. Man hätte vergessen können, dass gar keine Musik gespielt wurde, wäre da als einziger Laut nicht das Klacken ihrer Absätze gewesen, unregelmäßig und vom Rhythmus ihrer Bewegungen bestimmt.

Maus überlegte, ob sie gehen sollte. Es gab genug für sie zu tun. Im Keller warteten schmutzige Schuhe auf sie. Dort war ihr Platz, nicht hier, unter Kristallkronleuchtern so groß wie Tannenbäume; sie sahen aus wie ein Wald, der zu Eis erstarrt und auf den Kopf gestellt worden war. Vielleicht enden wir ja alle so, dachte sie: zu Eis erstarrt, durchsichtig wie Kristall. Gläserne Statuen als Spalier für die Schneekönigin.

Das Klappern endete abrupt.

Maus blickte auf und sah, dass der Tanz unterbrochen worden war. Kukuschka war einen Schritt vor Tamsin zurückgewichen. Sein Gesicht war kreidebleich. Für die Dauer eines Herzschlags schien er beinahe zu taumeln, dann hatte er sich wieder im Griff.

Tamsin lächelte so liebreizend wie zuvor. So charmant, dass Herzen davon schmelzen konnten. Oder Eis.

Maus verstand nicht, was geschehen war.

„Kuku?", flüsterte sie, mehr zu sich selbst als in seine Richtung.

Er warf Tamsin einen letzten, verstörten Blick zu, dann fuhr er herum und stürmte aus dem Saal. Als er Maus passierte, flackerte sein Blick ganz kurz zu ihr herüber. Dann war er auch schon verschwunden, ohne Abschied, ohne irgendein weiteres Wort.

„Kukuschka?", rief sie ihm gedämpft hinterher.

Sie wollte ihm folgen, doch da stand Tamsin mit einem Mal hinter ihr und legte ihr eine Hand auf die Schulter. Maus hatte ihre Absätze nicht gehört, als sie herangekommen war. Als hätten ihre Füße den Boden gar nicht berührt.

„Lass ihn", sagte Tamsin sachte. „Ihm ist nicht wohl."

„Unsinn!", giftete Maus sie an. „Gerade eben ging es ihm noch gut."

„Er ist völlig gesund, glaub mir. Nur ein wenig erschrocken vielleicht."

„Was hast du getan?" Maus schüttelte ihre Hand ab.

„Ihm nur etwas mit auf den Weg gegeben, über das er nachdenken soll ... Keine Angst, er fängt sich schon wieder."

Maus wusste nicht so recht, was sie davon halten sollte. Andererseits: Hätte Kukuschka mit ihr reden wollen, wäre er nicht fortgelaufen. So sind Erwachsene, dachte sie in einem Anflug von Bitterkeit: Sie tun ständig Dinge, die keinen Sinn ergeben.

„Was hast du zu ihm gesagt?", wollte sie von Tamsin wissen, jetzt nicht mehr ganz so zornig, aber immer noch verwirrt.

„Dass es manchmal wichtig ist, eine Entscheidung zu treffen."

„Was denn für eine Entscheidung?"

„Er weiß, welche." Tamsins Hand streichelte ihren Kopf und betrachtete sie mit einem Ausdruck, der Sorge sein mochte. „Er weiß das sehr genau."

Maus war hin und her gerissen. Immer wenn sie glaubte, Tamsin ein Stück weit durchschaut zu haben, machte sie mit einem Wort alles zunichte. Maus wurde aus ihr einfach nicht schlau. „Eigentlich bin ich hier, um mit dir zu reden", sagte Tamsin.

Maus sah sie fragend an.

„Es ist so weit."

„Was ist passiert?"

„Es hat begonnen. Gerade eben. Und wenn du möchtest, kannst du jetzt hinaufgehen in die Suite der Schneekönigin und das Fell des Rentierjungen stehlen."

„Aber –"

„Du wirst ihr dort nicht begegnen, keine Sorge."

„Ich soll da reingehen und das Fell klauen?"

„Du hast doch Übung in so was, oder?"

„Ja … nein … ich meine, so einfach ist das nicht."

Tamsin seufzte. „Doch, Maus. Genauso einfach ist es." Sie überlegte kurz, dann setzte sie hinzu: „Jedenfalls sollte es das sein. Vermutlich wäre es hilfreich, wenn du dich beeilst."

„Und sie ist nicht dort?"

„Nein. Darauf gebe ich dir mein Wort."

„Und der Junge?"

„Der Junge? Ja, wahrscheinlich ist er da."

Das verunsicherte Maus weit mehr, als sie je zugegeben hätte. Dann erst fiel ihr die Frage ein, die sie gleich als Erstes hätte stellen sollen: „Wo ist die Königin, wenn sie nicht in ihrem Zimmer ist?"

„In meinem." Tamsin zog eine Taschenuhr an einer goldenen Kette hervor, klappte sie auf und studierte gewissenhaft die Zeiger. „Jeden Moment sollte sie dort ankommen."

Maus verstand noch immer nicht recht, fühlte sich aber an den Schultern gepackt, herumgedreht und mit einem Klaps Richtung Ausgang geschoben. „Trödle nicht herum!", sagte Tamsin. „Du hast ungefähr eine Viertelstunde."

Maus rannte los. Was immer es war, das sie Tamsin vertrauen ließ, es war nicht mit simplen Worten zu erklären. Vielleicht die Tatsache, dass die Engländerin vom ersten Moment an so freundlich zu ihr gewesen war. Eher noch, dass sie so anders war. Und ganz besonders – und das war vielleicht das Wichtigste –, dass Maus spürte, wie Tamsins Selbstbewusstsein auf sie selbst abfärbte. Sie fühlte sich stärker und entschlossener als jemals zuvor. Wenn sie Glück hatte, würde das die nächste Viertelstunde anhalten. Falls nicht – nun, dann spielte es vermutlich keine Rolle mehr.

Sie benutzte die Stufen, weil sie den Liftjungen aus dem Weg gehen wollte. Schon im ersten Stock verließ sie das Treppenhaus wieder und lief den Korridor entlang. Mehrmals bog sie um Ecken, ehe der Flur vor ihr lag, auf dem sich Tamsins Zimmer befand. Die Kälte, die ihr entgegenschlug, war eigentlich Beweis genug. Aber sie konnte nicht anders. Sie musste ganz sicher sein.

Zehn Meter vor Tamsins Tür blieb sie stehen, zögerte noch einmal und ging dann langsamer weiter. Sie versuchte, den Atem anzuhalten, weil er ihr so verräterisch laut vorkam. Bald aber bemerkte sie, dass sie dadurch nur noch kräftiger Luft holen musste, und bemühte sich, fortan gleichmäßig, aber so leise wie möglich zu atmen.

Sie war jetzt noch vier Schritt von dem Zimmer entfernt. Aber weil sie sich dem Eingang von der Seite her näherte, konnte sie nicht erkennen, ob die Tür geschlossen war. Die Kälte drang ihr jetzt bis ins Mark.

Mit dem Rücken presste sie sich gegen die Wand neben der Tür. Von der gegenüberliegenden Seite des Flurs hätte sie vielleicht mehr erkennen können, wäre aber auch selbst viel leichter vom Zimmer aus zu entdecken gewesen. Immerhin konnte sie jetzt sehen, dass die Tür einen Spaltbreit offen stand. Sehr, sehr behutsam schob sie ihr Gesicht am Türrahmen vorbei und schaute um die Ecke.

Durch die Ritze sickerte graues Dämmerlicht, das weder vom Fenster noch von einer der Lampen stammen konnte. Es schien leicht zu flimmern, aber das mochte eine Täuschung sein. Ihr war schwindelig vor Aufregung.

Die gesamte Umgebung schien zu vibrieren. Sie hatte fürchterliche Angst.

Kein Laut ertönte hinter der Tür. Falls die Schneekönigin wirklich hier war, so musste sie dort drinnen ganz still stehen. Maus stellte sie sich vor: eine unheimliche, starre Gestalt in einer Ecke des Raumes, so bleich wie ein Geist, stumm und abwartend. Aber worauf mochte sie warten?

Vielleicht, dass jemand es wagte, der Tür einen Stoß zu geben und hereinzukommen. Oder auch nur ganz, ganz vorsichtig durch den Spalt zu spähen.

Maus hatte einmal beobachtet, wie eine Kellerspinne vollkommen reglos im äußersten Winkel ihres Netzes auf Beute wartete – und dann blitzschnell nach vorn zuckte, das gefangene Insekt mit allen acht Beinen umklammerte und aussaugte. Der Gedanke ließ sie schaudern, und sie zog abrupt ihren Kopf zurück.

Frierend und verängstigt machte sie sich auf den Weg zurück zum Treppenhaus. Erst ganz langsam, den Rücken noch immer an der Wand, dann schneller und schneller, bis sie Zimmer, Flur und Kälte hinter sich ließ und das Treppenhaus endlich wieder vor sich sah.

Ein Klingeln verriet, dass der Lift eintraf. Maus blieb misstrauisch stehen. Die Gittertür lag auf halber Strecke zwischen ihr und dem offenen Durchgang zum Treppenhaus. Licht fiel durch die Messingstäbe, zu wabernden Fächern zersplittert durch dichte Atemwolken, als der Junge im Inneren etwas zu seinem Fahrgast sagte. Es musste kalt dort drinnen sein. Noch kälter als im Korridor vor Tamsins Zimmer.

Maus biss sich auf die Unterlippe und glitt in den Schatten eines Türbogens, hinter dem ein anderer Flur ab-

zweigte. Hier brannte kein Licht. Wer aber vom Haupt-
flur einen Blick um die Ecke warf, musste sie dennoch
unweigerlich bemerken.

Das Gitter rasselte zur Seite. Maus erkannte die Stimme
des Liftjungen, als er seinen Gast mit einem leisen „Gute
Nacht, Madame" verabschiedete. „Und vielen Dank für
Ihre Großzügigkeit." Es war Maxim.

Etwas Hohes, Weißes rauschte wie eine Schneewehe an
der Korridormündung vorüber und verschwand wieder.
Die Kälte, die damit einherging, traf Maus mit einem
Augenblick Verspätung; dann aber war es, als hätte man
sie kopfüber in einen Bottich mit Eiswasser getaucht.
Dagegen war die Kälte vorhin auf dem Flur nicht stärker
gewesen als jene, die durch ein offenes Fenster herein-
wehte.

Die Schneekönigin war längst an ihrem Versteck vorüber, aber noch immer wagte Maus nicht, auch nur einen
Finger zu rühren. Sie hätte auf Tamsin hören und gleich
über die Treppen nach oben laufen sollen, dann wäre
ihr diese Begegnung erspart geblieben. Andererseits bekam sie nun leise Zweifel an Tamsins Verlässlichkeit:
Ebenso gut hätte sie der Königin auf dem Korridor vor
der Suite über den Weg laufen können.

Sie zählte in Gedanken bis drei, dann spurtete sie los.
Sie blickte nicht nach links – die Richtung, in der die
Königin verschwunden war –, sondern sprang gleich um
die rechte Ecke, rannte an dem geschlossenen Aufzug-
gitter vorbei und in die vermeintliche Sicherheit des
Treppenhauses.

Hat sie mich gesehen?, durchfuhr es sie panisch. Verfolgt sie mich? Wohl kaum. Das, worauf es die Königin

abgesehen hatte, befand sich in Tamsins Zimmer. Sicher hatte sie längst vergessen, dass Maus überhaupt existierte.

Die Treppen schienen kein Ende zu nehmen, Maus waren sie noch nie so lang vorgekommen. Sie zählte die Stufen bis zum nächsten Absatz, begann dann wieder bei eins. Als sie endlich oben ankam, war sie so außer Atem, dass sie sich mit einer Hand am Geländer abstützen musste.

Weiter! Mach schon! Ausruhen kannst du den ganzen Tag!

Während sie durch die Flure der Suitenetage jagte, fragte sie sich, ob Erlen überhaupt *wollte*, dass man ihm half. Sie wusste nichts über ihn, konnte sich nur auf Tamsins Worte verlassen. Was, wenn er als Junge viel glücklicher war, statt als Rentier in den kalten Stallungen zu schlafen?

Sie erreichte den langen Flur, an den der säulengeschmückte Eingang der Zarensuite grenzte. Das Relief des brüllenden Bären über der Tür erschien ihr viel lebensechter als sonst.

Sie blieb stehen, leicht vornübergebeugt, weil sie so außer Puste war, hob die Hand und pochte gegen die Tür.

Ganz kurz war ihr, als hätte sie in der Ferne ein Läuten gehört, wie bei der Ankunft des Lifts. Aber das Geräusch wurde vom Klopfen übertönt. Nur ihre Einbildung. Die Königin konnte unmöglich so schnell zurück sein.

Es sei denn ... ja, es sei denn, Tamsin hätte sich abermals verschätzt. Womöglich hatte die Königin sofort erkannt, dass ihr eine Falle gestellt worden war, und – lag das nicht auf der Hand? – war sofort umgekehrt und längst auf dem Rückweg zur Suite.

Die Tür wurde geöffnet.

Erlen stand vor ihr und sah sie mit seinen riesigen braunen Augen an. Seine Sachen schienen noch lädierter zu sein als gestern, so als wehrten sie sich dagegen, einen Körper zu kleiden, der nur durch Zauberei geschaffen worden war.

Sie schenkte ihm ein nervöses Lächeln, schob, ohne abzuwarten, den Türflügel nach innen und schlüpfte hinein. Er hob protestierend eine Hand, aber da war sie schon an ihm vorbei, lehnte sich mit dem Rücken gegen die Tür und hörte erleichtert, wie das Schloss einrastete.

Erlen ergriff ihre Hand und wollte sie von der Tür fortziehen, um sie wieder zu öffnen. Maus aber schüttelte heftig den Kopf und war einen Augenblick lang versucht, ihm ihre Lage durch Gesten und Handzeichen begreiflich zu machen. Dann entsann sie sich, dass er zwar stumm, mitnichten aber taub war.

„Ich weiß, was du bist!", platzte es aus ihr heraus. „Ich meine, ich weiß, was sie dir angetan hat. Aber der Zauber kann rückgängig gemacht werden. Du brauchst nur das Fell dazu." Sie stockte, als sie das Unverständnis in seinen wilden, dunklen Augen bemerkte. „Dein Fell, verstehst du?" Sie deutete auf die geschlossene Schlafzimmertür. „Es ist da drin. Ich hab's gesehen."

Er holte tief Luft, als könnte er gar nicht fassen, was sie da redete. Dann schüttelte er vehement den Kopf.

„Du willst nicht zurückverwandelt werden?", fragte sie.

Noch ein Kopfschütteln. Dann ein Nicken. Beides vermischte sich zu einem Ausdruck solcher Verzweiflung, dass es ihr im Herzen wehtat.

„Ich versteh dich nicht", sagte sie. „Lass uns das Fell holen, ja?"

Sie wollte seine Hand abstreifen und zur Schlafzimmertür gehen, aber er verstellte ihr den Weg. Hätte er wütend ausgesehen, so hätte sie die Sicherheit gehabt, dass sie ihm ihre Hilfe aufdrängte, dass es ihm ohne sie besser erging. Doch da war nur diese schreckliche Trauer in seinem Blick. Die Verzweiflung eines eingesperrten Tiers. Und zugleich eine Furcht, die sich in ihren Magen wühlte und sie nur noch stärker verunsicherte. Vielleicht war es ja ein furchtbarer Fehler gewesen, hier heraufzukommen. Sich in Dinge einzumischen, die sie nun wirklich nichts angingen und die sie –

Halt!, dachte sie. Es geht dich etwas an. Er hat dich gerettet. Und nun wirst du gefälligst –

Der Gedanke wurde von einem Laut in ihrem Rücken abgeschnitten: heftiges Pochen an der Tür.

Das ist sie!, schrie es in Maus.

Aber die Königin würde nicht klopfen. Nein, das würde sie ganz sicher nicht.

Die Miene des Jungen wechselte von Niedergeschlagenheit zu heilloser Panik. Er begann, aufgeregt von einem Fuß auf den anderen zu treten, und es dauerte nur Sekunden, ehe Maus klar wurde, dass er damit nichts anderes tat als jedes Tier, wenn es eingesperrt und ängstlich war. Hätte Tamsins Behauptung noch irgendeines weiteren Beweises bedurft, dies war er.

Das Klopfen wiederholte sich.

„Hallo?", knurrte eine unhöfliche Stimme. „Öffnen Sie die Tür." Danach, leicht versetzt, als müsse sich der Sprecher erst dazu durchringen: „Bitte."

Maus schloss die Augen.

„Hallo?", ertönte es wieder.

Erlen zerrte an ihrer Hand.

Sie hob die Lider und hatte das Gefühl, gegen den Lärm ihres eigenen Herzrasens anschreien zu müssen. Stattdessen aber flüsterte sie nur: „Das ist der Rundenmann."

Erlen nickte.

„Er sucht mich", wisperte sie. „Er muss wissen, dass die Königin ... dass deine Herrin nicht hier ist. Er denkt, ich –" Sie brach ab. Tatsächlich hatte sie keine Ahnung, was er dachte. Vielleicht sogar, dass Erlen beim Ausrauben der Suite gemeinsame Sache mit ihr machte. Lächerlich.

Wäre sie nur ein wenig älter gewesen, erwachsen am besten, dann hätte sie sich ihm gestellt. Hätte ihm gesagt, was er von ihr aus mit seinen Verdächtigungen tun konnte. So aber war in ihr nichts als Angst. Hatte er ihr Geheimversteck hinter dem Weinkeller entdeckt? Ihr ganzes Diebesgut gefunden? War er deshalb hier?

Erlen machte eine Geste und ging zur Schlafzimmertür, öffnete sie, schob Maus hindurch, blieb selbst aber im Vorraum stehen. Mit einem letzten, flehenden Blick drückte er die Tür wieder zu. Sie hörte seine trappelnden Schritte draußen auf dem Teppich. Er schien sich immer noch nicht entscheiden zu können, den Haupteingang aus freien Stücken zu öffnen. Wie weit würde der Rundenmann gehen? Ganz sicher wagte er es nicht, die Tür der Zarensuite aufzubrechen. Oder doch?

Maus wich einige Schritte zurück, traute sich aber nicht, den Blick von der Tür zu nehmen. Dabei war sie am Ziel.

Sie stand im Schlafzimmer der Schneekönigin. Das Rentierfell lag in greifbarer Nähe.

Und doch ...

Draußen öffnete Erlen die Haupttür. Sie hörte die Klinke zurückschnappen, als er sie gleich wieder losließ, so als hätte er sich die Finger daran verbrannt.

Stimmengemurmel des Rundenmannes, dann erneut das Klappern der Tür. Maus war nicht sicher, was dort draußen geschah. War er wieder fort? Oder war er jetzt in der Suite?

Sie hörte Erlens raschelndes Tänzeln – und festere, kraftvolle Schritte. Mehr Türengeklapper.

„Keine Sorge", sagte der Rundenmann ganz in ihrer Nähe. „Das hat alles seine Ordnung."

Tür auf, Tür zu.

Er durchsucht die ganze Suite!, durchzuckte es Maus. Ein Zimmer nach dem anderen.

Sie wirbelte herum und wollte zugleich nichts überstürzen. Wenn sie einen Laut von sich gab, irgendetwas umstieß, auch nur zu heftig mit den Absätzen auftrat, würde er sie auf der Stelle entdecken.

Wie viele Türen führten aus dem Vorzimmer? Suchte er sie erst im Bad? Vielleicht gar in den Wandschränken? Ganz bestimmt würde er sichergehen wollen, dass sie nicht hinter seinem Rücken aus irgendeinem Versteck sprang und zur Tür hinaus auf den Korridor floh. Nein, dachte sie, diesmal würde er gründlich sein. Vielleicht gab ihr das ein wenig Zeit. Wenn auch nicht mehr als ein paar Sekunden.

Sie schaute sich im Schlafzimmer um. Neben ihr standen die großen Überseekoffer und Reisekisten, in denen die Königin weiß der Teufel was transportieren mochte. Die hohen Fenster zur Dachterrasse waren vom Panorama der Winternacht erfüllt, die breite Glastür verriegelt. Drei flackernde Kerzenleuchter waren die einzigen Lichtquellen. Ihr Schein erhellte Myriaden Schneeflocken, die von außen gegen die Scheiben wehten und am Netz der Eisblumen kleben blieben.

Einen anderen Fluchtweg aus dem Schlafzimmer gab es nicht. Doch lieber fiel Maus dem Rundenmann in die Hände, als nach draußen zu gehen. Abgesehen von ihrer Furcht vor dem Freien – wohin hätte sie sich dort wenden sollen? Die Terrasse war eine Sackgasse, genau wie dieses Zimmer, fünf Stockwerke über dem Newski Prospekt.

Das Himmelbett war unberührt, Kissen und Decke glatt gezogen. Vielleicht, wenn sie unter das Bett kroch ... Doch was immer sie tat, sie musste es rasch tun.

Da fiel ihr Blick auf das Rentierfell in der Ecke. Es lag noch genauso da wie bei ihrem ersten Besuch. Die trockene schwarze Nase schaute halb darunter hervor, mehr war vom Gesicht nicht zu sehen. Der Rest war zerknüllt und mit herzzerreißender Achtlosigkeit auf den Boden geworfen worden. Auch die drei Spiegel lagen noch da, das Kristallglas zur Decke gerichtet.

Sie horchte auf das Rumoren des Rundenmannes im Nachbarzimmer, wog ihre Chancen ab – null, ganz gleich, was sie tat – und eilte auf das Fell zu. Wieder sah sie Erlens Miene vor sich, diese entsetzliche Trauer in seinen Augen. Falls es ihr irgendwie gelingen sollte, doch noch von hier zu entkommen, dann auf jeden Fall mit dem Fell.

Die drei Spiegel waren zu einer Art Viertelkreis angeordnet, obwohl ihre Abstände zueinander jeglicher Sym-
metrie entbehrten. Ihre Lage wirkte überraschend
willkürlich, übersah man einmal die Seltsamkeit der
Tatsache, dass sie überhaupt hier auf dem Boden lagen.

Draußen donnerten die Schritte des Rundenmannes
heran, begleitet von Erlens ungleich schnellerem Trappeln. Etwas raschelte am Furnier der Tür entlang, und
Maus stellte sich vor, wie der Junge sich mit dem Rücken
gegen das Holz presste, beide Arme im Türrahmen aus-
gebreitet, um dem Mann den Zutritt zum Schlafzimmer
zu verwehren.

Armer Erlen. Wie es aussah, hatte sie ihn in nur noch
größere Schwierigkeiten gebracht. Sie war gekommen,
um ihm zu helfen, und nun war es abermals er, der *ihr*
half. Der Gedanke hätte wehgetan, wäre ihr mehr Zeit
geblieben, um darüber nachzugrübeln. So aber machte
sie impulsiv einen Schritt nach vorn, um das Fell zu ergreifen, beugte sich über die Spiegel hinweg –

– und wurde von etwas gepackt, das sie im allerersten
Moment für die Pranke des Rundenmannes hielt. Sie
wurde von den Füßen gerissen, durch die Luft gewirbelt wie eine Puppe, scheinbar gewichtslos, mit krei-
senden Armen und strampelnden Beinen, aber immer
noch geistesgegenwärtig genug, nicht lauthals aufzu-
schreien.

Es war nicht der Rundenmann, der sie gepackt hielt
und umherschleuderte. Es war – niemand!

Sie zappelte und schlug um sich, aber dann hatte sie
mit einem Mal wieder festen Boden unter den Füßen,
stolperte, fiel hin und blieb auf dem Hinterteil sitzen,

stützte sich mit beiden Händen ab und hielt die Augen für ein paar Sekunden geschlossen, um wieder zu sich zu kommen. Schließlich hob sie flatterig die Lider.

Es war nicht leicht, die Wahrheit mit einem einzigen Blick zu erfassen. Sie blinzelte, machte die Augen auf und zu und wieder auf, schüttelte sogar den Kopf, als könnte sie das Bild damit abstreifen. Vergebens.

Ihr Verstand brauchte eine Weile, um die Information zu verarbeiten. Aber das machte das Ganze nicht vernünftiger. Nicht fassbarer.

Es war unmöglich. Völlig unmöglich.

Die Welt stand Kopf. Buchstäblich. Oben war jetzt Unten. Denn Maus saß, ja, sie *saß* unter der Decke des Schlafzimmers. Sie hing nicht. Schwebte auch nicht. Vielmehr war es, als hätte sich das gesamte Zimmer einfach umgedreht.

Maus hockte da, wollte am liebsten doch noch schreien, hielt aber den Mund und staunte.

Die Decke des Zimmers war für sie jetzt der Boden. Ein paar Meter entfernt ragte der Kronleuchter wie ein Gewächs aus Glas in die Höhe. Falls die Welt wirklich gekippt war, umgedreht wie das Innere einer Schneekugel, dann schien dies keine Auswirkungen auf die Schwerkraft zu haben. Die Kette, an der der Leuchter hing, reichte straff gespannt nach oben (unten?), und auch die Gemälde hingen verkehrt herum an den Wänden. Wenn sie den Kopf in den Nacken legte, sah Maus über sich an der Decke die Teppiche liegen, das Rentierfell, die drei Spiegel. Auch die Positionen von Stühlen und Sesseln waren unverändert. Die Bettdecke war glatt gespannt. Die Fransen am Rand des Baldachins baumelten glatt und reglos – nur dass sie aus Maus' Sicht gar nicht hingen, sondern aufrecht standen.

Ihr war so schwindelig wie noch nie zuvor, aber das änderte nichts daran, dass sie aufstehen musste. Ihre Instinkte sagten ihr, dass sie sich am besten am Kronleuchter festhielt, für den Fall, dass dieses Phänomen sich auf einen Schlag wieder umkehrte und sie die fünf Meter zurück nach unten fiel. Erst als sie sich dieser Entfernung bewusst wurde, spürte sie, dass ihr alle Knochen wehtaten, denn sie war ja schon gestürzt – vom Boden zur Decke. Gebrochen hatte sie sich wie durch ein Wunder nichts, obgleich sie fühlte, dass sie überall blaue Flecken bekam. Sie hatte Glück gehabt. In gewisser Weise jedenfalls.

Nicht die Welt hatte sich gedreht, sondern Maus. Sie erkannte es jetzt ganz deutlich an den Schneeflocken draußen vor dem Fenster. Für ihre Augen fielen sie nach oben, aus dem Schwarz des Himmels der Terrasse entgegen, die sich wie der Zimmerboden *über* Maus befand.

Hätte sie genug Zeit zum Nachdenken gehabt, wäre sie mit der neuen Lage vielleicht besser klargekommen. Stattdessen aber hörte sie nach wie vor die Stimme des Rundenmannes draußen im Vorzimmer. Das Schleifen und Scharren von Erlens Rücken an der Tür wurde immer hektischer. Dann brach es ab.

Die Klinke bewegte sich, die Zimmertür schwang auf.

Maus rührte sich nicht. Blieb einfach unter der Decke sitzen, mit angewinkelten Knien und abgestützten Armen. Der Rundenmann bewegte sich über ihr durch den Raum, mit dem Kopf nach unten. Selbst wenn er auf die Idee gekommen wäre, sie unter der Decke zu suchen, hätte er sie nicht packen können; so groß war nicht einmal er.

Stattdessen sah er sich flüchtig im Zimmer um, warf einen Blick hinter die Reisekisten und Koffer und ging dann schnurstracks zur Glastür der Terrasse hinüber. Er löste die beiden Riegel, drehte den Knauf und zog die Tür nach innen. Sofort stand er in einer Wolke aus Schnee, die von den Winden hereingewirbelt wurde. Er starrte hinaus in die Nacht, wohl auf der Suche nach Maus, die er augenscheinlich dort draußen im Schneesturm vermutete. Glaubte er denn wirklich, sie hätte genug Angst vor ihm, um das Hotel zu verlassen? Sie gestattete sich ein stummes Seufzen. Es gab Schrecken, die selbst die Aussicht auf eine Begegnung mit seinen Fäusten überstiegen.

Was ist mit deinen Vorsätzen? Du wolltest doch üben, dort hinauszugehen! Du wolltest –

Sie unterbrach sich selbst, als sie Erlen ins Schlafzimmer treten sah. Allmählich begann ihr Nacken zu schmerzen, weil sie den Kopf so weit zurücklehnen musste. Er brauchte nur wenige Augenblicke, ehe er begriff, was geschehen war. Sein Blick streifte das Fell und wanderte an der Wand hinauf zur Decke. Dort entdeckte er Maus. Sie zuckte nur die Achseln und schenkte ihm ein Lächeln, das gleichzeitig bedeuten sollte, dass es ihr Leid tat – und dass sie Hilfe brauchte, um wieder von hier oben hinunterzukommen.

Nur dass es für sie nicht oben, sondern nach wie vor unten war. Für sie, und nur für sie allein, hatte sich die Welt auf den Kopf gestellt.

Der Rundenmann stapfte hinaus in die Kälte. Innerhalb weniger Sekunden war er in Schneetreiben und Dunkelheit verschwunden. Warum hielt er nicht einfach nach

Fußspuren Ausschau? Musste er, um ganz sicherzugehen, wirklich die ganze Terrasse nach ihr absuchen? Womöglich war er nicht ganz so helle, wie sie immer befürchtet hatte.

Erlen gab ihr mit einem kurzen Wink zu verstehen, sich nicht von der Stelle zu rühren. Er mochte Recht haben. Wie auch immer sie hier heraufgekommen war, es war im Augenblick der sicherste Ort für sie. Offenbar suchte der Rundenmann sie eher dort draußen in der Eiseskälte als hier drinnen unter der Zimmerdecke.

Ungeachtet aller Vorsicht versuchte sie aufzustehen. Es ging ganz mühelos, abgesehen von dem Schmerz in ihren geprellten Gliedern. Sie stand jetzt aufrecht, ganz fest, ganz sicher, ohne das leichteste Schwanken. Die Decke war jetzt ihr Boden. Sie konnte mit normalen Schritten zum Kronleuchter hinübergehen und seine straff gespannte Kette berühren. Ansonsten war die tapezierte Fläche zu ihren Füßen vollkommen leer. Nichts außer dem Leuchter hing von der Decke des Schlafzimmers herab.

Ihr erster Gedanke war, hinüber zur Zimmertür zu laufen. Aber der Raum war fünf Meter hoch, die Tür selbst vielleicht zweieinhalb. Selbst wenn Maus die Arme ausstreckte, käme sie nicht an den oberen Türrand heran, geschweige denn, dass sie hindurchgehen und ins Vorzimmer hätte fliehen können.

Als ihr das Fatale dieser Erkenntnis bewusst wurde, überkam sie eine ganz neue Furcht, ungeachtet ihrer heillosen Verwirrung über die veränderte Umgebung: Sie war in diesem Raum gefangen wie in einer übergroßen Schale. Es gab nichts, auf das sie hätte klettern können, um doch noch an die Tür heranzukommen. Denn alle Stühle und Tische waren ja über ihr und zeigten nicht die geringste Neigung, sich gleichfalls gegen die Schwerkraft aufzulehnen und zu Maus unter die Decke zu fallen.

Einen einzigen Fluchtweg gab es vielleicht. Die Fensterfront besaß Oberlichter, kleinere Fenster, die in einer Reihe über den anderen angebracht waren und für gewöhnlich verschlossen blieben. Dennoch besaßen sie Hebel, um sie zu öffnen; im Sommer übernahm das ein Bediensteter mit einer langen Stange, an deren Ende ein Haken angebracht war. Maus hingegen käme von der Decke aus mit bloßer Hand an die Riegel heran.

Aber was dann? Sie konnte eines der Oberlichter öffnen, na und? Damit stünde ihr nur der Weg ins Freie offen.

Der Rundenmann war noch immer im Schneetreiben abgetaucht. Seine dunkle Uniform machte es unmöglich, ihn in der Nacht zu erkennen. Was trieb er dort draußen? Blickte er hinter jeden Pflanzenkübel? Man hätte meinen mögen, dass ihn in Anbetracht der Kälte und Finsternis nichts im Freien hielt. Aber wie es schien, wollte er ganz sichergehen, Maus nirgends zu übersehen.

Beinahe hätte die Vorstellung, wie er dort draußen fluchend im Schnee herumstolperte, sie lächeln lassen. Aber bei näherer Überlegung war ihr nun wirklich nicht nach Lachen zu Mute.

Sie war ihr Leben lang anders gewesen. Aber nicht *so* anders. Nicht auf den Kopf gestellt.

Erlen gab ihr mit einem neuerlichen Wink zu verstehen, sich nicht zu rühren. Der Rundenmann kam zurück ins Zimmer, klopfte sich eine dicke Schneeschicht von Schultern und Haar und warf die Glastür dann so heftig hinter sich zu, dass die Scheiben bebten. Auch der Kronleuchter klirrte, und Maus dachte panisch, dass der Mann nun doch noch heraufschauen würde.

„Keine Spur von ihr", sagte er zu dem Jungen, der nur die Achseln hob, so als wollte er sagen: Wundert mich gar nicht, aber Sie wollten mir ja nicht glauben, oder?

Noch einmal schaute sich der Rundenmann um, ohne zur Decke zu blicken. Dann machte er sich auf den Weg ins Vorzimmer.

Plötzlich blieb er stehen. Maus brach der Schweiß aus. Erlen zuckte zusammen, nahm dann aber all seinen Mut zusammen, straffte sich und trat am Rundenmann vorbei, um ihn aus dem Schlafzimmer zu geleiten.

Doch der Mann beachtete ihn nicht. Stattdessen drehte er sich um, machte drei, vier erstaunlich schnelle Schritte zum Bett hinüber, beugte sich vor und blickte mit einem Ruck darunter.

Er knurrte enttäuscht, richtete sich wieder auf und verließ den Raum. Erlen begleitete ihn und schloss hinter ihnen die Tür. Maus atmete auf. Draußen klapperte die Eingangstür der Suite. Der Rundenmann verabschiedete sich mürrisch.

Nur einen Atemzug später flog die Schlafzimmertür abermals auf, und Erlen sprang herein. Seine ruhige Maskerade war wie weggeblasen. Helle Aufregung beherrschte seine Züge, als er mit einer hilflosen Geste auf Maus deutete.

„Ich ... ich weiß nicht, was passiert ist", stammelte sie, noch immer unfähig, vollständig zu erfassen, was tatsächlich mit ihr geschehen war. Sie lief unter der Decke, ja, gut. Oder nicht gut. Aber wie, zum Teufel, ließ sich das wieder rückgängig machen?

Erlen rannte auf die Ecke mit dem Rentierfell zu und zeigte auf die drei Spiegel; dabei war er sehr vorsichtig, sich nicht über sie zu beugen und ins Blickfeld ihrer Spiegelflächen zu geraten.

„Sie sind schuld?", fragte Maus perplex. Dabei hätte sie es sich eigentlich denken können. Die Spiegel mussten eine Art Schutzzauber darstellen, der verhindern sollte, dass irgendjemand das Rentierfell an sich bringen konnte. Vermutlich lagen sie dort, damit Erlen nicht auf falsche Gedanken kam. Und nun war sie selbst in die Falle gestolpert.

Dumm!, schalt sie sich zornig. So dumm!

„Was soll ich jetzt tun?", fragte sie, ohne eine Antwort zu erwarten. Sie war ihr Leben lang allein gewesen und neigte zu Selbstgesprächen. In Erlens Nähe war es, als spräche sie mit ihm, aber letztlich doch nur mit sich selbst.

Er schüttelte den Kopf und hob beide Handflächen.

„Nichts?", fragte sie aufgebracht. „Gibt es denn kein, ich weiß nicht ... kein Gegenmittel oder so was?"

Erlen deutete auf das leere Bett, und sie verstand. „Nur sie kennt es? ... Na, wunderbar."

Die Königin würde sie vielleicht von der Decke herunterholen, ihr aber im Austausch zweifellos eine andere Scheußlichkeit antun. Bevor sie Maus letztlich dem Rundenmann auslieferte.

Es musste einen anderen Weg geben. Irgendeinen.

Tamsin! Sie kannte vielleicht einen Gegenzauber. Außerdem trug sie die Schuld an dem ganzen Dilemma. Ohne sie wäre Maus gar nicht erst auf die Idee gekommen, hier einzudringen. Und hatte sie den Diebstahl des Fells etwa nicht wie ein Kinderspiel aussehen lassen? *Einfach*, hatte sie es genannt.

Aber wie konnte Maus ihr mitteilen, was geschehen war? Erlen, natürlich! Er musste nur zu ihr gehen und sie bitten, hierher ins Allerheiligste ihrer Erzfeindin zu kommen. Ganz einfach, Tamsin. Wirklich.

Ihr wurde noch schwindeliger, als die Verzweiflung sie mit aller Macht packte. Es war aussichtslos. Hätte Tamsin die Macht besessen, die Königin in ihren eigenen vier Wänden zu schlagen, hätte sie es längst versucht. Stattdessen hatte sie sie von hier fortgelockt. Gewiss nicht ohne Grund.

Maus' Blick wanderte zurück zu den Oberlichtern der Fensterfront. Tatsächlich waren sie die einzige Möglichkeit, aus diesem Zimmer zu entwischen, solange sie nicht an die Tür herankam. Warum mussten diese verflixten Zimmerdecken auch so hoch sein? Reichte es nicht, mit teuren Möbeln und Gemälden zu protzen?

Sie konnte es drehen und wenden, wie sie wollte: Sie war eine Gefangene. Jedenfalls solange sie es nicht über sich brachte, durch die Fenster zu fliehen.

Plötzlich stampfte Erlen laut mit dem Fuß auf, um sie auf sich aufmerksam zu machen. Er wedelte wieder mit den Armen, gab ihr unverständliche Zeichen und deutete Richtung Vorzimmer.

Maus hörte es auch.

Jemand öffnete die Eingangstür der Suite. Jemand, der es nicht nötig hatte anzuklopfen.

„Erlen!", brüllte die Schneekönigin. Und mit seltsamem

Krächzen setzte sie Worte in einer fremden Sprache hinzu, die Maus nicht verstand.

Der Junge riss sich widerstrebend von Maus' Anblick los und eilte ins Vorzimmer. Wieder schloss er die Tür hinter sich. Draußen polterte es, als sei etwas Großes umgefallen.

Maus zögerte nicht länger. Aufrecht rannte sie unter der Decke entlang, stellte sich auf die Zehenspitzen und schloss die Finger um einen der Fenstergriffe. Er fühlte sich kalt an, aber nicht so sehr wie die Angst in ihrem Inneren.

Wieder zählte sie. Schloss die Augen. Und öffnete zitternd das Fenster.

Das Kapitel
über die Angst vor einem Sturz in den Himmel

Der Riegel war seit Wintereinbruch nicht mehr bewegt worden. Er ließ sich nicht drehen. Wahrscheinlich war er in der Kälte festgefroren.

Maus' Furcht wurde zu ausgewachsener Panik. Sie hatte noch nie, wirklich nie, solche Angst gehabt. Ihre Finger krallten sich um den Metallgriff, rüttelten und zerrten daran. Niemals hätte sie für möglich gehalten, dass sie irgendwann einmal mit aller Macht nach draußen gelangen wollte.

Im Vorzimmer ertönte wieder die Stimme der Schneekönigin. Sie stieß ein schmerzerfülltes Stöhnen aus. Irgendetwas musste Tamsins Falle bewirkt haben, wenn auch nicht, ihre Gegnerin endgültig zu bezwingen. Maus war nicht sicher, ob ihr eine verletzte Königin lieber war als eine gesunde. Ihr Zorn würde umso furchtbarer sein, wenn sie Maus hier entdeckte.

Maus' Fingerknöchel leuchteten weiß durch die Haut, Adern erschienen bläulich auf ihrem Handrücken; etwas in ihrem Unterarm verkrampfte sich, als sie noch heftiger am Fenstergriff drehte. Nichts. Er bewegte sich keinen Millimeter.

Verzweifelt begann sie, auf das Metall zu hauchen, in der absurden Hoffnung, das eingefrorene Gelenk damit aufzutauen. Ihr blieb keine Zeit mehr. Falls die Königin wirklich angeschlagen war, würde sie sich auf ihr Bett legen wollen.

Stimmen ertönten jetzt keine mehr. Stattdessen schleifende Laute. Unvermittelt ein schmerzerfüllter Aufschrei. Dann wieder Erlens aufgeregtes Trappeln.

Maus wollte sich zur Ruhe zwingen, aber es gelang ihr nicht. In wenigen Augenblicken würde die Königin hereinkommen und sie entdecken. Und in der Außenwelt warteten weitere Schrecken, denen sie sich nicht gewachsen fühlte. Beide Möglichkeiten konnten nur in einer Katastrophe enden.

Die Laute vor der Tür kamen näher. Erlens Schritte. Wieder das Schleifen. Wahrscheinlich stützte er seine Herrin auf dem Weg ins Schlafzimmer.

Der verdammte Fenstergriff!

„Oh nein!", flüsterte Maus. Sie hatte mit einem Mal erkannt, was sie falsch gemacht hatte. Weil sie selbst auf dem Kopf stand, musste sie den Griff natürlich in die andere Richtung drehen! Sie versuchte es, und nach einigem Rütteln gab er nach.

Das Fenster schwang auf. Schnee stob ins Zimmer, in Maus' Gesicht, in ihre Augen. Sie achtete nicht darauf, holte tief Luft, als wollte sie in Wasser tauchen, packte den Fensterrahmen mit beiden Händen und zog sich hindurch.

Im ersten Moment war es viel leichter, als sie befürchtet hatte. Es gab keine unsichtbare Mauer, die sie davon abhielt, das Gebäude aus eigenem Willen zu verlassen. Es gab nur sie und den Schnee.

Und dann, unvermittelt, die Erkenntnis grenzenloser Leere.

Das Gefühl traf sie wie ein Schuss aus dem Dunkeln. Es war mehr als Angst, mehr als die pure Panik vor der Außenwelt. Etwas langte mit scharfen Krallen in ihren freien Willen, wühlte darin, bis es die empfindlichen Stellen fand, und packte dann gnadenlos zu. Maus riss den Mund auf, wollte schreien. Doch über ihre Lippen drang kein Laut. Sie bekam keine Luft mehr, konnte sich nicht bewegen.

Hinter ihr kippte die Klinke der Zimmertür. Maus steckte noch immer im Fenster. Zitternd blickte sie über ihre Schulter.

Die Tür ging auf.

Du musst raus! Jetzt!

Erlen kam als Erster herein, rückwärts. Nervös blickte er nach oben, sah Maus im offenen Fenster. Er ging vorgebeugt, seine Arme waren um den Oberkörper der Königin geschlungen. Sie hing lang ausgestreckt in seinem Griff, ließ sich von ihm ins Zimmer ziehen, bewegte die Füße, um sich vom Boden abzustoßen, war ihm aber kaum eine Hilfe. Maus erkannte noch, dass sie irgendwie verändert aussah, aber dann hatte sie sich schon mit geschlossenen Augen ins Freie gezogen.

Über dem Fenster verlief ein gemauerter Sims, kurz unter dem Beginn der Dachschräge. Maus' Füße fanden darauf Halt. Sie hatte gehofft, dass der Zauber hier draußen seine Wirkung verlieren würde, doch das war ein

Trugschluss – auch die Außenwelt stand auf dem Kopf. Das nächtliche Panorama der Stadt hing über ihr wie eine versteinerte Wolkendecke, und unter ihr war nichts als Himmel.

Eine Weile spürte sie nur noch Entsetzen, während sie verkehrt herum auf der Unterseite des Simses kauerte. Die Weite, die Leere der Welt waren immer schon schlimm genug gewesen, um sie zu lähmen; aber dass sich der Himmel jetzt unter ihr befand und sie in ihn hinabzustürzen drohte, das war zu viel.

Sie fühlte sich, als befände sie sich auf der Oberfläche eines Ozeans, aus dem auf einen Schlag alles Wasser verschwunden war. Der Abgrund war bodenlos. Niemals zuvor hatte sie die Unendlichkeit der Nacht so stark empfunden wie in diesem Augenblick. Nie war sie ihr grauenvoller erschienen.

Wie lange sie so da hockte, wusste sie nicht. Erneut hatte sie im Freien jegliches Zeitgefühl verloren. Erst nach einer Weile wurde ihr bewusst, dass sie vom Schlafzimmer aus noch immer zu sehen war. Bebend drehte sie den Kopf und blickte durch das offene Oberlicht ins Innere.

Die Königin lag jetzt auf ihrem Bett. Erlen umsorgte sie, hielt ihre Hand, während sich ihre flache Brust rasend schnell hob und senkte. Sein Blick flackerte von seiner Herrin herauf zum Fenster. Er wagte nicht, Maus ein Zeichen zu geben.

Die Schneekönigin hatte den linken Arm angewinkelt und über ihre Augen gelegt. Maus konnte nicht viel von ihrem Gesicht erkennen: Die Lippen hatten jegliche Farbe verloren, das Kinn erschien ihr hexenhaft spitz. Der Körper in dem engen weißen Kleid wirkte nicht mehr schlank, sondern abstoßend hager. Ihre Beckenknochen stachen hervor wie scharfe Felsgrate.

All das aber nahm Maus nur schattenhaft wahr. Die Angst vor einem Absturz in den Nachthimmel verhinderte jeden klaren Gedanken. Sie musste fort. Irgendwie fort.

Ihre Gelenke waren eingefroren, als sie sich endlich in Bewegung setzte. Es war ähnlich wie auf der Feuertreppe, als sie eine Ewigkeit für ihre ersten Schritte gebraucht hatte – und doch wiederum ganz anders. Auf der Treppe hatte sie allerhöchstens ein paar Stufen weit fallen können. Hier aber würde sie geradewegs in die Schneewolken stürzen, durch sie hindurch in die Nacht hinein, ins schwarze Reich der Sterne. Sie konnte diesen Gedanken nicht weiterspinnen. Sie stieß an die Grenze dessen, was vorstellbar war. Wie bei dem Versuch, sich auszumalen, was nach dem eigenen Tod auf einen wartet: Weiter als bis zu dem Punkt, an dem man einfach nicht mehr da ist, reicht die menschliche Vorstellungskraft nicht.

Der Himmel, die Sterne, dann nichts mehr. Vielleicht würde sie bis in alle Ewigkeit durch leeres schwarzes Nichts fallen.

Mit dem Kopf nach unten schob sie sich an der Mauer entlang. Sie sah nicht nach hinten, wo die steinerne Masse Sankt Petersburgs bedrohlich über ihr schwebte. Der Sims war nicht breit und noch dazu leicht abgerundet. An seiner Unterseite lag kein Schnee, dafür brachen ihre Füße bei jedem Schritt Eiszapfen ab, manche so lang wie ihr Unterarm. Wie gläserne Dolche fielen sie an ihrem Körper herauf und verfehlten nur knapp ihr Gesicht, bevor sie über ihr in den Schneewehen auf der Terrasse versanken.

Täuschte sie sich, oder waren die Zapfen an den Fenstern vor ein paar Tagen nicht einmal halb so groß gewesen?

Sie versuchte, so lange wie möglich die Augen geschlossen zu halten und ihren Halt nur durch Tasten zu finden. Hin und wieder blinzelte sie unter ihren Lidern hervor, sah aber nur an der Mauer entlang, um festzustellen, wie weit es noch bis zur nächsten Ecke war. Maus erreichte sie, kletterte mit Millimeterschrittchen um sie herum und schob sich dann an der Seitenwand des Gebäudes weiter. Über ihr war jetzt keine Terrasse mehr, sondern der Schlund einer Gasse. Sie konnte den Boden nicht erkennen, aber das spielte im Augenblick keine Rolle; das war nicht die Richtung, in die sie stürzen würde, falls sie abrutschte.

Ein Eiszapfen traf von unten ihr Gesicht. Es fühlte sich an, als hätte jemand mit einer Nadel in die empfindliche Haut zwischen Hals und Kinn gestochen. Vor Schreck und Schmerz verlor sie beinahe das Gleichgewicht, schrie auf, wedelte ein paar Sekunden lang mit einem Arm, verrenkte ihren Oberkörper – und fiel irgendwie zurück gegen die Wand.

Zitternd schob sie sich weiter. Unter dem Sims befand sich nur noch die Unterseite der Dachrinne, dann nichts mehr. Mehrmals streifte sie die Oberlichter der übrigen Suiten, alle unbewohnt. Die Fenster waren verriegelt, natürlich, und das Glas war zu fest, um es mit bloßer Hand einzuschlagen. Sie hätte sich nur die Hände aufgeschnitten und wäre danach erst recht abgestürzt.

Unter ihr gähnte der Nachthimmel und trieb ihr noch größere Schneeflocken in die Augen. Wir kriegen dich, wisperten die Winde, die tückisch um sie herumstrichen. Du entkommst uns nicht.

Die Struktur der Mauer änderte sich, der Sims wurde schmaler. Da erkannte Maus, dass sie sich bereits an der gesamten Seitenwand des Hauptgebäudes entlangge- hangelt hatte. Jetzt befand sie sich auf Höhe des ur- sprünglichen Hotels, dort, wo die Geschichte des Aurora einst ihren Anfang genommen hatte.

Gleich vor Maus lag ein Fenster. Im Dunkeln war es schwer auszumachen, weil innen kein Licht brannte, aber als sie es erreichte, erkannte sie es wieder. Gott, sie hatte gehofft, es bis hierher zu schaffen! Hinter dieser Scheibe, verkrustet mit Eisblumen und Schmutz, lag das bodenlose Treppenhaus. Die Fensterrahmen waren morsch, das Glas dünn. Es hatte einen verästelten Sprung.

Maus trat so weit wie möglich zur Seite, zog ihre Hand zurück in den Ärmel ihrer Uniformjacke und ballte sie zur Faust. Die Kälte hatte ihre Finger steif werden lassen, und sie dachte benommen, dass es dadurch vielleicht nicht so wehtun würde. Eine vage Hoffnung. Aber einen anderen Weg ins Innere gab es nicht.

Ein letzter, vorsichtiger Blick nach unten, in den schnee- wirbelnden Nachthimmel, um sich selbst einen Ruck zu geben. Dann holte sie aus und schlug gegen das vereiste Glas. Nicht fest genug. Noch ein Versuch. Erst beim drit- ten Mal brach die Scheibe. Scharfe Glasklingen fielen an ihr herauf und verschwanden lautlos in der schwarzen Gasse. Keine traf sie. Nur ihre Hand schmerzte, aber Maus sah kein Blut.

Sie langte durch das Loch im Glas und zerrte am Fenster- riegel. Die Reste der Scheibe schwangen nach innen. Abermals klirrten Scherben, diesmal auf der Steintreppe.

Das Schneetreiben blieb zurück, als sich Maus verkehrt

herum ins Innere zog, ein paar Atemzüge lang im Fensterrahmen hocken blieb und schließlich sprang.

Einen Herzschlag lang glaubte sie, sie hätte sich verschätzt. Sie fiel und traf auf keinen Widerstand. Dann aber kam sie umso härter auf, rollte eine Schräge hinab, fast über eine Kante hinweg, aber eben nur fast ... und blieb schwer atmend liegen.

Sie befand sich jetzt auf der Unterseite der breiten Wendeltreppe. Hier gab es keine Stufen, stattdessen war die schräge Fläche glatt und mit den Fetzen alter Tapete bedeckt. Die Kante neben ihr war der Rand der Treppe; wäre sie dort hinübergerollt, hätte der Schwung sie geradewegs in die gläserne Kuppel getragen, die das Treppenhaus krönte. Das Glas und seine blumenförmigen Streben hätten sie wohl kaum halten können, wären zerbrochen, und Maus wäre doch noch in den Himmel –

Hör schon auf damit!

Sie zwang sich, eine Weile liegen zu bleiben, auszuruhen, nachzudenken. Nicht weit von hier, ein Geschoss tiefer, zweigte ein schmaler Gang ab. An seinem Ende lag eine winzige Tür, die auf der anderen Seite tapeziert und fast unsichtbar war. Maus hatte sie schon viele Male benutzt. Die Decke war in dem engen Korridor nicht hoch, Maus würde die Tür wohl auch von oben aus erreichen können. Dahinter befand sich der vierte Stock des Aurora, die Etage unterhalb der Suiten.

Sie wartete ab, bis sich ihr Atem beruhigt hatte. Dann rappelte sie sich auf, rieb sich die halb erfrorenen Finger warm und machte sich an den Decken entlang auf den Weg.

DAS KAPITEL
ÜBER DIE BEFREIUNG VON
WORTEN UND TIEREN

Tamsin riss die Tür ihres Hotelzimmers auf und starrte auf den leeren Flur. „Maus?"
„Hier oben."
„Oh nein!"
„Hallo, Tamsin." Maus' blaue Lippen zitterten und weigerten sich, ein Lächeln zu formen.

Tamsin streckte ihr eine Hand entgegen. Maus ergriff sie kopfüber von ihrem Platz unter der Decke aus.

„Du bist ja ganz durchgefroren!"

„Fällt dir vielleicht noch was auf?"

„Ja ... ja, du hast natürlich Recht." Tamsin drückte ihre Hand und ließ sie gleich wieder los. „Dagegen müssen wir als Erstes etwas unternehmen."

Sie verschwand wieder in ihrem Zimmer und ließ Maus auf dem Korridor zurück. Niemand sonst war zu sehen. Obgleich das Aurora noch dasselbe altvertraute Gebäude war, schien es sich doch aus Maus' Perspektive in eine vollkommen neue Welt verwandelt zu haben.

Es war erstaunlich, wie anders alles aussah, wenn es auf dem Kopf stand. Voll gestopfte Flure wirkten mit einem Mal leer und kahl, weil ja alles unter der Decke klebte und es am Boden weder Teppiche noch Möbel gab, nur vereinzelte Lampen. Treppenhäuser verwandelten sich in Rutschbahnen ohne Geländer. Und plötzlich war alles schmutzig und eingestaubt, weil Maus in all jene Winkel sehen konnte, an die von unten niemand herankam.

Tamsin trat wieder auf den Flur. Sie trug jetzt ihre zerknüllte Bettdecke und den alten Lederkoffer in den Händen. Die Decke warf sie zu Maus hinauf, die sie bibbernd mit beiden Händen fing.

„Wickel dich darin ein.“

Maus versuchte zu tun, was Tamsin sagte, aber das war nicht ganz einfach, denn der Zauber hatte keine Macht über die Decke. Immer wieder wollte sie den Gesetzen der Schwerkraft folgen und zurück auf den Boden fallen. Ein widerspenstiger Zipfel rutschte Maus ständig vors Gesicht.

Tamsin blickte prüfend nach rechts und links. Glücklicherweise waren die Korridore und Hallen um diese Zeit menschenleer. Selbst für nimmermüde Nachtschwärmer war es auf den Straßen viel zu kalt, als dass noch einer von ihnen so spät – oder früh – heimkehren mochte.

„Beeil dich“, sagte Maus mit krächzender Stimme. „Bitte.“

Tamsin legte den Koffer auf den Boden, murmelte ein paar seltsame Silben, strich mit der flachen Hand über die Schnallen an der Vorderseite und schien auf etwas zu warten. Bald darauf ertönte ein Geräusch wie ein

Seufzen aus dem Inneren des Koffers, und Maus hatte den Eindruck, als fiele der Deckel kaum merklich in sich zusammen, gerade so, als hätte jemand Luft aus dem Koffer abgelassen. Tamsin nickte zufrieden, öffnete die Schnallen und klappte den Deckel ein Stück nach oben, jedoch nicht weit genug, dass Maus hätte hineinsehen können. Mit einer Hand hielt sie die Klappe fest, mit der anderen kramte sie im Inneren.

„Ist nicht immer ganz leicht, die richtigen Worte zu finden", bemerkte sie mit einem verlegenen Lächeln und suchte stirnrunzelnd weiter.

„Mir ist so kalt", brachte Maus hervor. Als sie auf dem Sims um ihr Leben gekämpft hatte, war der Frost dumpf und unwichtig gewesen. Sie hatte all ihre Kraft auf das Klettern und Laufen konzentrieren müssen und sogar ihre Angst vor der Außenwelt beinahe vergessen.

Nun aber brach die Kälte umso heftiger über sie herein.

„Aha!", rief Tamsin triumphierend, zuckte gleich darauf erschrocken zusammen und schaute sich abermals um, ob irgendjemand sie gehört hatte. Niemand zeigte sich. Hinter allen anderen Zimmertüren blieb es still.

„Hier ist es", sagte sie gedämpft und zog das passende Wort hervor.

Maus blinzelte, weil sie glaubte, ihre Augen ließen sie im Stich. Tamsins Hand hielt – nichts. Sicher, es sah aus, als hätte sie die Finger um irgendetwas geschlossen, etwas, das zappelte wie ein frisch gefangener Fisch. Doch zu erkennen war rein gar nichts, so als hielte sie stolz ein Stück leere Luft.

„Ein widerspenstiges kleines Mistding!", fluchte Tamsin, während ihr Arm hin und her ruckte und Schweißperlen auf ihrer Stirn erschienen. „Kann einem ganz schön zusetzen, wenn man nicht aufpasst."

Maus zog es vor, nicht darüber nachzudenken. Sie stand aufrecht unter der Decke, und sie war halb erfroren – das reichte für einen Tag. Vielleicht würde sie sich morgen wundern. Oder nächste Woche.

Tamsin öffnete den Mund und schob sich das unsichtbare Wort hinein. Sie hatte Mühe, es komplett hineinzustopfen, und sie musste mit Daumen und Zeigefinger nachschieben. Angestrengt pulte sie sich im Mund herum, biss sich auf die Zunge und bekam das Wort schließlich unter Kontrolle. Mit aller Macht presste sie die Lippen fest aufeinander und verdrehte die Augen, während es hinter ihren aufgeblähten Backen rumorte und zuckte. Es kostete sie Zeit und einige Kraft, das Wort hinunterzuschlucken, aber schließlich gelang es ihr. Zufrieden sah sie zu Maus hinauf, als erwartete sie ein Lob für ihre Großtat.

„Nun ja", sagte Maus.

Tamsin schüttelte lächelnd den Kopf, hob den Zeigefinger, als wollte sie sagen „Warte ab!", und öffnete dann langsam den Mund, um zu sprechen.

Was da aus ihrer Kehle kam, war alles, nur kein Wort. Fand Maus. Aber sie war ja auch keine Zauberin, trug keinen Zinnobermantel und erst recht keinen regenbogenbunten Regenschirm.

Das Wort – wenn man es denn so nennen wollte – war eine seltsame Abfolge von Lauten, viel zu vielen Silben, die nicht zueinander passen wollten. Mal klang es fast wie eine Melodie, dann wieder wie ein scheußliches Rülpsen.

„Papp!", machte Tamsin zuletzt und schloss den Mund. Ob das noch zu dem Wort gehörte oder einfach nur der Laut war, mit dem ihre Lippen aufeinander klappten, blieb ungewiss.

Oben an der Decke dachte Maus: Na wunderbar, das war wohl nichts.

Dann wurde ihr auf einen Schlag schwindelig, etwas schien ihre Füße von der Tapete zu reißen, sie herumzuwirbeln und fallen zu lassen.

Sie konnte gerade noch beide Hände ausstrecken, schrill und von Herzen „Aaaahhhh!" brüllen, dann stürzte sie auch schon zu Boden, fing sich ungeschickt ab, kippte zur Seite, knallte mit der Hüfte gegen die Korridorwand und wurde im letzten Moment von Tamsin aufgefangen, bevor sie mit dem Schädel auf Stein krachen konnte. Dann fielen sie beide, stießen dabei den Kofferdeckel zu, purzelten über- und untereinander und blieben schließlich halb verknotet liegen.

Tamsin entwirrte ihre Glieder und grinste. „Das hat Spaß gemacht, oder?"

Drei Tassen Tee vom Zimmerservice, viele belegte Brote und ein heißes Bad in der gusseisernen Wanne brachten Maus auch innerlich zurück auf den Boden. Schließlich streckte sie sich in Tamsins viel zu großem Schlafanzug auf dem Bett aus. Sie war in die Daunendecke eingemummelt, trug ein paar dicke, quietschbunte Wollsocken und etwas auf dem Kopf, das Tamsin eine selbst gestrickte Mütze nannte, obgleich es mehr Ähnlichkeit mit einer verbeulten Orangenschale besaß; jedenfalls hatte es die gleiche Farbe und war selbst Maus viel zu klein.

Auf dem Tischchen vor dem dunklen Fenster lag verkehrt herum Tamsins Zylinder mit der Öffnung nach oben. Die drei Stühle, die normalerweise um den Tisch herumstanden, waren sternförmig nach hinten umgekippt – das einzige Anzeichen dafür, dass in diesem Raum erst vor kurzem etwas Ungewöhnliches geschehen war.

„Besser?" Tamsin saß auf der Bettkante und blickte sorgenvoll auf Maus hinab.

„Jedenfalls wird mir allmählich wieder warm."

„Es tut mir so Leid. Wirklich."

Maus sah, dass Tamsins Wangenmuskeln zuckten. „Ich glaub dir kein Wort."

„Ich geb dir mein Ehrenwort." Ein Grinsen flimmerte auf, verschwand wieder und erschien erneut. Tamsins ernste Miene zerschmolz zu purem Übermut. „Ach, komm schon!" Sie sprang hoch und lief vor dem Bett auf und ab. „Das war doch lustig!"

„Hmm-hmm."

„Sag nicht, du hättest nicht eine Menge dazugelernt! Zum Beispiel, wie man das Hotel verlässt. Und dass selbst hier drinnen *deine* Welt nicht zwangsläufig die *einzige* Welt ist! Hängt alles vom Blickwinkel ab, findest du nicht?" Als sie sah, dass Maus ihre Euphorie nicht teilte, rief sie: „Außerdem haben wir ihr heute ganz schön eins ausgewischt!"

„Und warum bin ich dann fast erfroren?", maulte Maus. „Und von der Decke gefallen?"

Tamsin zog eine Schnute. „Ja, ja, zugegeben, das Ganze hätte besser laufen können. Aber immerhin, der Anfang ist gemacht."

„Die Königin hat nicht begeistert ausgesehen."

Tamsin strahlte wieder. „Sie wird von Stunde zu Stunde schwächer."

Maus setzte sich auf. „Du hättest mich warnen müssen!"

„Ich hab ja nicht gewusst, auf welche Weise sie das Fell beschützt."

„Aber du hast gewusst, *dass* sie es schützt."

„Wer hätte gedacht, dass ihr der Junge so wichtig ist?" Tamsin ging zum Tisch und stellte die Stühle wieder auf. Alle drei bebten, wippten und kippten wieder um, so als ginge von dem Zylinder in ihrer Mitte ein unsichtbarer Widerstand aus, der sie nach hinten zwang.

Tamsin fluchte steinerweichend, packte einen Stuhl an der Lehne, stellte ihn vors Bett und setzte sich darauf. Einen Moment lang schien sie fast zu erwarten, dass er trotzdem wieder umfiele. Als er es nicht tat, lächelte sie zufrieden. „Manche Dinge verlernt man eben nicht. Wie Schlittschuhlaufen."

Maus hatte keine Ahnung, wovon sie redete, aber es interessierte sie im Augenblick auch nicht. „Ich verschwinde jetzt", sagte sie. „Ich muss noch Schuhe putzen."

„Vergiss die Schuhe."

„Was?"

„Sie sind im Moment nicht wichtig."

Maus kochte innerlich. „Na klar, es sind ja auch nicht deine Schuhe! Und du kriegst keinen Ärger, wenn sie morgen Früh nicht vor den Zimmern stehen."

„Keiner wird sie vermissen. Jedenfalls nicht vor morgen Abend."

„Was soll denn das heißen?"

Tamsin schlug sich vor die Stirn. „Natürlich! Du weißt es ja noch gar nicht!"

Maus blieb argwöhnisch. „Was?"

„Das Hotel wird geräumt."

Die Wärme, die gerade begonnen hatte, sich in Maus' Magen auszubreiten, schwand auf einen Schlag. „Wie, geräumt?"

„Alle müssen bis acht Uhr früh das Hotel verlassen. Das ist in ..." – ein Blick auf ihre Taschenuhr – „... bald."

Maus verstand kein Wort. „Verlassen?"

„Ach Maus, plappere doch nicht immer nach, was ich sage. Das klingt, als wärst du schwer von Begriff!"

Maus platzte der Kragen. „Vielleicht bin ich ja schwer von Begriff! Dann tut's mir Leid. Ich bin eben einfach zu dumm, um zu verstehen, was die große, mächtige, allwissende Zauberin Tamsin Spellwell von sich gibt."

Tamsin starrte sie einen Augenblick lang irritiert an. „So redet doch keine Zwölfjährige."

Maus war nicht zu bremsen. „Doch, tut sie, wenn sie nie mit anderen Zwölfjährigen redet, sondern nur hin und wieder mit einem Erwachsenen und meistens mit sich selbst." Sie schluckte einen Kloß im Hals hinunter und kämpfte gegen die Tränen an, die in ihren Augen brannten. Sie weinte nie vor anderen Menschen, nicht einmal, wenn sie zornig war.

Tamsin beugte sich vor und wollte ihre Hand ergreifen, aber Maus zog sie weg. Erst als die Magierin einen zweiten Versuch machte, gab Maus nach. Abgesehen von

Kukuschka hatte noch nie irgendjemand sie bei der Hand genommen.

„Ich hab dich nicht beleidigen wollen", sagte Tamsin, und diesmal sah sie nicht aus, als müsste sie dabei ein Lachen unterdrücken. „Wirklich nicht. Ich bin jahrelang immer nur mit meinem Vater zusammen gewesen, von einem Auftrag zum nächsten gereist … Er war nie einfach – Gott, das nun mit Sicherheit nicht! –, und ich hab mir in seiner Nähe vielleicht ein paar Dinge angewöhnt, die … hmm, die andere Leute wahrscheinlich missverstehen können. Manchmal kam man nur gegen ihn an, wenn man genauso spöttisch und beißend war wie er."

„Was ist mit deinem Bruder, diesem Rufus?"

„Er ist älter als ich und hat seine Lehrzeit bei Vater schon vor vielen Jahren beendet. Er reist allein durch die Welt und tut … nun, was Rufus eben tut." Sie schien nicht darüber sprechen zu wollen. „Aber ich hab noch mehr Geschwister. Meine jüngste Schwester Pallis würde dir gefallen. Sie ist süß."

„Ich kann süße Kinder nicht ausstehen. Sie quengeln auf den Fluren rum, beschmieren ihre Schuhe mit Schokolade und bewerfen sich mit Essen."

Tamsin lachte. „Pallis ist kein Kind mehr. Jedenfalls kein kleines."

„Wissen die anderen es schon? Ich meine, dass dein Vater … dass er tot ist?"

„Sie haben es im selben Augenblick gewusst, als er starb." Tamsin senkte den Kopf. „Weißt du, wir sind keine normale Familie." Ihre rechte Hand krallte sich in die Decke, ohne dass sie selbst es zu bemerken schien. „Ich fürchte, sie denken, dass ich es hätte verhindern müssen. Rufus jedenfalls wird das glauben." Sie räusperte sich und setzte ein gespieltes Lächeln auf. „Aber lass uns nicht von ihm reden, ja?"

Maus nickte. „Haben die gesagt, warum das Hotel geräumt wird? Ist es wegen des Zaren?"

„Er will ausreiten, mit irgendeinem Staatsgast aus China. Aus Angst vor Attentaten werden für ein paar Stunden alle Häuser geräumt, an denen sein Tross vorbeikommt. Passiert so was öfter?"

„Manchmal." Maus erinnerte sich noch an die letzte Räumung des Aurora, aber sie lag über ein Jahr zurück. „Der Zar hat Angst, weil sein Vater bei einem Anschlag umgekommen ist. Wenn er die Stadt verlässt, um in den Wäldern zu jagen, benutzt er jedes Mal einen anderen Weg. Manchmal verkleidet er sich auch, heißt es. Aber wenn ein Staatsgast zu Besuch kommt, muss er wohl oder übel seine Uniform tragen. Also darf niemand sonst in seine Nähe."

„Wundert mich nicht, dass ihn keiner mag." Tamsin rieb sich mit den Handballen über die Augen. „Wie auch immer ... Die Schneekönigin wird das Hotel nicht verlassen, nicht in ihrem Zustand. Und das bedeutet, ich bleibe ebenfalls."

Maus überlegte, wie offen sie Tamsin gegenüber sein konnte. Sie gab sich einen Ruck. „Ich hab ein Versteck, unten im Keller. Da hab ich mich auch beim letzten Mal verkrochen, als alle aus dem Hotel rausmussten. Wenn du willst ... ich meine, dort finden sie uns nie."

Tamsin dachte kurz nach, dann nickte sie. „Das ist sehr nett von dir. Danke für dein Vertrauen."

„Oh", machte Maus gedehnt. „Ganz umsonst ist es nicht."

Tamsin legte fragend den Kopf schräg.

„Du musst mir die Wahrheit sagen." Maus zeigte auf den umgedrehten Zylinder. „Es ist da drin, oder? Das, was die Königin haben will."

Tamsin erhob sich wieder von der Bettkante, trat an den Tisch und fuhr mit der Fingerkuppe einmal rund um die verbeulte Hutkrempe. Ein kaum merkliches Schaudern durchlief sie. Ihre Unterlippe bebte. „Ja."

„Was genau ist es?"

„Bist du sicher, das du das wissen möchtest?" Tamsin blickte Maus an. Alles Verspielte, Mädchenhafte war auf einen Schlag aus ihren Zügen gewichen. Sie sah jetzt sehr viel älter aus; nicht verbraucht und kraftlos wie die Königin, sondern erfahrener, fast ein wenig weise.

„Nach allem, was passiert ist?", fragte Maus. „Sicher."

Tamsin seufzte und deutete erneut auf den Zylinder. „Hier drin befindet sich etwas, das für sie größeren Wert hat als alles andere auf der Welt."

Maus knetete ungeduldig ihre Fingerknöchel.

„Es ist ein Eiszapfen", fuhr Tamsin fort. „Ein Eiszapfen von ihrem Herzen. Der Schlüssel zu all ihrer Macht."

Maus runzelte die Stirn. „Warum schmilzt er nicht?"

Ein blasses Lächeln huschte über Tamsins Miene. Zum ersten Mal fielen Maus ihre vielen Sommersprossen auf. „Die Kälte, die ihn geformt hat, kann mit Wärme nicht bezwungen werden."

„Aha."

„Das muss alles ziemlich verwirrend für dich sein."

„Hundert Paar Herrenschuhe sind verwirrend." Maus grinste. „Aber kein Eiszapfen."

Tamsin kam zu ihr und hob mit gekrümmtem Zeigefinger Maus' Kinn. „Ich glaube dir, dass du tapfer bist.

Aber nicht *so* tapfer. Niemand verachtet dich, nur weil du einmal zeigst, dass du Angst hast."

„Ich hatte vorhin eine ganze Menge Angst."

„Gut so. Selbst die Schneekönigin hatte Angst, als sie herkam, um sich den Zapfen zurückzuholen. Sie wusste, dass sie eine Falle erwarten würde, aber sie hatte keine Ahnung, welche Art von Falle. Ich bin ziemlich sicher, dass ihr alles andere als wohl war, als sie in den Zylinder hineingegriffen hat. Und fast hätte der Zauber der Sieben Pforten sie besiegt. Aber sie ist vorsichtig gewesen. Sie hat einen Blick auf die erste Pforte geworfen und ist gerade noch rechtzeitig umgekehrt. Das war ihr Glück. Den Zapfen musste sie hier lassen, aber sie ist mit dem Leben davongekommen." Tamsin schlug die Augen nieder. „Beim nächsten Mal wird sie anders vorgehen. Sie wird mich selbst angreifen – oder jemanden, der mir nahe steht."

Um nicht allzu genau über diese letzte Bemerkung nachdenken zu müssen, fragte Maus rasch: „Was ist ein Zauber der Sieben Pforten?"

„Einer der stärksten Bannzauber, die es gibt. Er hat mich einige meiner mächtigsten Worte gekostet. Ab jetzt wird es schwieriger werden, ihr zu –"

Draußen auf dem Korridor ertönte Lärm.

„Wie spät ist es?", fragte Maus alarmiert.

„Gleich sechs Uhr dreißig. Noch anderthalb Stunden, bis das Hotel geräumt sein muss."

Maus sprang auf. „Wir müssen uns beeilen. Die Geheimpolizei wird alle Zimmer durchsuchen. Das tun sie immer."

Tamsin klopfte auf ihre Uhr. „Aber wir haben noch –"

„Sie sagen acht, aber sie meinen sieben. Oder eher noch

sechs. Ich wette, sie sind schon unterwegs und treiben die Leute aus den Zimmern."

Der Tumult auf dem Gang wurde lauter. Stimmen fluchten auf Russisch und Französisch. Türen schlugen.

Tamsin raffte Maus' Kleidung zusammen, die sie über dem Kachelofen in der Ecke zum Trocknen ausgelegt hatte. Die Uniform war stocksteif geworden. Maus ließ den Schlafanzug auf dem zerwühlten Bett liegen und begann, sich anzuziehen. Tamsin hatte ihr zusätzlich einen viel zu großen Wollpullover hingelegt – knallbunt gestreift natürlich –, gegen die Kälte im Hotel, die schlimmer denn je war. Maus hatte das Gefühl, dass von dem Pullover eine Wärme ausging, die nicht allein von der Wolle rührte.

„Er kann dich vor dem Winter schützen", sagte Tamsin, „nicht jedoch vor der Kälte des Anbeginns. Aber fürs Erste dürfte das reichen."

Maus streifte ihn über. „Danke." Auch wenn Saum und Ärmel unter ihrer Uniformjacke hervorschauten, fühlte sie sich darin pudelwohl.

Tamsin betrachtete sie skeptisch. „Du bist zu dünn."

„Hmm?"

„Abgemagert. Knochig. Das ist nicht gut."

„Kann sein", erwiderte Maus und schloss Uniformknöpfe, von denen die Goldfarbe blätterte.

Tamsin griff nach Koffer und Schirm. „Übernimmst du die Führung?"

Maus lief zur Tür und wollte sie öffnen. Ihre Hand lag schon auf der Klinke, als sie stehen blieb und sich noch einmal umdrehte. „Warte."

„Was ist?" Tamsin schaute nach, ob sie irgendetwas Wichtiges hatte liegen lassen.

„Was hast du vor?" Maus musterte sie. Sosehr sie es auch versuchte, es gelang ihr einfach nicht, Tamsin zu durchschauen. „Wenn das Hotel leer ist bis auf uns und die Königin ... was willst du dann tun?"

„Sie bekämpfen."

„Und die Geheimpolizei?"

„Die lass meine Sorge sein."

„Und Erlen? Du hilfst mir doch, ihn zu befreien, oder?"

„Wenn Zeit dazu ist."

„Wie bitte?"

„Du hattest deine Chance."

„Und du deine. Trotzdem versuchst du's nochmal."

„Das ist was ganz anderes."

„Ist es nicht."

Tamsin trat neben sie an die Tür. „Wir werden sehen, ja?"

„Versprich es mir."

„Maus, du hast selbst gesagt, dass wir uns beeilen –"

„Du musst es versprechen. Ich helfe dir dabei, im Hotel zu bleiben. Und du sorgst dafür, dass Erlen sein Fell zurückbekommt. Er hat mich schon zweimal gerettet – jetzt bin ich dran, etwas für ihn zu tun."

Trampelnde Schritte verharrten einen Moment lang außen vor der Tür, dann polterten sie weiter.

„Also?"

Tamsin nickt widerstrebend. „Ich werde sehen, was ich tun kann, damit sie ihre Macht über ihn verliert. Versprochen."

Maus zögerte noch einmal, dann öffnete sie die Tür, steckte den Kopf durch den Spalt und blickte sich draußen um.

„Schnell!", flüsterte sie.

DAS KAPITEL,
IN DEM SICH VIELES ÄNDERT.
NICHTS DAVON ZUM GUTEN

Die Korridore und Treppenhäuser waren voller Menschen. Wenn man wie Maus nur bei Nacht auf den Beinen war, vergaß man leicht, wie viele Gäste in den Zimmern des Aurora Platz fanden. Während sie nun alle gleichzeitig auf die Flure drängten, herrschte beträchtliches Durcheinander. Alle waren schlecht gelaunt, die meisten hellauf empört. Dass es keinen offenen Aufruhr gab, lag allein an der allgemeinen Angst vor der Geheimpolizei: Niemand wollte wegen eines falschen Wortes nach Sibirien verbannt oder gar ins Gefängnis der Stille geworfen werden.

Im Schutz dieses Trubels gelangten Maus und Tamsin bis ins Erdgeschoss. Einmal meinte Maus über dem Meer aus Köpfen den Rundenmann zu sehen, größer als alle anderen, klobig wie ein Götze aus Stein. Er schien das Treiben zu beobachten, ohne selbst einzugreifen. Falls er nach Maus suchte, so entdeckte er sie nicht. Als sie Tamsin auf ihn aufmerksam machen wollte, war er bereits wieder verschwunden. Sie atmete leise auf.

Im Erdgeschoss endete das Treppenhaus. Die Stufen führten nicht direkt in den Keller, damit sich keiner der Gäste dorthin verirrte (und womöglich entdeckte, dass die sagenumwobene Weinsammlung des Aurora nicht gar so sagenhaft war wie behauptet).

„Schnell, da entlang", keuchte Maus und deutete in einen schmalen, unbeleuchteten Gang. Eine dicke, goldfarbene Kordel zwischen zwei Messingstempeln signalisierte, dass hier nur Bedienstete Zutritt hatten.

„Hier wimmelt es nur so von Polizei." Tamsin bewegte kaum die Lippen und blickte sich verstohlen um. Tatsächlich hatten sich Männer in unauffälliger Kleidung an vielen Ecken und Kreuzungen postiert, um die murrende Menge zum Ausgang zu schleusen. Manche versuchten, die verärgerten Gäste zu beruhigen, die allesamt aus dem Schlaf gerissen worden waren und gerade genug Zeit gehabt hatten, sich anzukleiden.

„Heute Nachmittag dürfen Sie wieder auf Ihre Zimmer. Die Räumung ist nur vorübergehend."

„Sollen wir bis dahin vielleicht draußen in der Kälte stehen?"

„Es ist für alles gesorgt, mein Herr. Gehen Sie einfach weiter."

Ein Ausländer, der wohl annahm, er habe von der hiesigen Polizei nichts zu befürchten, ereiferte sich: Er werde seine Rechnung nicht bezahlen und die Hoteldirektion verklagen; am liebsten aber würde er den Polizisten am Kragen packen und für seine Anmaßung zur Rechenschaft ziehen. Darauf öffnete dieser stumm seinen Gehrock und gewährte dem rebellischen Gast einen Blick auf seinen Revolver. Das Gezeter des Mannes brach ab. Den Rest des Weges schwieg er.

Während ein paar Gäste stehen geblieben waren und gafften, nutzten Maus und Tamsin den Augenblick, um sich davonzustehlen. Sie lösten sich aus dem Menschenstrom und stiegen über die Goldkordel in den Nebengang. Beinahe hätte Tamsin mit dem Regenschirm einen der Messingstempel umgerissen, aber Maus fing ihn gerade noch auf, bevor er zu Boden poltern konnte.

„Upps", machte Tamsin mit verlegenem Lächeln.

Maus drängte sich an ihr vorbei und öffnete die Tür zur Kellertreppe. Unbeobachtet erreichten sie das untere Ende der Stufen und eilten die muffigen Gänge der Hotelgewölbe entlang. Anfangs hallten noch Stimmen hinter ihnen her, dann schluckten Stein und Erdreich alle Geräusche bis auf ihre eigenen Schritte.

„Nicht mehr weit", sagte Maus gerade, als Tamsin stehen blieb, Koffer und Schirm abstellte und aufmerksam lauschte.

„Warte!"

Maus hielt an, nervös und ungeduldig zugleich, weil sie selbst nichts Verdächtiges hören konnte.

„Aus dem Gang da drüben ...", flüsterte Tamsin. „Schnell, komm her!"

Maus unterdrückte ein überraschtes Stöhnen, als die Magierin sie an sich zog. Sie sah zwei Gestalten mit Petroleumlampen aus einer Mündung biegen, doch da presste Tamsin ihr schon beide Hände auf die Augen.

„Nicht bewegen!", raunte sie.

155

Maus rührte sich nicht. Ihr Herzschlag flatterte wie Mottenflügel. Sie hielt den Atem an.

Die beiden Männer kamen näher und unterhielten sich leise. Es waren keine Stimmen, die sie kannte. Wahrscheinlich Polizisten in Zivil.

Tamsin und Maus standen nah an der Wand, aber es gab hier kein Versteck für sie, keine Nische, keinen Mauervorsprung. Die Männer hätten sie eigentlich längst entdecken müssen. Maus versuchte, mit den Lidern zu klimpern, damit Tamsin wenigstens eine Hand herunternahm, sodass sie etwas sehen konnte. Aber Tamsins Finger pressten sich nur noch fester auf ihr Gesicht.

Die Stimmen waren jetzt direkt vor ihnen. Maus hatte das Gefühl, nur den Arm nach den Männern ausstrecken zu müssen. Sie schwitzte. Wenn sie entdeckt wurden, würde man ihnen allerhand unliebsame Fragen stellen. Vielleicht würde man sie für Nihilisten halten, ganz besonders Tamsin, die sich offenbar bestens darauf verstand, Streit mit Leuten anzufangen, denen man besser aus dem Weg ging; tatsächlich schien das so etwas wie ihr Beruf zu sein. Erst jetzt wurde Maus bewusst, auf was sie sich eingelassen hatte. Fröstelnd musste sie daran denken, was Kukuschka ihr über das Gefängnis der Stille erzählt hatte.

Sie versuchte, sich auf etwas anderes zu konzentrieren, doch es gelang ihr nicht. Sie konnte das Herz der Magierin schlagen hören, viel langsamer als ihr eigenes. Dann wurde es von den Schritten der Männer übertönt, von ihren Stimmen, denn sie hörten nicht auf zu reden, obgleich sie Maus und Tamsin längst sehen mussten. Sie standen doch direkt vor ihnen!

Maus hatte das Gefühl, ihre Füße nicht mehr zu spüren. Schwindel packte sie, aber sie regte sich nicht, blieb eng an Tamsin gepresst stehen und harrte der Dinge.

Die Unterhaltung der Männer brach ab.

Tamsins schlanke Finger fühlten sich sehr kühl auf Maus' geschlossenen Augenlidern an. Sie wagte noch immer nicht, wieder Luft zu holen.

„Hast du das gehört?", fragte einer.

Sie haben uns!, durchfuhr es Maus. Das war's!

„Kam von da drüben, oder?", fragte der andere.

„Sehen wir mal nach."

Die Stimmen waren jetzt so nah, dass Maus den Atem der Männer riechen konnte. Die Schritte verharrten unmittelbar vor ihr. Sie täuschte sich nicht: Die Polizisten waren höchstens noch zwei Fuß entfernt. Sie mussten sie einfach sehen!

„Hier ist kein Mensch", sagte der zweite Mann gelangweilt. „Wir können später nochmal herkommen und den Rest absuchen."

Der andere gab ein zustimmendes Knurren von sich, dann scharrten abermals ihre Sohlen auf dem groben Stein. Sie entfernten sich wieder in die Richtung, aus der sie gekommen waren.

Maus holte erst wieder Luft, als Tamsin ganz langsam die Hände von ihren Augen nahm.

„Puh", flüsterte die Magierin und seufzte erleichtert. „Das war aufregend, was?"

„Warum haben die uns nicht erwischt?"

„Sie konnten uns nicht sehen."

„Aber warum?"

Tamsin zuckte die Achseln. „Ich hab die Augen zugemacht. Und deine." Sie hob ihren Koffer auf, klemmte

157

sich den Regenschirm unter den Arm und sah Maus erwartungsvoll an. „Gehen wir weiter?"

Maus öffnete den Mund, beließ es aber bei einem resignierten Stöhnen und lief voraus.

Nach ein paar Minuten erreichten sie den Weinkeller. Maus schloss die Tür auf, ließ Tamsin den Vortritt und wollte den Schlüssel wieder im Schloss drehen, doch die Magierin hielt sie zurück. „Nein, lass das", sagte sie. „Wenn die Tür verriegelt ist, werden sie den Raum dahinter nur umso gründlicher durchsuchen."

„Was ist mit dem Licht?", wollte Maus wissen. „Wir müssen ans andere Ende des Weinkellers, und dort gibt es keinen Schalter. Entweder wir lassen es an, oder wir müssen durchs Stockdunkel." In der Tunnelkammer hatte sie eine Lampe, aber auf dem Weg dorthin würden sie sich in der Finsternis noch mehr blaue Flecken holen.

Tamsin flüsterte etwas in das offene Ende des geschlossenen Regenschirms. Ganz kurz schien er sich widerstrebend in ihren Händen zu winden, dann flammte ein mattes Licht an seiner Spitze auf.

„Besser?", fragte Tamsin.

„Angeberin." Maus nahm die Hand vom Drehschalter des Kellerlichts und führte Tamsin durch die drei lang gestreckten Gewölbe an Reihen aus Flaschenregalen und Fässern vorbei.

„Ist das der Keller, in dem du zur Welt gekommen bist?"

„Ja." Maus erreichte das hinterste der Weinfässer. Ächzend rollte sie es beiseite und legte den Zugang zu dem blinden Tunnel frei.

Tamsin stieß einen anerkennenden Pfiff aus und folgte Maus in die Kammer jenseits des brüchigen Mauerspalts. Hinter sich ließ sie das leere Fass wieder in seine Ausgangsposition rollen. Die Gewölbe des Weinkellers versanken in Dunkelheit, während der Zauberschein des Regenschirms das Balkengewirr im vorderen Teil des Verstecks zum Leben erweckte: Schatten schoben sich über- und untereinander, Lichtsplitter verzerrten und verzogen das Bild. Dann blieben auch die Balken zurück. Maus und Tamsin betraten die Kammer des Eisensterns.

„Es ist nicht besonders groß", sagte Maus, „aber ich hab versucht, es so gemütlich wie möglich zu machen. Und frag bitte nicht, woher all die Sachen kommen." Sie strich mit der Hand an den roten Samtvorhängen vor den Felswänden entlang, ihr Blick wanderte über das Sammelsurium voll gestopfter Hutschachteln. Zum ersten Mal zeigte sie einem anderen Menschen diesen Raum, und sie hatte das merkwürdige Gefühl, ihn durch Tamsins Augen zu betrachten. Plötzlich war ihr all der gestohlene Krimskrams ein wenig peinlich. „Das meiste ist wertlos, wirklich. Ich hab nie irgendwem geschadet, nur weil ich –"

Sie brach ab, als sie bemerkte, dass Tamsin ihr gar nicht zuhörte. Die Magierin hatte nur Augen für einen einzigen Gegenstand: Fasziniert ging sie vor dem Eisenstern in die Hocke und berührte mit den Fingerspitzen die abgerundeten Metallstacheln auf seiner Oberfläche.

„Komisches Ding, was?", fragte Maus leichthin. Insgeheim ärgerte es sie, dass Tamsin so gar keine Wertschätzung für den Rest ihrer Sammlung zeigte.

Der Blick der Magierin glitt gebannt, beinahe liebevoll über die Kugelform des Eisensterns. Zum ersten Mal, seit sie den Keller betreten hatten, ging ihr Atem ein wenig schneller. Maus konnte es deutlich an den Dunstwölkchen vor ihren Lippen sehen. Noch nicht einmal vorhin, als sie fast entdeckt worden wären, war Tamsin so aufgeregt gewesen.

„Woher stammt das?", fragte sie, ohne Maus anzusehen.

„Er lag schon hier, als ich den Raum gefunden habe."

Tamsin umrundete den Eisenstern. Maus musste bis unter das Ölporträt an der Stirnwand zurückweichen, um Platz zu machen. Mit den Fingern tastete die Magierin über das grün angelaufene Metall zwischen den Eisendornen, so als suche sie nach etwas.

„Faszinierend."

„Na ja, nicht schlecht, aber schau mal, was ich hier noch habe!" Maus fingerte triumphierend den Deckel von einer Hutschachtel und hielt die Öffnung in Tamsins Richtung. Darin befanden sich Münzen aus fremden Ländern mit exotischen Emblemen. Doch Tamsin sah gar nicht hin, so als hätten Maus und der Rest des Raumes sich in Luft aufgelöst. Enttäuscht stellte Maus die Schachtel beiseite. „Oder das hier!" Sie zog ein Buch unter vielen anderen hervor, brachte den Turm dabei fast zum Einsturz und zeigte Tamsin den Einband. „Märchen", sagte sie. „Und Gedichte. Aus England!"

„Ja, schön", sagte die Magierin, ohne einen Blick auf den Band zu werfen.

Maus blätterte fahrig darin, so als sei sie es dem Buch schuldig, dass wenigstens eine von ihnen hineinschaute. Dann legte sie es rasch beiseite.

„Was ist damit?" Sie deutete widerstrebend auf den Eisenstern. Es gefiel ihr nicht, dass Tamsin nur noch ihm

Beachtung schenkte. Maus war sehr stolz auf die Einrichtung der Kammer; es hatte sehr viel Mühe gekostet, all diese Sachen herbeizuschaffen. Und nun sollte das einzige Ding von Bedeutung ausgerechnet die große Eisenkugel sein, die schon immer hier gelegen hatte?

Sie war enttäuscht über Tamsins Desinteresse. Und auch ein wenig traurig.

„Maus", sagte Tamsin mit bebender Stimme, als sie endlich wieder aufblickte, „weißt du überhaupt, was das hier ist?"

„Irgendein … Ding." Noch vor kurzem hätte Maus eine Menge für die Antwort auf Tamsins Frage gegeben. Nun aber erschien ihr der Eisenstern viel unwichtiger als früher – so viel anderes hatte plötzlich an Bedeutung gewonnen. Die Schneekönigin und der stumme Rentierjunge. Ihre Freundschaft zu Tamsin. Sie hatte sogar das Hotel verlassen!

„Ein Ding?", wiederholte Tamsin. „Ja, so kann man es wohl nennen."

„Sag schon, was ist es?"

„Verrat mir erst, wo genau wir hier sind."

„In einem Tunnel hinter dem Weinkeller."

„Ja, sicher. Aber wo führt er hin?" Tamsins Blick tastete über die Stirnseite mit dem Gemälde des unbekannten Adeligen. „Dahinter ist nichts mehr, oder?"

Maus schüttelte den Kopf. „Nur Lehm und Erdreich. Der Tunnel ist hier zu Ende. Vielleicht ist derjenige, der ihn gebaut hat, nicht fertig geworden."

„Oh doch", widersprach Tamsin, „das glaube ich schon."

„Warum sollte irgendjemand einen geheimen Tunnel ins Nirgendwo bauen?"

„Um dies hier zu deponieren", sagte Tamsin und strich mit der flachen Hand über die abgerundeten Eisendornen. „An einem ganz bestimmten Ort. Was genau ist über uns?"

„Die Vorderseite des Aurora. Der Weinkeller liegt unter der Empfangshalle."

Tamsin schlug vor Aufregung die Hände zusammen. „Wie ich's mir gedacht hab! Dann ist direkt über uns die Straße, oder? Der Tunnel führt unter den Newski Prospekt."

„Hmm, ja. Ich denke, schon."

„Deine Mutter war eine Nihilistin, hast du gesagt. Und dass sie hier im Hotel gearbeitet hat, obwohl sie doch eigentlich genau wie dein Vater Student war. Richtig?"

Maus nickte. „In der Waschküche. Was hat das mit –"

„Ich glaube, es war nur ein Vorwand, dass deine Mutter im Hotel gearbeitet hat. Eine Tarnung, damit sie freien Zugang zu den Hotelkellern hatte und heimlich diesen Tunnel graben konnte. Liebe Güte, sie muss dafür mindestens ein, zwei Jahre gebraucht haben. Wenn nicht noch länger. Jede freie Minute muss sie hier unten geschuftet haben."

Maus' Zunge fühlte sich an wie ein Schwamm, den jemand mit Zitronensaft getränkt hatte. „Sie war fast drei Jahre im Aurora angestellt. Und du denkst wirklich, das hier ... das war sie?"

Tamsin nickte hastig. „Was genau hat sie studiert?"

„Weiß nicht. Irgendwas mit Zahlen, glaube ich."

„Natürlich! Sie hat die Stelle genau berechnet, bis zu der sie graben musste. Und dann hat sie das hier hergebracht. Wahrscheinlich in lauter Einzelteilen, die sie erst im Tunnel zusammengesetzt hat. Sicher hat sie noch ei-

nen Helfer gehabt, möglicherweise sogar Nikolai Iwanowitsch selbst."

„Den Zarenmörder!" Maus dämmerte, worauf die Magierin hinauswollte. Der Eisenstern verwandelte sich vor
ihren Augen in etwas ganz Neues, Düsteres, Bedrohliches.

„Eine Bombe", sagte Tamsin tonlos. „Deine Mutter hat
sie hier versteckt, um –"

„Um den Zaren damit in die Luft zu sprengen", flüsterte
Maus, „für den Fall, dass Nikolais Attentat misslingen
würde ... Es hat in der ganzen Stadt solche Fallen gegeben. Die meisten sind später entdeckt worden." Es klang
wie Frevel, solche Worte auch nur auszusprechen. Sie hatte gewusst, dass ihre Mutter eine Nihilistin, eine
Revolutionärin gewesen war. Auch, dass sie mit dem
Mörder des früheren Zaren unter einer Decke gesteckt
hatte, schließlich hatte man ihren Namen auf einem
Papier in seiner Wohnung entdeckt. Aber, Himmel, dass
sie jahrelang einen Tunnel in die Erde getrieben und eine
Bombe – eine *echte* Bombe – hier unten versteckt haben
könnte, das schien Maus dann doch ... ja, was? Aus der
Luft gegriffen? Immerhin passte alles zusammen. Jedes
Rädchen griff ins andere. Die Bruchstücke des Wenigen,
was sie über ihre Mutter wusste, fügten sich zueinander.

„Kann sie explodieren?"

„Nicht ohne Zündschnur." Tamsin berührte mit dem
Zeigefinger die Schraube, hinter der sich eine kleine Öffnung befand, die tief ins Innere des Eisensterns reichte.
„Man muss das eine Ende der Schnur in dieses Loch stecken."

„Gott sei Dank", sagte Maus erleichtert. Die Gewissheit,
all die Jahre ahnungslos mit einer scharfen Bombe hier

unten gesessen zu haben, ging ihr durch Mark und Bein. Sie hatte sogar eine Haarnadel hineingeschoben! Ihr wurde ganz schlecht bei der Erinnerung daran.

Tamsin kramte in einer Tasche ihres Zinnobermantels. Sie zog eine schartige Rasierklinge hervor und probierte aus, ob sich die Schraube damit drehen ließ.

„Das ist keine gute Idee, glaube ich", bemerkte Maus unglücklich.

Tamsins Miene hellte sich auf, als die Schraube sich bewegte. „Es klappt!"

„Jetzt, wo du's weißt, kannst du's ja bleiben lassen, oder?"

Tamsin beachtete sie nicht. In Windeseile hatte sie die Schraube gelöst und legte sie vor sich am Boden ab. Dann beugte sie sich vor, um in das winzige Loch hineinzublinzeln. „Wie ich's mir gedacht habe", sagte sie. „Der Mechanismus ist ganz primitiv." Nun strahlte sie wieder in Maus' Richtung. „So was Ähnliches habe ich selbst schon gebaut. Meine waren natürlich ausgefeilter, aber das Prinzip ist das gleiche."

Maus wurde immer unbehaglicher zu Mute. „Du hast Bomben gebaut?"

„Leute bezahlen meine Familie dafür, dass wir ihnen ihre unliebsamen Herrscher vom Hals schaffen." Als Tamsin das wachsende Erschrecken auf Maus' Zügen bemerkte, wiegelte sie ab. „Ich bin keine Verbrecherin, wenn du das denkst. Jedenfalls nicht nach Maßstäben des gesunden Menschenverstands. Nicht, wenn es nach so etwas wie Moral und Gerechtigkeit geht. Alle Regenten, an deren Absetzung ich, sagen wir, beteiligt war, hatten es nicht besser verdient. Sie haben ihr Volk ausgebeutet, ihr Land vor die Hunde gehen lassen und dabei selbst in Saus und Braus gelebt. Ist das vielleicht in Ordnung?"

„Und du hast sie dafür *umgebracht*?" Maus wäre am liebsten noch weiter zurückgewichen, aber hinter ihr war eine Wand.

Tamsin winkte ab. „Die meisten sind ganz von selbst zurückgetreten. Oder sie sind eines Morgens an einem Ort aufgewacht, der wirklich sehr, sehr weit von ihrem Reich entfernt war. Mein Vater war recht einfallsreich in diesen Dingen. Rufus ist es auch. Und ich" – sie lächelte bescheiden –, „na ja, ich bin auch nicht ganz schlecht, was das angeht. Oh, und ich stricke ganz ordentlich." Sie pfriemelte an ihrem Schal herum. „Den hier, zum Beispiel. Bunte Farben sind *so* toll."

Maus versuchte, den Kloß in ihrer Kehle herunterzuschlucken, doch es wollte ihr nicht recht gelingen. Sie konnte nicht glauben, was Tamsin da sagte. Und vor allem, wie sie es sagte. „Wenn uns die Geheimpolizei hier unten mit einer Bombe entdeckt, landen wir beide im Gefängnis der Stille."

„Ja", sagte Tamsin skeptisch, „das wäre nicht schön. Aber immerhin, das hier ist ein wirklich gutes Versteck. Es kennt doch keiner außer dir, oder?"

Maus schüttelte den Kopf.

„Auch nicht Kukuschka?"

„Nein."

Tamsin wühlte in ihren Manteltaschen, fand nicht, was sie suchte, und begann wieder von vorn. Diesmal ging sie gründlicher zu Werke, und schließlich entdeckte sie etwas. Aus einer Innentasche zog sie ein Stück aufgerollte Kordel.

„Du brauchst mich nicht zu fesseln", sagte Maus. „Ich rühr mich bestimmt nicht von der Stelle."

Tamsin antwortete mit einem fröhlichen Lachen. „Dich fesseln? Komm schon, Maus – was soll das? Wir sind doch Freundinnen, oder?"

„Ich glaube, ja."

Tamsin löste einen Knoten und zog das eine Ende aus der Schlaufe. „Hiermit könnte man niemanden fesseln, selbst wenn man wollte. So stabil ist keine Zündschnur."

„Zündschnur?", echote es über Maus' Lippen.

Tamsin stieß einen tiefen Seufzer aus, dann legte sie die Schnur vor dem Eisenstern am Boden ab. Sie klang plötzlich ein wenig müde, wie jemand, der sich etwas vorgenommen hat und mit einem Mal bemerkt, dass die Aufgabe schwerer ist, als er gehofft hat. „Weißt du, Maus, ich bin nicht sicher, ob du das verstehst. Aber dieses Ding hier, der Eisenstern, wie du ihn nennst, ist ein Geschenk des Himmels. Du hast mich vorhin gefragt, was ich vorhabe, wenn das Hotel geräumt ist. Ich habe gesagt, ich würde die Königin bekämpfen – aber die Wahrheit ist, ich wusste bis vor zwei Minuten noch nicht, wie ich das anstellen sollte. Ich kann sie nicht offen angreifen, dazu fehlt mir die Erfahrung. Mein Vater ist daran gescheitert, und er war mächtiger, als du dir vorstellen kannst. Diese Bombe hier ist vielleicht das letzte Mittel, das uns bleibt, um die Schneekönigin zur Strecke zu bringen."

Maus rutschte mit dem Rücken an der Felswand hinunter. Sie wollte nicht, dass es aussah, als hätten ihre Knie nachgegeben, deshalb zog sie am Boden rasch die Beine an und blieb sitzen. Der Pfropfen in ihrem Hals war zu groß, um ihn herunterzuwürgen. Ihre Stimme klang heiser. „Du willst das ganze Hotel in die Luft sprengen?"

„Ich habe versucht, die Königin mit dem stärksten Zauber zu vernichten, den ich zu Stande bringen konnte, aber es hat nicht gereicht. Er mag sie noch ein wenig mehr geschwächt haben, aber ... nun, sie wird gewiss nicht aufgeben." Tamsin seufzte leise und fuhr ohne eine Spur von Verbissenheit fort: „Ich will sie umbringen für das, was sie meinem Vater angetan hat. Aber was viel wichtiger ist: Ohne den Herzzapfen wird die Königin zwar ihre Macht verlieren, aber sie wird weiterleben. Und solange sie am Leben ist, fließt die Kälte des Anbeginns aus ihr heraus, ohne dass sie oder wir oder irgendjemand sonst etwas dagegen unternehmen könnten. Du hast es selbst bemerkt. Die Kälte dort draußen und auch hier wird immer schlimmer. Und es wird nicht aufhören, sagt Väterchen Frost. Nur wenn die Königin tot ist" – ein schmales Lächeln spielte um die Lippen der Magierin – „dann hat auch die Kälte keinen Zugang mehr zur Welt. Sie wird einfach ausgesperrt sein, verstehst du? So als würden wir im Winter ein Fenster verriegeln ... Oben im Norden, in ihrer Festung, da haben Vater und ich sie nicht vernichten können. Aber das hier", sie tätschelte den Eisenstern, „gibt uns eine zweite Chance. Eine gute Chance. Wenn wir es nicht versuchen, können wir ebenso gut einfach hier sitzen bleiben und abwarten, bis uns die Kälte holt."

Maus hatte Tamsins Vortrag mit offenem Mund zugehört. Das Gefährliche daran war, dass es so logisch klang. So nachvollziehbar. Und trotzdem war es falsch. Maus hatte Tamsin bisher geholfen, um Erlen vor seinem

Schicksal zu bewahren. Und auch aus Freundschaft. Tamsin *war* ihre Freundin, irgendwie war sie das immer noch. Die Gefahr durch die Kälte des Anbeginns, der Zorn über den Tod ihres Vaters – das waren gute Gründe, etwas zu tun. Aber nicht das, was sie jetzt vorhatte. Eine Bombe zu zünden, die hunderte Menschen in den Tod reißen würde ... Wie konnte Tamsin als ihre Freundin verlangen, dass Maus tatenlos dabei zusah?

„Du musst das Hotel mit den anderen verlassen", sagte die Magierin eindringlich. „Ich gebe dir genug Zeit, dass du verschwinden kannst. Und dann sorge ich dafür, dass hier kein Stein auf dem anderen bleibt. Diese Bombe ist groß genug, um den halben Newski Prospekt und das Aurora in Schutt und Asche zu legen. Wahrscheinlich noch ein paar Häuser in der Umgebung. Also kümmere dich darum, dass du weit genug weg bist. Das musst du mir versprechen."

„Was ist mit *deinem* Versprechen?", konterte Maus verzweifelt. „Was ist mit Erlen?"

Vielleicht war genau das der Punkt, auf den es ankam. All die gesichtslosen Menschen oben auf dem Boulevard waren nur ein unbegreifliches Gewicht in der Waagschale. Aber Erlen bedeutete Maus etwas – und Tamsin wusste das. Zu Freundschaft gehörten Respekt und, verflucht nochmal, auch das Einhalten von Versprechen! Und Tamsin hatte versprochen, dass Erlen befreit werden würde. Sich nicht daran zu halten war kein Verbrechen wie das Zünden der Bombe – es war Verrat an ihrer Freundschaft.

Die Magierin sah Maus wortlos an. Dann griff sie abermals in eine der zahllosen Taschen ihres Mantels und kramte einen heruntergebrannten Kerzenstummel hervor, nicht länger als ein Fingernagel. Sie stellte ihn auf den höchsten Punkt des Eisensterns und entzündete den Docht mit einem Fingerschnippen.

„Erlen ist ein Rentier, Maus. Es tut mir Leid um ihn, aber ich kann nicht das Ende der Welt von ihm abhängig machen."

„Das ... das meinst du doch nicht ernst, oder? Er ist ein Mensch!"

„Ist er nicht. Es mag ihm so vorkommen, obwohl ich nicht einmal das glaube. Er ist eine Täuschung. Ein Spaß, den die Königin sich aus Langeweile erlaubt hat. Früher oder später wird es sie wieder nach einem echten Jungen verlangen."

„Gib mir die Gelegenheit, ihn hier rauszubringen." Maus sprang auf. Wut kochte in ihr wie nie zuvor in ihrem Leben. „Mehr will ich gar nicht. Du hast es versprochen!"

Tamsin stand auf und ergriff Maus' Hand. „Gut, du hast Zeit, solange die Kerze brennt. Dann zünde ich die Bombe."

Maus blickte entsetzt auf den Kerzenstummel. „Der brennt höchstens noch fünf Minuten!"

Tamsin lächelte verlegen. „Oh, das ... Ich hab keine frische Kerze mehr gefunden. Keine Sorge, ich sag ihr einfach, sie soll nach oben brennen. Dann erlischt der Docht erst, wenn die Kerze wieder vollständig ist."

Maus gingen zu viele Dinge durch den Kopf, als dass sie diese Behauptung infrage gestellt hätte. Magische Kerzen, die aufwärts brannten, waren im Moment ihre geringste Sorge.

Tamsin senkte den Blick, als könnte sie dem Mädchen plötzlich nicht mehr in die Augen sehen. „Es tut mir Leid, das musst du mir glauben. Aber ich weiß keinen anderen Weg. Die Schneekönigin hat meinen Vater umgebracht. Es ist meine Pflicht, seine Aufgabe zu Ende zu bringen. So ist das in meiner Familie. Wenn ich mich nicht räche, wird Rufus es tun – an ihr und an mir."

Maus trat von einem Fuß auf den anderen. Am Schaft des Kerzenstummels entstanden wie aus dem Nichts Wachstropfen und wanderten langsam nach oben.

„Beeil dich", sagte Tamsin.

Maus nickte, sprang vorwärts – und fischte die Zündschnur unter Tamsins Hand hervor, ehe diese zugreifen konnte. Blitzschnell rannte sie weiter, um den schräg stehenden Balken im vorderen Teil des Tunnels herum, bis zum Spalt in den Weinkeller.

Tamsin blieb vor dem Eisenstern stehen und verschränkte die Arme vor der Brust. „Was soll das, Maus?", fragte sie sanft. „Du glaubst doch nicht wirklich, dass du mich aufhalten kannst."

Maus blieb stehen. Ihr Blick flackerte von Tamsin zum Durchgang und wieder zurück. Irgendetwas musste sie tun. Musste es wenigstens versuchen. Für sich, für Erlen, sogar für das Hotel, das zugleich ihr Gefängnis und die ganze Welt war.

Nein, sagte sie sich, du warst draußen. Du kannst es.

„Du musst dir die Schnur schon holen, wenn du sie haben willst", keuchte sie und machte einen Satz auf den Spalt zu.

Tamsin stieß einen Seufzer aus. „An deiner Stelle hätte ich das wohl auch versucht."

Maus wollte sich zwischen die Mauerkanten zwängen, aber Tamsin war schneller. Innerhalb eines Herzschlags war sie heran und bekam von hinten Maus' Schulter zu packen. Ihr Griff war fest, aber nicht schmerzhaft. Sie wollte Maus nicht wehtun.

„Bitte", sagte sie, „gib sie mir freiwillig zurück."

Maus strampelte. Vor Kummer und Wut sah sie Tamsin und die Umgebung nur noch verschwommen. „Das kann ich nicht." Und schon steckte sie sich das Ende der Schnur in den Mund, stopfte sie, so schnell sie nur konnte, zwischen ihre Lippen, nicht ganz sicher, was sie da eigentlich tat und was es bewirken würde.

Tamsin stöhnte und machte eine Bewegung mit der linken Hand, die die Zündschnur in Maus' Mund und Fingern zum Leben erwachen ließ. Wie ein quirliger Regenwurm krümmte und wand sich der graue Faden, bis er Maus' Griff entglitt, aus ihrer Mundhöhle flutschte und mit einem Sprung zurück zu seiner Besitzerin federte. Tamsin bekam das Knäuel zu packen und machte einen Schritt nach hinten.

Maus fluchte und blinzelte Tränen aus ihren Augen.

„Ich nehme dir das nicht übel", sagte Tamsin. „Das war sehr tapfer und gut gemeint. Aber ich kann es nicht zulassen." Sie entrollte die Schnur zwischen den Händen und betrachtete sie kritisch; der Teil, der sich bereits in Maus' Mund befunden hatte, war zerknittert und feucht.

„Das ist nicht gut", sagte sie seufzend, riss das unbrauchbare Stück ab und schob den Rest – ungefähr die Hälfte – zurück in ihre Manteltasche.

Maus stand schwer atmend am Spalt, nicht sicher, was sie als Nächstes tun, was sie sagen sollte. Sie hatte keine Angst vor Tamsin – nicht wie vor der Schneekönigin –, obgleich ihre Vernunft ihr sagte, dass ein wenig Furcht durchaus angebracht wäre. Stattdessen machte ihr diese bodenlose Enttäuschung zu schaffen, das Entsetzen über Tamsins furchtbare Wandlung. Sie hätte die Magierin am liebsten geschüttelt und geohrfeigt und danach in die Arme genommen und gehofft, dass alles wieder gut, alles wieder wie vor einer Stunde wäre.

Tamsin ging wortlos zum Eisenstern. Dort ergriff sie den regenbogenbunten Regenschirm und kam damit zurück zu Maus. „Hier", sagte sie ruhig, „nimm ihn mit. Ich brauche ihn nicht mehr. Wenn die Königin versucht, dir etwas anzutun, wird er dir helfen."

„Du ... brauchst ihn nicht mehr?"

Tamsin lächelte traurig. „Die Zündschnur ist jetzt nicht mehr lang genug. Ich werde nicht rechtzeitig hier rauskommen, wenn sie erst einmal brennt."

„Oh nein!" Maus hob abwehrend beide Hände. „Das kannst du nicht tun! Ich lass mir von dir nicht einreden, dass ich die Schuld daran habe, dass du –"

„Sie war auch schon vorher zu kurz", wiegelte Tamsin ab. „Mein Fehler. Ich hätte eine neue einstecken sollen. Pech gehabt."

„Du willst sterben, nur damit die Königin ..." Maus schüttelte fassungslos den Kopf. Trotz allem, was Tamsin vorhatte, mochte Maus sie noch immer, dagegen konnte sie sich einfach nicht wehren. Durch das, was Tamsin tun wollte, kamen neue Gefühle hinzu – Unverständnis und ganz fürchterlicher Zorn –, aber es änderte wenig an den alten.

„Du musst jetzt wirklich gehen." Tamsin trat beiseite

und gewährte ihr einen Blick auf die brennende Kerze. Sie war höher geworden. Immer neue Wachstropfen flossen aufwärts in Richtung Flamme. „Hier", sagte sie und hielt Maus den Regenschirm hin. Seine Spitze glühte noch immer.

Maus nahm ihn mit zitternder Hand entgegen. „Was soll ich damit?"

„Falls sie irgendeinen Zauber versucht, dann halte das Ende des Schirms in ihre Richtung. Aber Vorsicht, du darfst ihn nicht öffnen! Leichte Magie müsste von ihm abprallen."

„Und schwere?"

„Wird dich und den Schirm ... nun, wir wollen mal nicht gleich den Teufel an die Wand malen." Tamsin warf ihr eine Kusshand zu, aber der Geste fehlte nun alles Spielerische. „Geh jetzt! Du musst dich beeilen!"

„Und der Zar?"

Tamsin runzelte die Stirn. „Was ist mit ihm?"

„Sag nicht, du hast vergessen, dass er heute Morgen mit seinem ganzen Tross über den Newski Prospekt reiten wird! Er hat bestimmt seine Familie dabei. Wenn du die Bombe zündest ..."

Tamsin ächzte leise. „Ist er denn so viel besser als die Königin? Denk nur mal an das Gefängnis der Stille."

Maus erinnerte sich, dass sie selbst einmal etwas Ähnliches zu Kukuschka gesagt hatte: *Dann haben die Nihilisten vielleicht Recht.* Es war einfach gewesen, so etwas leichtfertig daherzureden.

„Du kannst das nicht tun!", versuchte sie es ein letztes Mal. „Es ist ... es ist einfach nicht richtig, egal wer er ist. Er hat viele Menschen bei sich. Seine Frau, seine Kinder ... all die Soldaten. Das kannst du nicht wirklich wollen!"

Tamsins Gesichtszüge waren bleich geworden, aber sie hatte ihre Entscheidung getroffen. „Das muss ich jetzt allein mit meinem Gewissen ausmachen. Nun geh schon! Verschwinde!" Sie wollte sich abwenden, sagte dann aber noch: „Und, Maus, versuch nicht, der Geheimpolizei Bescheid zu geben. Ehe sie mich hier herausholen könnten, hätte ich die Bombe schon gezündet."

Maus dachte, sie müsste noch etwas sagen, etwas Wütendes, Verzweifeltes zum Abschied. Aber dann fuhr sie doch nur schweigend herum, schob sich durch den Spalt und folgte dem Zauberglanz des Regenschirms durch die Finsternis zum Ausgang.

Das Kapitel
über Freunde und Feinde
im Angesicht des Sturms

Maus rannte. Ihr Atem rasselte und ächzte wie die riesigen Kessel in der Hotelküche. Die Angst lag wie ein Stein in ihrem Magen. Um weiteren Patrouillen auszuweichen, musste sie einen Umweg nehmen, der sie im Kreis zurück zum Weinkeller führte – so viel verschenkte Zeit! Sie hatte die Tür gerade passiert, als hinter der nächsten Ecke jemand auftauchte, zu plötzlich, um noch in Deckung zu gehen.

„Maus!"

„Kukuschka?" Ihre Kehle war wie zugeschnürt. „Was tust du denn hier unten?"

„Ich hab dich überall gesucht. Ich dachte mir schon, dass du nicht –"

„Keine Zeit!", fuhr sie ihn an. „Geh mit den anderen nach draußen, Kuku."

Er hob schmunzelnd eine Augenbraue. „Ist unsere Maus etwa in geheimer Mission unterwegs? So scheint's mir ja fast ... Woher hast du denn den Regenschirm?"

Sie folgte seinem Blick und sah erleichtert, dass die Spitze des Schirms nicht mehr glühte. „Wirklich, Kuku! Lass mich durch. Wir reden später. Und, bitte, verlass das Hotel. Versprichst du mir das?"

Ein Schatten huschte über seine Miene. „Was ist los?"

„Nichts. Jedenfalls nichts, an dem du etwas ändern könntest."

„Wenn es wegen Maxim ist ..."

Sie schüttelte barsch den Kopf. Maxim war so weit weg wie der Mond. Es war, als gehörten der Liftjunge und seine Boshaftigkeit zu einem anderen Leben. „Er hat nichts damit zu tun."

Kukuschka streckte den Arm aus und wollte sie festhalten, doch sie wich flink aus und sprang an ihm vorbei. „Warte nicht auf mich! Verschwinde von hier, und nimm so viele mit, wie du kannst. Auch die Polizisten."

Mit diesen Worten ließ sie ihn stehen, hörte ihn noch hinter sich ihren Namen brüllen, auch seine Schritte auf dem feuchten Kellerboden, aber im Halbdunkel hängte sie ihn ab. Ihre rechte Hand krallte sich fest um Tamsins Regenschirm; sie konnte die Streben unter dem Stoff fühlen wie Knochen unter Vogelgefieder.

Sie erreichte das Treppenhaus, völlig außer Atem, raste die Stufen hinauf – und stolperte auf der letzten. Mit einem Aufschrei fiel sie nach vorn und konnte sich gerade noch an der Türklinke zum Korridor festhalten. Noch während sie wieder auf die Beine kam, war Kukuschka mit einem Mal hinter ihr und packte sie. Sein Gesicht war jetzt sehr ernst, sein Tonfall verärgert.

„Verdammt, Maus, was soll das alles?"

„Ich kann dir das nicht erklären."

„Bist du wieder im Weinkeller gewesen? Glaubst du, ich weiß nicht, dass du dich dort versteckst, wenn dich keiner finden soll?" Seine Stimme wurde eine Spur sanfter, fast wieder der alte Kukuschka. „Du willst das Hotel nicht verlassen, hmm? Wenn du möchtest, gehen wir beide zurück in den Weinkeller und warten, bis alles vorbei ist. Was hältst du davon?"

Aus seinem Mund war das ein seltsamer Vorschlag, fand sie. Wusste er von dem Tunnel? Vom Eisenstern? Wohl kaum. Aber sie durfte nicht zulassen, dass er dort unten herumschnüffelte. Sie malte sich aus, was geschehen würde, wenn Tamsin seine Schritte vor dem Mauerspalt hörte: Sie würde annehmen, Maus hätte die Geheimpolizei informiert, und dann würde sie ... Nein, Kukuschka durfte nicht dorthin gehen.

Und dann kam ihr noch ein Gedanke, einer, der so sehr schmerzte, dass sie unter Kukuschkas Berührung zusammenzuckte: Was, wenn er zu den Nihilisten gehörte? Hatten außer Nikolai Iwanowitsch vielleicht noch andere Revolutionäre gewusst, was ihre Mutter im Hotel geplant hatte? Womöglich kannten sie ja den Plan, aber nicht das genaue Versteck der Bombe! Vielleicht hatte Kukuschka seine Stelle als Lehrer gar nicht verloren, sondern hatte in Wahrheit ganz andere Gründe gehabt, den Tänzerposten hier im Hotel anzunehmen.

All das ging ihr innerhalb eines Sekundenbruchteils durch den Kopf. Es war ein Gedanke, der all die Jahre über fix und fertig in ihr gewesen war, so als hätte er nur auf einen Augenblick wie diesen gewartet. Einen Zeitpunkt noch dazu, an dem sie solche Zweifel am allerwenigsten gebrauchen konnte.

Nein, dachte sie. Du bist durcheinander. Das ist alles zu viel für dich. Und jetzt schnappst du völlig über. Kukuschka ist ein Freund!

Ja, flüsterte es tief in ihr, genau wie Tamsin.

Mit erzwungener Ruhe schob sie seine Hand von ihrer Schulter. „Gehen wir mit den anderen nach draußen", sagte sie fest.

„Bist du sicher?"

Sie senkte die Augen und nickte.

Die Eingangshalle war noch immer voller Menschen. Die Zeiger der großen Pendeluhr an der Wand standen auf kurz vor acht. Der Concierge, ein grauhaariger Mann mit steilen Augenbrauen, die sich niemals zu senken schienen, stand an dem großen Gong und schlug in regelmäßigen Abständen gegen die goldene Scheibe. Der dröhnende Laut vibrierte durch die Halle und übertönte für Sekunden jedes andere Geräusch.

Die Polizisten in Zivil waren durch Uniformierte verstärkt worden. Auch Hotelpersonal wurde zur Räumung eingesetzt; Maus sah mehrere Pagen und Liftjungen, die von Polizisten Befehle erhielten. Vor allem ausländische Gäste hatten versucht, die Anordnungen zu ignorieren und in ihren Zimmern abzuwarten, bis alles vorüber war. Immer noch wurden Trauben aus Männern und Frauen aus dem Lift und dem großen Treppenhaus getrieben. Vor der Drehtür staute sich der Menschenstrom. Über allem lag ein Klangteppich aus Befehlen und empörten Protesten.

Kukuschka hatte Maus an der Hand genommen, während sie sich in den chaotischen Pulk einreihten. Sie hatte das Gefühl, dass er sie nicht aus den Augen ließ, auch wenn er sie nie offen anstarrte.

„Es ist zu kalt draußen", sagte er. „Wo ist dein Mantel?"

„Im Keller."

„Wir hätten ihn holen sollen."

„Sie werden uns schon nicht erfrieren lassen, oder?" Sie gab sich verunsichert, damit er nicht bemerkte, dass sie insgeheim über etwas ganz anderes nachdachte. Sie musste irgendwie von ihm fortkommen. Ihm keine Zeit geben, sie wieder einzuholen.

Genau unter ihren Füßen, ein Stockwerk tiefer, brannte eine einzelne Kerze. Sie brannte von unten nach oben. Maus blieb immer weniger Zeit. Wie lange noch? Zehn Minuten? Zwanzig?

Würde Tamsin tatsächlich in Kauf nehmen, dass sie durch die Explosion umkam? Und all die anderen Menschen? Sie konnten ihr doch nicht gleichgültig sein. Aber letztlich, was wusste Maus denn schon über Tamsin und ihre seltsame Familie?

Weiter vorne am Ausgang entstand noch größerer Tumult, als die Polizisten zu viele Menschen auf einmal in die Drehtür schoben und der Arm eines Uniformierten zwischen Flügel und Rahmen eingeklemmt wurde. Er begann entsetzlich zu schreien, und sofort strömten von allen Seiten Polizisten Richtung Ausgang, ohne auf Anhieb die Ursache des Aufruhrs zu erkennen. Einer zog seinen Revolver, weil er fürchtete, es sei zu Handgreiflichkeiten gekommen, worauf einige der Frauen zu kreischen begannen; eine Italienerin fiel gar in Ohnmacht, als er an ihr vorbeilief.

Kukuschka stellte sich auf die Zehenspitzen, um über die Köpfe der Menschen zu schauen. Ganz kurz war er abgelenkt.

„Viel Glück, Kuku", sagte Maus leise, riss im selben Moment ihre Hand los und zwängte sich durch die Masse Richtung Rezeption. Kukuschka rief ihren Namen, stemmte sich gegen die Strömung, versuchte, sich eine Gasse zu bahnen, doch es hatte keinen Zweck. Maus, viel kleiner und schmaler als er, glitt flink zwischen den Beinen der Menschen hindurch, erreichte die Rezeption, wich dem finsteren Blick des Concierge aus und bewegte sich in einem Bogen wieder zum hinteren Ende der Halle.

Einmal noch glaubte sie, über den Lärm hinweg ihren Namen zu hören, dann brach sie aus der Rückseite des Pulks und stürmte zum nahen Haupttreppenhaus. Dort vernahm sie schon nach wenigen Stufen die befehlsgewohnten Stimmen von Polizisten, die ihr von oben entgegenschallten. Auf diesem Weg würde sie ihnen geradewegs in die Arme laufen.

Hastig machte sie kehrt, nahm ein paar Stufen im Laufschritt und folgte dem Korridor tiefer ins Gebäude hinein, fort von der Eingangshalle und dem brüllenden Lärm, der auch hier noch zu ihr herüberdröhnte. Zwei Ecken weiter kehrte ein wenig Ruhe ein, und die Stimmen verschwammen in der Ferne zu dumpfem Grummeln. Niemand war zu sehen.

Maus ließ sich für einen Moment gegen die Wand sinken, verschnaufte und ordnete ihre Gedanken, soweit das eben möglich war; dann erst rannte sie weiter.

Wenig später erreichte sie die übertapezierte Tür zum bodenlosen Treppenhaus, zerrte sie auf und schlüpfte hindurch. Als der Flügel hinter ihr zufiel, war das fast so, als hätte sie auch die Erinnerung an Kukuschka und die Geheimpolizisten wie einen Faden abgeschnitten. Allmählich konnte sie sich wieder auf das konzentrieren, was vor ihr lag.

Erlen. Die Schneekönigin.

Keuchend begann sie den Aufstieg. Sie hatte zu viel Zeit verloren. Hatte Tamsin schon die Schnur entzündet? Vielleicht hätte sie doch einem der Polizisten die Wahrheit erzählen sollen. Die Männer hätten gewusst, was zu tun war.

Sie hatte mehr als die Hälfte des Treppenhauses erklommen, als über ihr im vierten Stock eine Tür zuschlug. Etwas klirrte. Vielleicht ein Schlüsselbund. Ehe sie noch ein Versteck suchen konnte – und es gab ohnehin nirgends Nischen in den gerundeten Wänden, keine Ausgänge –, kam ihr jemand entgegen. Sie erkannte ihn an den Schritten. Erst sah sie von unten nur eine grobknochige Hand auf dem Geländer, dann erschien er vor ihr in seiner ungeheuerlichen Größe.

Sie schloss für einen Herzschlag die Augen, blieb stehen, sah wieder hin.

Der Rundenmann verzog keine Miene. „Hab die anderen Stockwerke gesichert. Kein Mensch mehr da oben. Aber ich hätte mir denken können, dass du nicht tust, was man dir sagt."

Ihr fiel keine List ein, kein Trick, mit dem sie ihm jetzt noch entkommen konnte.

„Bitte", sagte sie eindringlich, „lassen Sie mich gehen."

Er baute sich zwei Stufen über ihr auf, die Hände in die Seiten gestemmt. In der Rechten hielt er einen Ring mit angelaufenen Schlüsseln; er schien dabei zu sein, die Türen zum Treppenhaus zu versperren. Er sah von so hoch oben auf sie herab, dass sie ihren Kopf kaum weit genug in den Nacken bekam, um seinen Blick zu erwidern. Ihr fiel auf, dass seine Uniform nass war, so als wäre Schnee darauf geschmolzen. Auch um seine riesigen Schuhe, die sie unter tausend anderen wiedererkannt hätte, bildeten sich leichte Pfützen.

Es war vorbei, daran zweifelte sie jetzt nicht mehr. Er würde sie einfach packen und mit sich zum Ausgang schleppen.

„Bitte", sagte sie noch einmal.

„Alle Gänge leer, alle Zimmer verlassen", knurrte er. „Besser kann es für eine kleine Diebin wie dich gar nicht laufen, was?"

Kein Wunder, dass dem Rundenmann dieser Gedanke kam. Sie hätte längst dieselbe Idee gehabt, wäre da nicht genug anderes gewesen, womit sie sich herumschlagen musste.

„Ich will nichts stehlen. Wirklich nicht." Sie hörte ihre Stimme, als sei es eine fremde, und dachte, dass niemand, der gesunden Menschenverstand besaß, ihr glauben würde. Schon gar nicht der Rundenmann.

„Sag mir die Wahrheit", verlangte er. „Hast du die Gäste hier im Hotel bestohlen?"

Sie senkte den Kopf in Erwartung seiner Pranken, die jeden Augenblick zugreifen und sie durchschütteln würden. „Ja", sagte sie leise. „Hab ich."

Er schwieg.

„Aber nicht heute!", fügte sie hinzu, als sich wieder Trotz in ihr regte.

Er deutete auf den Regenschirm in ihrer Hand. „Der gehört der Engländerin."

„Sie hat ihn mir" – oh verdammt! – „geschenkt."

„Geschenkt." Er klopfte sich Nässe von seinen Uniformärmeln. „So, so."

„Ja, ich weiß, Sie glauben mir nicht", plapperte sie los. „Und ich würde mir ja auch nicht glauben. Also, wenn ich Sie wäre, meine ich. Aber diesmal, nur dieses eine Mal, müssen Sie es tun – mir glauben. Ich lüge nicht. Und ich muss unbedingt hoch in den fünften Stock. Sonst … sonst wird ein …" – sie zögerte, suchte nach dem richtigen Wort – „… ein Unglück geschehen. Ein ganz schreckliches."

„Ein Unglück", wiederholte er und verfiel zurück in die vertraute Einsilbigkeit. „Hmm."

Sie wog ihre Chancen ab. Vielleicht, wenn sie zwischen seinen Beinen hindurch … Aber sie hatte kaum noch genug Puste, um gerade zu stehen, geschweige denn für eine Verfolgungsjagd.

„Was für ein Unglück?", fragte er.

Laut Kukuschka glaubten alle, der Rundenmann sei ein Spitzel der Geheimpolizei. Machte ihn das in ihrer Lage nicht zu fast so etwas wie einem Verbündeten?

„Eine Bombe", sagte sie ergeben. „Im Keller ist eine Bombe versteckt."

Vielleicht war es ein Fehler. Vielleicht auch nicht. Wenn es half, noch mehr Menschen in noch kürzerer Zeit aus dem Hotel zu schaffen, dann hatte sie das Richtige getan. Trotzdem kam sie sich vor wie eine Verräterin. So als hätte sie gerade dafür gesorgt, dass ihre Mutter ein zweites Mal gefangen genommen und hingerichtet wurde.

Aber Tamsin war nicht ihre Mutter. Nur eine Verrückte mit einer Bombe und einer zu kurz geratenen Zündschnur. Sie würde Menschen töten. Viele Menschen.

Aber hatte Maus' Mutter nicht dasselbe vorgehabt? Und wäre sie dadurch etwa weniger ihre Mutter gewesen? Von manchen Dingen konnte man sich einfach nicht freisprechen. Nicht von Müttern. Und, manchmal, auch nicht von Freundinnen. Ganz gleich, was sie auch taten.

Aber aufhalten konnte man sie vielleicht. Und andere vor ihnen warnen.

„Eine Bombe", wiederholte der Rundenmann düster. „Wo?"

„In einer geheimen Kammer hinter dem Weinkeller ... ganz am Ende, hinter dem letzten Fass." Kurz blitzte der Gedanke auf, dass dort auch all die gestohlenen Sachen lagen, aber das war nun bedeutungslos geworden. „Die Engländerin, Lady Spellwell, Sie kennen sie ... sie wird die Bombe zünden, jeden Moment. Und ich weiß, dass noch jemand hier oben im Hotel ist. Ich muss ihm Bescheid geben, bevor es zu spät ist." Sie holte tief Luft, so schnell waren die Worte aus ihr herausgesprudelt. Fast ein wenig resigniert fügte sie hinzu: „Lassen Sie mich jetzt gehen?"

Winzige Wassertropfen glänzten in seinem Haar. Sein Gesicht füllte wieder ihr ganzes Blickfeld aus und flößte ihr Ehrfurcht ein. Aber sie hatte keine Angst mehr vor ihm. Darüber war sie längst hinaus.

„Gehen lassen", murmelte er nachdenklich. „Hmm ... Im Weinkeller, sagst du?"

„Ja. Das letzte Fass kann man zur Seite rollen. Da ist ein Spalt in der Mauer. Aber Sie müssen sich beeilen. Und vorsichtig sein. Wenn Tamsin jemanden hört, wird sie die Bombe zünden."

Verräterin!, schrie es in ihr.

Aber ich bin keine Nihilistin. Und schon gar keine Mörderin!

Er würde sie trotzdem mitnehmen und ins Gefängnis der Stille werfen lassen. Aber machte das wirklich einen so großen Unterschied zu ihrem bisherigen Leben? Sie kannte sich aus mit dem Alleinsein und mit Selbstgesprächen. Sie mochte Mauern um sich herum. Und dort musste sie wenigstens keine Schuhe putzen.

„Sie will also den Zaren umbringen?", fragte der Rundenmann.

„Den Zaren?" Maus war einen Moment lang wie vor den Kopf gestoßen. „Ach was, der Zar ist ihr egal. Sie will ... sie will" – die Schneekönigin töten! – „das Hotel zerstören."

„Das Hotel ... hmm, hmm."

Maus machte sich bereit, einfach loszulaufen. Sie musste es wenigstens versuchen. Besser, als hier herumzustehen und zuzuhören, wie er andauernd „Hmm" machte und kostbare Zeit verschwendete.

Sie holte Luft – und stürmte vorwärts. Er bewegte sich blitzschnell, wollte nach ihr greifen, aber da war sie schon an ihm vorbei. Seine Pranke verfehlte sie um Haaresbreite. Maus schaute nicht zurück, während sie die Stufen im Laufschritt nahm, höher und höher die breite Wendeltreppe hinauf.

Eine halbe Drehung weiter oben blickte sie über das Geländer und erkannte zu ihrem Erstaunen, dass er sie nicht verfolgte. Stattdessen kreuzten sich ihre Blicke ein letztes Mal, dann wandte er sich ab und stürmte die Treppe hinab, nahm mit jedem Schritt mehrere Stufen, ohne sich anzustrengen. Wo er gestanden hatte, blieb im Halbdunkel der feuchte Abdruck seiner Riesenschuhe zurück.

Zwei Sekunden lang rührte Maus sich nicht, blickte ihm fassungslos hinterher und konnte gar nicht glauben, dass er sie zurückließ. Fast hätte sie „Und ich?" gerufen, aber natürlich tat sie es nicht.

Verwundert und erleichtert lief sie weiter, während tief unter ihr die Tür im Erdgeschoss zuschlug. Er konnte wirklich verteufelt schnell sein. Aber war er schnell genug?

Sie verließ das bodenlose Treppenhaus im vierten Stock – im fünften gab es keinen Ausgang – und hetzte durch die menschenleeren Korridore Richtung Haupttreppe.

Verräterin!, rief es erneut in ihr, aber diesmal klang der Vorwurf schon schwächer. Sie tat, als hörte sie ihn nicht.

Doch dann waren da plötzlich echte Stimmen, nicht mehr in ihrem Kopf, sondern vor ihr auf dem Flur. Hatte der Rundenmann nicht gesagt, es sei niemand mehr hier? Ein paar Kinder, viel jünger als sie selbst, standen schnatternd vor einer offenen Tür. Offenbar hatten sie sich bis eben in dem Zimmer versteckt. Für sie war dies alles ein großer Spaß, sie feixten und kicherten.

Maus wollte ihnen gerade etwas zurufen, als jemand hinter ihnen auftauchte, lauthals fluchend, weil er die Kleinen wohl gerade erst entdeckt hatte, auf einem letzten Rundgang durch die verlassenen Etagen.

Maus blieb stehen.

„Sieh an", sagte Maxim. „Du also auch?"

Sie spielte mit dem Gedanken, ihn kurzerhand über den Haufen zu rennen. Das Einzige, was sie davon abhielt, waren die Kinder, die den Moment womöglich ausgenutzt hätten, sich im Hotel in alle Winde zu verstreuen. Maxim musste sie ins Freie bringen, und zwar so schnell wie möglich.

„Ich hab jetzt keine Zeit, mit dir zu streiten", sagte Maus und ging weiter, genau auf ihn zu, so als wäre er gar nicht da.

„Alle müssen das Aurora verlassen", entgegnete er. „Das gilt auch für dich."

„Du kannst ja deine Freunde rufen und mich aus dem Notausgang werfen lassen."

„Du hast es überlebt, oder?"

Sie wartete darauf, dass er ihr den Weg vertrat, doch noch blieb er im Türrahmen des Zimmers stehen und beobachtete mit finsterer Miene, wie sie näher kam. Die Kinder, zwei Jungs und drei Mädchen, deren Eltern sie wahrscheinlich längst anderswo vermuteten, tuschelten miteinander. Sie schienen die Spannung zu spüren, die in der Luft lag. Niemand kicherte mehr.

„Wo willst du hin?", fragte Maxim argwöhnisch.

„Was geht dich das an?"

„Wenn die Geheimpolizei dich hier drinnen schnappt, wirst du eine Menge Ärger bekommen."

„Dann geh doch zu ihnen, und erzähl ihnen von mir. Der Concierge wird mächtig stolz auf dich sein."

„Der kann mich mal. Und die Polizei auch. Ich bleib eh nicht hier im Aurora."

„So?", fragte sie, nicht wirklich interessiert, aber in der Hoffnung, dass ihn die Frage ablenkte und er sie nicht schnell genug zu packen bekäme, wenn sie an ihm vorüberlief.

Er rümpfte die Nase. „Eine hoch gestellte Persönlichkeit hat mir einen Posten angeboten."

Etwas an der Weise, wie er *hoch gestellte Persönlichkeit* sagte, machte Maus stutzig. Ihr kam eine finstere Ahnung. „Etwa die Dame aus dem fünften Stock? Die aus der Zarensuite?"

„Ich wüsste nicht, was dich das angeht." Aber dann konnte er seinen Triumph doch nicht länger für sich behalten. „Sie hat lange jemanden wie mich gesucht, hat sie gesagt. Jemanden, der sie auf allen ihren Reisen um die Welt begleitet. Einen gebildeten jungen Mann, wie ich einer bin, hat sie gesagt. Und dass sie keinen Dienstboten sucht, auch keinen Kammerdiener, sondern einen ..." – seine hübschen Augen leuchteten vor Stolz, – „... einen persönlichen Sekretär."

„Dann hoffe ich mal, du hast noch nicht gekündigt", presste Maus hervor.

„Worauf du einen lassen kannst", sagte er. „Heute Morgen bei Schichtbeginn, gleich als Allererstes. Hab gesagt, dass heute mein letzter Tag ist. Schön dumm geguckt hat er, der Concierge. Soll er in Zukunft doch anderen den Kopf tätscheln." Das sagte er mit so viel Abscheu, dass Maus einen Herzschlag lang fast so etwas wie Sympathie für ihn empfand.

Maxim drückte die Brust heraus, als hätte ihn seine neue Herrin bereits zum Alleinerben eingesetzt. „Und deshalb ist es mir auch völlig egal, ob du dich weiter im Hotel rumdrückst oder nicht."

Damit ließ er sie mit großmütiger Geste passieren, breitete gönnerhaft die Arme um die Kinder und trieb sie in die entgegengesetzte Richtung. „Kommt, Kinder. Wir nehmen das hintere Treppenhaus. Kümmert euch nicht um den hässlichen kleinen Jungen. Los jetzt!"

Maus schüttelte stumm den Kopf, schaute über die Schulter und sah die kleine Gruppe davonlaufen, die Kinder jetzt wieder johlend, weil sie das alles furchtbar aufregend fanden, und Maxim in ihrer Mitte wie ein Gockel mit gesträubtem Gefieder. Immerhin, dachte sie, würde er sie sicher nach draußen begleiten.

„Beeilt euch!", rief sie ihnen nach, dann rannte sie weiter Richtung Haupttreppenhaus. Dort horchte sie in die Tiefe, hörte weit entfernt die Stimmen von Polizisten, drehte sich um und hastete die Stufen hinauf zum fünften Stock.

DAS KAPITEL,
IN DEM MAUS DIE SEITEN WECHSELT

Die Tür der Suite war nicht verschlossen. An der Klinke hing ein Eiszapfen. Maus drückte sie langsam hinunter. Ihre Hand schwitzte, und sie erwartete jeden Augenblick, dass die Tür von innen aufgerissen und sie selbst ins Vorzimmer gezerrt werden würde.

Doch nichts dergleichen geschah.

Sie hatte nicht angeklopft. Natürlich nicht. Sie hoffte, dass die Königin noch immer angeschlagen im Schlafzimmer lag. Einen konkreten Plan hatte sie nicht, nur die vage Hoffnung, dass sie Erlen aus der Suite schleusen konnte, bevor die Königin es bemerkte. Wie das vor sich gehen sollte? Sie hatte nicht die geringste Vorstellung. Aber für ausgeklügelte Strategien war ohnehin keine Zeit.

Wenn sie die Augen schloss, ganz kurz nur, glaubte sie, hinter ihren Lidern ein Licht zu sehen wie von einer Wunderkerze, hell und Funken sprühend: das Ende der

Lunte, an dem sich die Flamme unaufhaltsam dem Eisenstern entgegenfraß.

Ganz, ganz langsam drückte sie den Türflügel nach innen. Als sie die Hand von der Klinke nehmen wollte, waren ihre Finger festgefroren. Vorher war ihr nicht aufgefallen, dass es noch viel kälter geworden war, doch jetzt realisierte sie schlagartig, wie eisig das Metall war. Mit einem Ruck löste sie ihre Hand, erstickte einen leisen Schmerzenslaut und stieß die Tür behutsam auf, gerade weit genug, um einen Blick ins Innere werfen zu können.

Das Vorzimmer war verlassen. Jedenfalls soweit sie das von hier aus erkennen konnte. Falls jemand hinter der Tür stand ... nun, das Risiko würde sie eingehen müssen.

Rasch schlüpfte sie durch den Spalt und zog die Tür hinter sich wieder zu. Nur das Schloss ließ sie nicht einschnappen.

Die Atemwölkchen vor ihrem Gesicht waren dichter als sonst und kamen schnell und stoßweise über ihre brüchigen Lippen. Ein-, zweimal musste sie blinzeln, um einen eisigen Schleier vor ihren Augen zu zerreißen.

Die Tür zum Schlafzimmer war angelehnt. Kein Laut war zu hören. Sicherheitshalber warf Maus einen Blick zur Badezimmertür. Sie war geschlossen, auch von dort drang kein Laut herüber. Kein Rascheln, kein Wasserrauschen.

Vorsichtig wendete Maus ihren Kopf und konzentrierte sich auf den Durchgang zum Schlafzimmer. Auf Zehenspitzen schlich sie darauf zu. Sie streckte die rechte Hand aus, legte sie an das Holz des Türflügels, atmete einmal tief durch.

Gott, war das kalt! Die frostige Luft schien ihren Kehlkopf zu betäuben. In der Lunge fühlte sie sich an wie geraspeltes Glas.

Zaghaft verstärkte Maus den Druck auf das Holz. Die Tür schwang auf, unendlich langsam. Sie trat einen Schritt zurück und sah zu, wie der Spalt breiter und breiter wurde. Immer mehr wurde vom Inneren des Schlafzimmers sichtbar: Teppiche, Wände, ein Tisch und Stühle. Reisekisten und Schrankkoffer. Die drei Spiegel und das Rentierfell in der Ecke. Die Stellwand, über der eine weitere, halb zerfallene Garnitur von Erlens Kleidung hing, die sich aus rätselhaften Gründen nicht mit dem Zauber vertrug, der seinen Körper in den eines Menschen verwandelt hatte.

Dann das leere Himmelbett.

Schneetreiben wirbelte durch die geöffnete Terrassentür herein. Waren die Schneekönigin und der Rentierjunge dort draußen? Die Flocken fielen noch immer genauso dicht wie in der letzten Nacht, auch wenn hinter den dunklen Winterwolken allmählich die Sonne aufging. Seltsamerweise wurde es dadurch nicht heller, nur grauer. Das Licht im Zimmer hatte die Farbe alter Knochen, ausgeblichen und vergilbt.

Maus blickte über die Schulter – niemand zu sehen! –, dann betrat sie das Schlafzimmer. Etwas knirschte unter ihren Füßen. Irgendwer hatte Schneereste von außen hereingetragen: Eisränder waren von einer Schuhsohle abgefallen. Bei dieser Kälte waren sie nicht geschmolzen, sondern hatten sich mit den Borsten des teuren Teppichs zu einer weißen Kruste verbunden. Die Spuren führten von der Dachterrasse zur Schlafzimmertür. Jemand war dort draußen gewesen und dann durch den Raum ins Vorzimmer gegangen.

Die Decken auf dem Bett waren ein wenig eingedrückt, dort wo die Schneekönigin nach ihrer Rückkehr aus Tamsins Zimmer gelegen hatte. Doch Plumeau und Kissen waren nicht zerwühlt. Sie hatte sich nicht zugedeckt, was Maus keineswegs wunderte: Die Kälte war ihr Element, womöglich linderte sie ihren Schmerz und verlieh ihr neue Kraft.

Wo steckte Erlen?

Ihr Blick wanderte über die Koffer und Reisekisten zu dem Rentierfell in der Ecke. Sie würde denselben Fehler kein zweites Mal begehen und sich ganz sicher nicht noch einmal über die Zauberspiegel beugen. Das Fell war nicht mehr wichtig. Sie und Erlen mussten so schnell wie möglich das Hotel verlassen.

Sie schaute sich ein letztes Mal im Zimmer um und huschte dann hinüber zur Terrassentür. Beim Blick ins Freie schauderte sie, und das lag nicht allein an der Kälte. Die schweren Schneewolken über Sankt Petersburg schimmerten über dem zerklüfteten Dächermeer in kränklichem Graugelb; sie ähnelten den Fettschwarten, die in der Hotelküche von schwabbeligem Suppenfleisch abgeschält wurden. Es war nicht hell genug, um das gefrorene Band der Newa zu erkennen, das sich in nicht allzu großer Entfernung durch die Stadt schlängelte. Auch die Dächer des Winterpalais blieben hinter dem Chaos aus Schneevorhängen unsichtbar.

Die Fußstapfen auf der Terrasse waren noch nicht zugeschneit. Jemand war vor kurzem hier gewesen. Die Spuren im Schnee verschwanden hinter den riesigen Töpfen, die ein Stück der Terrasse zum Geländer hin abteilten. Wer immer dorthin gegangen war, war anschließend wieder ins Haus zurückgekehrt: Die Stapfen verliefen in beiden Richtungen. Es waren ungemein große Abdrücke, keinesfalls jene von Erlen oder der Schneekönigin. Eigentlich war es unwichtig, wer hier draußen herumgelaufen war, doch eine zweite Stimme flüsterte Maus zu, dass es sehr wohl von Bedeutung sein mochte. Vielleicht von weit größerer, als sie im Augenblick abschätzen konnte.

Dir bleibt keine Zeit mehr!, schrie es in ihr. Finde Erlen! Verschwinde von hier! Nur das ist wichtig!

Und dennoch ... sie machte einen Schritt über die Schwelle der Terrassentür ins Freie. Die Kälte blieb unverändert, es gab keinen Unterschied mehr zwischen draußen und drinnen. Das Schneetreiben griff mit Fingern aus Eis nach ihr, schmirgelte über ihr Gesicht, drang in ihren Kragen, in ihre Ohren, verklebte ihre Augen.

Die alte Angst war noch da. Sie meldete sich mit einem unbestimmten Druck in ihrem Brustkorb zurück. Einen Augenblick lang verschlug es ihr den Atem. Ihre Füße hörten auf, ihr zu gehorchen; es war, als hätte ihre Kleidung mit einem Mal an Gewicht gewonnen, um sie an der Schwelle zur Terrasse aufzuhalten. Ihr Herz pochte protestierend, und die Nägel ihrer Fingerspitzen bohrten sich wie von selbst in ihre Handflächen.

Dennoch machte sie zaghaft Schritt um Schritt.

Zu jedem anderen Zeitpunkt wäre ihr wohl bewusst gewesen, dass sie gerade über sich hinauswuchs; doch heute, in Anbetracht der Umstände und dessen, was jeden Moment passieren mochte, kam es ihr kaum noch wie etwas Besonderes vor. Plötzlich schien es keine übermenschliche Hürde mehr zu geben, nur eine Bewegung von einem Fuß vor den anderen.

Unsicher und verkrampft verließ sie den Schatten des Türrahmens und folgte den breiten Fußstapfen durch den Schnee. Sie fror ganz erbärmlich, ihre Zähne klapperten bei jedem Meter ein wenig mehr. Den regenbogenbunten Regenschirm in ihrer Hand fühlte sie kaum noch, ihre Fingerknöchel verfärbten sich von Weiß zu Hellblau. Aber sie stemmte sich gegen das Schneetreiben, umrundete die Reihe der mächtigen Tontöpfe – und sah, wohin die Spuren führten.

Vor dem Geländer der Dachterrasse, an einer Stelle, die bei klarem Wetter den allerbesten Blick hinab auf den Newski Prospekt gewährte, lag eine schwarze Holzkiste, halb unter frisch gefallenem Schnee begraben. Sie war fast so lang wie Maus selbst. Drei Metallverschlüsse schimmerten matt in der Winterdämmerung.

Maus ging davor in die Hocke, strich den Schnee beiseite und ließ einen Verschluss nach dem anderen aufschnappen. Dann hob sie den Deckel so behutsam, als könnte eine Giftschlange darunter hervorschnellen.

Es war ein Gewehr. Schwarz, lang, auf roten Samt gebettet wie die Juwelen in den Schmuckschatullen reicher Damen.

Maus' Blick strich einmal an der Waffe entlang, von der schmalen Mündung bis zu dem dreieckigen Schulterstück. Mit einem Keuchen ließ sie den Deckel der Kiste wieder zufallen. Sie verschwendete keine Zeit darauf, die Verschlüsse herunterzuklappen. Stattdessen suchte ihr Blick noch einmal die Fußstapfen, so groß, als hätte ein Riese sie ins Eis gestanzt. Sie füllten sich allmählich mit Schnee, in ein paar Minuten würden sie unsichtbar sein.

Nur ein einziger Mensch hatte so große Füße. Nur einer konnte derartige Stapfen hinterlassen. Sie erinnerte sich an die Pfützen aus getautem Schnee im bodenlosen Treppenhaus. An die glitzernde Nässe im Haar des Rundenmannes.

Abermals klappte sie den Deckel hoch, betrachtete das Gewehr. Dann richtete sie sich auf und schaute durch die wirbelnden Schneeschwaden hinab in die Tiefe. Ihr war entsetzlich schwindelig, und das lag nicht allein an der Höhe. Von hier aus hatte man schnurgerade Sicht auf den verschneiten Prachtboulevard; das Stück, das man von hier aus unter Gewehrfeuer nehmen konnte, war bei Tag mindestens zweihundert Meter lang. Sie hatte keine Ahnung, wie weit der Schuss einer solchen Waffe reichte. Tatsache aber war, dass man von diesem Platz aus alle Zeit der Welt hatte, um sein Ziel ins Visier zu nehmen, und dass in Kürze der Trupp des Zaren genau dort unten entlangziehen würde.

Sie stolperte einen Schritt zurück, stand einen Augenblick da wie betäubt, fassungslos angesichts dessen, was sie gerade entdeckt hatte. Dann warf sie sich herum, rannte durch den Schnee zurück ins Schlafzimmer der Suite und schlug die Glastür hinter sich zu. Ein paar Flocken wirbelten zu Boden und verfingen sich im Teppich.

Sie hielt inne und versuchte, ruhiger zu werden. Nicht einmal die Wände um sie herum spendeten ihr Trost. Die Zeit zerrann ihr zwischen den Fingern, aber sie durfte jetzt nichts überstürzen. Sie hatte dem Rundenmann von der Bombe erzählt. Hatte er beschlossen, das Attentat von hier oben aus durchzuführen, weil er all die Jahre lang vergeblich nach der Bombe gesucht hatte?

Jetzt kannte er den Ort, an dem sie lag. Er war unterwegs dorthin. Jeden Augenblick mochte er das leere Weinfass zur Seite rollen.

Maus schüttelte den Schnee von ihren Gliedern, ohne dass ihr davon wärmer wurde. Sie verließ das Schlafzimmer.

Draußen, im Vorraum der Suite, blieb sie stehen. Da war ein Geräusch. Ein Rumpeln, kurz und irgendwie unbeholfen.

Es kam aus dem Badezimmer.

Jemand trat von innen gegen die geschlossene Tür.

Die Königin lag in der riesigen Badewanne, umhüllt von einem Panzer aus Eis. Nur ihr Kopf schaute aus der gefrorenen Wasseroberfläche hervor. Ihr Gesicht war noch stärker gealtert; Maus hätte sie wohl auf über sechzig geschätzt, hätte sie es nicht besser gewusst. Ihr schneeweißes Haar stand wie eine erstarrte Explosion aus Eiszapfen in alle Richtungen ab. Sie hatte die Augen geschlossen, ihre Lider zuckten. Die Oberfläche des Eises reichte ihr bis zum Kinn.

Erlen kauerte am Boden und bot ein Bild des Jammers. Seine Hände waren auf den Rücken gefesselt, seine Fußgelenke mit einem Seil straff zusammengeknotet. Seine Kleider sahen schlimmer aus denn je, das Hemd war zu vermoderten Fetzen zerfallen.

Als Maus hereinkam, hatte sich die Tür verkantet, weil er gleich dahinter lag und mit beiden Füßen dagegen getreten hatte. Maus hatte ihn erst behutsam beiseite schieben müssen, ehe sie den Eingang weit genug öffnen und über ihn hinwegsteigen konnte.

Das Schlimmste aber war das viele Blut an seinem Mund.

Ohne der bewusstlosen Schneekönigin weitere Beachtung zu schenken, sank Maus neben Erlen auf die Knie, ließ Tamsins Regenschirm fallen und legte den Kopf des Jungen in ihren Schoß. Mit ihrem Ärmel versuchte sie, das Blut abzutupfen, aber es war auf seinen Zügen festgefroren. Seine Augen waren weit aufgerissen wie die eines Tieres, das nicht begreifen kann, weshalb ein Mensch ihm Schmerzen zufügt.

„Alles wird wieder gut", flüsterte Maus, während Tränen über ihre Wangen rollten. „Alles wird gut." Sie streichelte seinen Kopf und bemerkte, dass sein Haar ebenfalls steif gefroren war. Auch sein Oberkörper war mit einer Eiskruste überzogen, so als wäre Wasser aus der Wanne auf ihn gespritzt und erstarrt.

Erst jetzt sah sie die verschmierte Blutspur, die vom Rand der Badewanne über das Eis hinweg zu dem schweren Wasserhahn aus Messing führte. Das Aurora war eines der wenigen Gebäude in Sankt Petersburg, die über fließendes Wasser aus Leitungen verfügten. Weil Erlens Hände gefesselt waren, hatte er den Hahn mit den Zähnen geöffnet. Dabei musste er sich an dem Metall den Mund blutig geschlagen haben. Aber warum das alles?

„Wir müssen hier raus." Sie begann, mit ihren eiskalten Fingern an seinen Fesseln zu zerren, und zwang sich zur Ruhe, ehe es ihr endlich gelang, die Knoten zu lösen. Als seine Arme frei waren, robbte er mit ihrer Hilfe einen Meter zurück, bis er den Rücken gegen die Wanne lehnen konnte; sie war aus Metall und stand auf vier Messingfüßen in Form breiter Bärenpranken.

Erlens Finger bewegten sich viel zu hektisch und ziellos, um die Fesseln an seinen Knöcheln allein abzustreifen. Maus half ihm dabei und redete beruhigend auf ihn ein. Schließlich strampelte er die losen Seilschlaufen von den Füßen.

Ein rhythmisches Zucken lief durch seinen ganzen Körper, und Maus brauchte einen Moment, ehe sie erkannte, dass die Bewegung nicht von ihm ausging. Etwas ließ die Wanne in seinem Rücken erzittern, eine Erschütterung im Zentrum des Eisblocks, der die Königin umhüllte.

„Was ist mit ihr?", fragte Maus, ehe ihr klar wurde, dass sie auf diese Weise von dem stummen Jungen keine Antwort erhalten würde. „Bist du das gewesen? Hast du das Wasser in die Wanne eingelassen?"

Erlen nickte und starrte auf das Gesicht seiner Herrin. Das Zucken hinter ihren Lidern war schneller, kräftiger geworden. Die Eiskristalle auf ihren Lippen zerplatzten, und ein leises Stöhnen drang hervor.

„Sie wacht auf", flüsterte Maus. „Ist es wegen des Eises? Gibt ihr das neue Kraft? Hast du deshalb das Wasser eingelassen, damit es um sie herum gefriert?"

Wieder antwortete er mit einem Kopfnicken, sah Maus dabei aber nicht an. Seine ganze Aufmerksamkeit galt der Schneekönigin. In ihre grauen, faltigen Züge kam Bewegung wie von Wind, der unter Pergament fährt.

Beinahe glaubte Maus, die Gesichtshaut knistern zu hören, aber das war nur Einbildung.

Maus' Hand schloss sich um Tamsins Regenschirm. Erneut hatte sie das Gefühl, dass er sich unter ihren Fingern regte.

„Erlen!", flehte sie den Jungen an. „Wir müssen weg von hier! Das ganze Hotel fliegt gleich in die Luft."

Er reagierte nicht, sah nur die Königin an, treu ergeben wie ein Hund, der geschlagen wurde und trotzdem zurück zu seiner Herrin kriecht. Maus war drauf und dran, ihn einfach mit sich zu zerren. Doch dazu kam sie nicht mehr.

Das Eis in der Wanne begann zu vibrieren. Risse erschienen in der Oberfläche, verästelten sich zu einem Netz. Ein Knirschen und Bersten ertönte wie von Glasscherben, die aneinander rieben.

Die Schneekönigin schlug die Augen auf. Die langen, dünnen Spitzen aus gefrorenem Haar umrahmten ihr Gesicht wie ein bizarrer Stern aus Eis. Sie öffnete den Mund, flüsterte ein Wort, das Maus nicht verstand – und im selben Moment explodierte der Eisblock rund um sie herum in Millionen winziger Partikel. Wie ein Hagelsturm ergossen sich die Kristalle über Maus und Erlen, die erschrocken zurückzuckten.

Als Maus wieder hinsah, stand die Schneekönigin senkrecht in der Wanne, hoch aufgerichtet in all ihrer Majestät und Würde. Doch der Eindruck wiedergewonnener Macht währte nur kurz. Dann schüttelte etwas wie ein Krampf den schlanken Leib, ihre Rundungen fielen ein, ihre Haut wurde schlaff, die Falten kehrten zurück in ihr Gesicht. Die Schultern beugten sich vor wie unter einer unsichtbaren Last, und sie musste sich mit einer Hand an den Marmorkacheln der Wand abstützen, um nicht zu stürzen. In Windeseile war Erlen bei ihr und half ihr aus der Wanne. Er senkte die Augen, als er Maus' verzweifelten Blick auffing.

Die Königin stand inmitten eines Meers aus Eissplittern, atmete schwer und schien Maus noch gar nicht bemerkt zu haben. Ihr Atem ging unregelmäßig, und das Zittern ihres Leibes setzte sich fort bis zu den gefrorenen Haarspitzen. An ihren Handgelenken und Füßen hingen die Überreste von Seilschlaufen. Der Rundenmann musste sie in ihrem geschwächten Zustand überrumpelt und gefesselt haben, damit sie ihm bei seinem Attentat nicht im Weg war. Ob er geahnt hatte, mit wem er es zu tun hatte, als er sie bewusstlos in die Wanne geschleppt und gemeinsam mit Erlen im Bad eingeschlossen hatte? Gewiss nicht. Die beiden Bewohner der Suite waren ihm bei der Durchführung seines Plans im Weg gewesen, das war alles. Er hatte unverschämtes Glück gehabt. Auf dem Höhepunkt ihrer Macht hätte die Königin ihn mit einem einzigen Blick zu Eisstaub zermahlen.

Maus wich zurück zum Ausgang, den Schirm fest umklammert. Sie stieß mit dem Rücken gegen Holz und begriff, dass die Badezimmertür wieder zugefallen war. Sie wirbelte herum, schlug die Klinke hinunter, zögerte aber, als sie an Erlen dachte. Sie konnte ihn nicht hier lassen. Er mochte sich nicht entscheiden können, ob er Mensch oder Tier sein wollte, aber sie hatte ihn trotz allem gern. Er würde sterben, wenn sie ihn nicht von hier fortbrachte.

„Mädchen", sagte da die Königin mit einer Stimme, deren Brüchigkeit Maus beinahe mehr entsetzte als die Tatsache, dass sie angesprochen wurde. „Lauf nicht weg."

Maus drehte sich um. Der Schirm pulsierte in ihrer Hand, aber vielleicht war das auch nur ihr Herzschlag, den sie bis in die Fingerspitzen spürte.

„Wir brauchen ... deine Hilfe", sagte die Königin. Ihr eisblauer Blick war auf Maus gerichtet, aber er wirkte jetzt nicht mehr kalt und herrisch, sondern vielmehr verzweifelt.

Erlen hatte einen Arm um die Taille seiner Herrin gelegt und stützte sie. Er sah furchtbar unglücklich aus, und das gefrorene Blut rund um seinen Mund machte seinen Anblick noch tragischer. Maus hatte das Gefühl, dass er gern zusammen mit ihr geflohen wäre, doch seine Loyalität zur Schneekönigin ließ ihn bleiben. Er musste Schmerzen haben, aber das war nichts im Vergleich zum Widerstreit der Gefühle, die ihn quälten.

„Die Bombe ...", brachte Maus hervor, mit einer Stimme, die kaum noch ihre eigene war. „Sie kann jeden Moment explodieren. Unten im Keller. Wir müssen weg."

„Eine Bombe?" Die Schneekönigin rang sich ein Lächeln ab. „Das ist es, eine Bombe?" Sie holte mühsam Atem. „Wie ungeheuer simpel. Was ihr mit Magie nicht gelungen ist, bringt sie jetzt also mit ein wenig Feuerzauber zu Ende. Primitiv, aber gar nicht mal so dumm."

„Bitte", sagte Maus und sah dabei Erlen an. „Lassen Sie uns gehen."

„Ich werde euch sogar begleiten ... sobald diese Sache erledigt ist."

„Sie können Tamsin nicht aufhalten."

„Oh, aber gewiss", sagte die Königin. Die Worte kamen

jetzt flüssiger über ihre Lippen, wenngleich ihre Stimme noch immer alt und krächzend klang. „Aber nicht in diesem jämmerlichen Zustand."

Der Zapfen!, dachte Maus. Sie braucht die Kraft ihres Herzzapfens.

„Du weißt, was sie getan hat", stellte die Königin fest, als könnte sie Maus' Gedanken lesen. „Ich selbst vermag die Sieben Pforten nicht zu passieren." Der Ausdruck auf ihren Zügen verwandelte sich in etwas, das Milde sehr nahe kam. „Nur du kannst das. Du musst mir helfen."

Maus wirbelte herum, riss die Tür auf und wich ins Vorzimmer zurück. Die Schneekönigin folgte ihr mit Erlens Hilfe, schwankend und unsicher auf den Beinen. Ihr langes weißes Kleid funkelte unter einem Zuckerguss aus Eiskristallen, aber nicht einmal der kostbare Stoff konnte ihre knochigen Hüften und mageren Beine kaschieren. Maus fragte sich, ob die Königin ganz von selbst sterben würde, falls sie den Herzzapfen nicht bald zurückbekäme.

„Ich kann das nicht", stammelte Maus, während sie sich rückwärts Richtung Ausgang bewegte. Die Tür der Suite musste immer noch angelehnt sein.

Sie tauschte einen Blick mit Erlen, las den Konflikt darin, die Zweifel, die Trauer. Sie konnte ihn nicht einfach aufgeben.

„Ich verstehe nichts von Zauberei und ... und irgendwelchen Pforten", sagte sie zur Königin. „Ich weiß nur, dass hier gleich alles Schutt und Asche sein wird, und dass wir –"

„Maus", sagte die Königin. „Ist das dein Name? Wie ungewöhnlich und wunderbar. Du täuschst dich. Du kannst es sehr wohl. Von uns dreien besitzt allein du die Macht, den Zauber zu brechen." Sie belächelte Maus' offensichtliche Zweifel. „Warum sollte ich dich belügen? Ich vertraue dir sogar mein Leben an. Und das von Erlen noch dazu. Bring mir den Herzzapfen, und ich werde wieder mächtig genug sein, die Engländerin aufzuhalten."

„So viel Zeit bleibt uns nicht. Das alles hier kann jeden Augenblick –"

Sie kam nicht dazu, den Satz zu beenden – denn in derselben Sekunde erwachte der Regenschirm zum Leben. Aus dem sachten Pulsieren in ihrer Hand wurde ein Zucken, dann ein heftiges Reißen. Ihre Finger schnappten auf vor Überraschung. Da sauste der Schirm auch schon davon, quer durch die Luft, mit der Spitze voraus wie ein farbenflirrender Torpedo.

Maus entfuhr ein Schrei, aber noch viel lauter kreischte die Königin, die in diesem Augenblick erkannte, was Maus da die ganze Zeit über festgehalten hatte.

„Ihr Schirm! Bei allen Reifgeistern, Kind, du hast ihren *Regenschirm* hierher gebracht!" Die Königin schüttelte den stützenden Arm des Jungen ab. „Erlen! Die Tür!"

Maus warf ihr einen verdutzten Blick zu, wurde dann aber abgelenkt, als der Schirm einen engen Kreis um sie flog, dabei fast mit dem Griff ihre Nase streifte und – nach kurzer Orientierung – schnurgerade auf den Ausgang der Suite zujagte.

Erlen kam einen Herzschlag früher dort an. Mit ganzer Kraft warf er sich gegen die Tür. Sie fiel augenblicklich zu. Das Schnappen des Schlosses ging unter in einem fürchterlichen Krachen, als der regenbogenbunte Schirm mit der Spitze voraus gegen das Holz prallte. Ein hohes Kreischen ertönte, das Maus zuerst für einen weiteren Schrei der Schneekönigin hielt; dann aber begriff sie, dass es aus dem Inneren des Schirms erklungen war. Seine Ränder begannen zu zucken und zu beben wie die Flügel einer Fledermaus kurz vor dem Flug. Die Enden der sternförmigen Streben, die unter dem Stoffrand hervorschauten, zitterten und wuchsen zu gebogenen Spitzen heran, die sich wie ein rundes Maul aus Fangzähnen um den Griff schlossen. Der Schirm zuckte von der Tür fort und sauste unter der Decke entlang, ein lebendes Geschoss, dem Maus mit den Blicken kaum folgen konnte.

Als er erneut in ihre Richtung raste wie ein bösartiges Insekt mit vorgestrecktem Stachel, hatte sich die hölzerne Spitze zu einem einzelnen, bernsteinfarbenen Auge geöffnet: Es saß am vorderen Ende des Schirms, zuckte nach rechts und links und suchte nach einem Fluchtweg aus der Suite.

„Wenn er keine andere Möglichkeit findet, wird er versuchen, die Tür zu zerbrechen!", rief die Königin.

Als Maus sich zu ihr umsah, hatte die Tyrannin des Nordens sich mit dem Rücken gegen die Wand gelehnt, beide Arme gehoben und die Augen geschlossen. Da fauchte der Schirm auch schon auf sie zu, das blitzende Auge voraus, das zahnbewehrte Maul an seinem hinteren Ende schnappend wie der Schlund eines Raubfischs. Bevor er die Königin erreichen und womöglich aufspießen konnte, schrie sie ihm eine schrille Silbenfolge entgegen. Mit der Kraft einer Sturmböe fegte ihn das Zauberwort beiseite. Trudelnd und mit einem wimmernden Laut flog er davon, zerbrach einen Bilderrahmen, fing sich wieder und drehte abermals seine wütenden, blitzschnellen Kreise unter der Decke.

Plötzlich entdeckte das suchende Auge die offene Tür zum Schlafzimmer. Der Schirm stauchte sich zusammen wie eine Ziehharmonika, holte auf diese Weise Schwung, dehnte sich wieder und schoss wie eine Kanonenkugel ins Nebenzimmer.

Maus hörte ihn im Schlafzimmer umherzischen, surrend und schnappend und fauchend.

„Er sucht nach einem Weg zu seiner Herrin", sagte die Schneekönigin und klang schrecklich erschöpft. Das eine Abwehrwort schien sie viel von ihrer verbliebenen Kraft gekostet zu haben. „Was hat sie dir gesagt? Dass er dich beschützen würde?"

Maus nickte verbissen. Sie konnte den Blick nicht von der offenen Schlafzimmertür nehmen. Was, wenn der Schirm zurückkehrte und diesmal sie selbst ins Visier nahm?

„Oh, wie arglistig und gemein!", schimpfte die Königin, als seien ihr solche Eigenschaften so fremd wie ein Hitzegewitter. „Sie hat dich hereingelegt! Die Rückkehr des Schirms ist das Zeichen, auf das sie wartet. Verstehst du denn nicht? Sie wird die Bombe erst zünden, wenn sie ganz sicher ist, dass du mich gefunden hast und ich so geschwächt bin, wie sie es sich erhofft. Der Schirm wird die Kunde von meinem Zustand schneller zu ihr tragen als jeder Nordlandderwisch. Und wenn sie sicher ist, dass die Explosion mich töten wird ..." Sie ließ den Rest ungesagt. Maus verstand trotzdem, was sie meinte. Tamsin hatte sie so gründlich ausgetrickst, wie es nur möglich war.

Erlen lehnte noch immer am Ausgang der Suite, als

wollte er die Tür mit seinem Leben verteidigen, falls die Königin es verlangte.

„Was können wir tun?" Maus befürchtete, dass der Schirm jeden Augenblick in den Vorraum zurückkehren würde.

Die Schneekönigin machte ein paar unsichere Schritte auf die Tür des Schlafzimmers zu. „Ich kann versuchen, ihn zu halten ... aber vernichten kann ich ihn nicht. Nicht, solange der Herzzapfen noch in ihrer Gewalt ist."

Maus begriff. Und sie fragte sich, ob sie nicht gerade erneut getäuscht und ausgenutzt wurde. Vielleicht war Tamsin einmal im Recht gewesen, als sie die Untertanen der Königin von deren Schreckensherrschaft hatte befreien wollen. Doch für Maus machte das jetzt keinen Unterschied mehr. Und falls die Königin dafür sorgte, dass Maus und Erlen am Leben blieben, nun, dann würde sie jetzt notgedrungen auf ihre Seite wechseln. Die Lage war verzwickt, und je länger sie darüber nachdachte, desto verwirrender wurde alles. Wie auch immer sie sich entschied, es schien das Falsche zu sein.

„Was genau soll ich tun?"

Im Schlafzimmer platzten in kurzer Folge drei Bilderrahmen, gefolgt von einem zornigen Knurren.

„Du musst in ihr Zimmer gehen. Dort liegt in ihrem Zylinder der Zapfen. Du musst hineingreifen, ihn herausnehmen und zu mir zurückbringen. Alles andere findet sich von selbst."

Tamsin hatte Maus erklärt, dass der höllische Winter, der die ganze Stadt in seinem Bann hielt, enden würde, falls die Königin den Zapfen zurückbekäme und ihre alte Macht wieder herstellte. Trotzdem schüttelte sie den

Kopf. „Das reicht nicht. Was genau wird passieren, wenn ich in den Zylinder fasse?"

Die Königin blickte zur offenen Tür hinüber. „Du wirst die Sieben Pforten durchschreiten. Und an jeder wirst du eine Schicht deiner selbst verlieren. Jede Pforte nimmt dir eine der Hüllen, hinter der du dein wahres Ich verbirgst. Sie entblättern dich wie eine Zwiebel. Es beginnt ganz harmlos mit dem Schweiß auf deinem Körper, dann deinen Haaren. Als Drittes verlierst du deine Haut, danach deine Adern, schließlich die Muskeln – und zu ihnen zählt auch dein Herz. An der sechsten Pforte lässt du deine Knochen zurück, an der siebten deine Seele. Dann ist nur noch dein freier Wille übrig, dein wahres Selbst, und mit ihm musst du nach dem Herzzapfen auf der anderen Seite greifen. Hast du ihn, so kannst du zurückkehren und erhältst an jeder Pforte jene Schale wieder, die du dort abgestreift hast."

Maus fiel darauf nichts ein, nicht der leiseste Pieps. Wenn sie sich doch nur hätte einreden können, dass sie das alles träumte! Aber das wäre zu einfach gewesen.

„Du musst noch etwas wissen", fuhr die Königin fort. „Falls du aufgibst, bevor du die siebte Pforte durchschritten hast, wirst du all jene Hüllen, die du bis dahin zurückgelassen hast, nicht mehr wiederbekommen."

Maus kämpfte um ihre Stimme. Ihr war so schwindelig, als hätte man sie hundertmal um sich selbst gedreht. „Und warum können Sie nicht selbst hindurchgehen?"

Die Königin lächelte gequält, während der Amoklauf des zornigen Schirms im Nebenzimmer einen neuen, scheppernden Höhepunkt erreichte. „Ich bin aus Eis. Aus nichts als Eis. Schon die erste Pforte wäre mein Tod." Ihr

Blick wanderte zu Erlen. „Und bevor du fragst: Als Rentier ist er mir keine Hilfe, und in seiner jetzigen Gestalt fehlt ihm mindestens eine Schale, um das letzte Tor zu erreichen."

„Sein Fell", murmelte Maus.

Die Königin nickte.

„Sie müssen es mir geben, wenn ich den Zapfen wirklich holen soll", sagte Maus. „Und Erlen freilassen. Das ist meine Bedingung."

„Dann soll es so sein."

Maus hatte nicht die geringste Vorstellung, worauf sie sich einließ. Sie wollte auch gar nicht allzu genau darüber nachdenken. „Einverstanden", sagte sie und ballte dabei so fest die Fäuste, dass die Fingernägel in ihre Handballen schnitten. Nicht einmal der Schmerz fühlte sich echt an. Sie kam sich unwirklich vor, wie eine Gestalt im Traum eines anderen.

Die Königin betrat das Schlafzimmer und schloss hinter sich die Tür. Der Schirm stieß ein zorniges Brüllen aus. Möbel schepperten. Die Königin stöhnte auf.

Maus fuhr herum und lief zum Ausgang. Erlen trat beiseite und öffnete. Er folgte ihr hinaus auf den Gang und blickte sie erwartungsvoll an.

„Und?", fragte sie ihn. „Willst du mitkommen?"

Das Kapitel
über die Magierin und den Rundenmann

Im Schein der Petroleumlampe saß Tamsin inmitten der Kissen, die Maus an den Wänden ihres Geheimverstecks aufgeschichtet hatte.

Sie blätterte in einem Buch mit englischen Märchen. Maus hatte es ihr vorhin gezeigt, aber da hatte Tamsin nur Augen für die Bombe gehabt. Jetzt tat ihr das Leid. Man konnte ihr so manches vorwerfen, aber Unhöflichkeit Freunden gegenüber gehörte eigentlich nicht dazu.

Schon vor einer ganzen Weile hatte sie die Zündschnur in die Öffnung des Eisensterns eingeführt. Das andere Ende reichte bis zu ihren Füßen.

Das aufgeschlagene Buch auf ihrem Schoß war in der Tat wunderschön, illustriert mit feinen Federzeichnungen der absonderlichsten Wesen. Sie versuchte, sich damit abzulenken, doch es gelang ihr nicht. Ihre Gedanken kreisten um die Bombe und die Schneekönigin, um die ahnungslosen Menschen oben im Hotel und natürlich um Maus, die wohl annehmen musste, dass Tamsin ihr übel mitgespielt hatte.

Der Schirm würde ihr Nachricht geben, wenn die Königin gefunden war. Tamsin würde die Bombe nur zünden, falls sich ihre Gegnerin tatsächlich als so wehrlos erwies, wie sie hoffte. Alles andere wäre ein verhängnisvolles Glücksspiel.

Wenn sie sterben musste, um die Königin zu töten – gut, damit konnte sie, nun ja, leben. Aber nicht ohne die Gewissheit, dass sie ihr Ziel auch erreicht hatte.

Sie fürchtete den Tod nicht. Dazu war sie viel zu interessiert an allem, was danach kommen mochte. Schon jetzt juckte es sie vor lauter Neugier. Warum hatten alle solche Angst davor? Hatten etwa die großen Entdecker nur an sich selbst gedacht, als sie zum ersten Mal den Atlantik überquert, nach den Quellen des Nils gesucht oder die Eiswüsten der Antarktis erforscht hatten? Manchmal musste man den Schritt ins Ungewisse tun, um eine neue Wahrheit zu erkennen. Einen unbekannten Kontinent zu entdecken. Ein uraltes Rätsel der Menschheit zu lösen. Und lag es nicht viel näher, dabei Hoffnung statt Furcht zu empfinden?

Tamsin legte das Buch zurück auf seinen Stapel und streckte sich. Sie hätte nervös sein müssen, doch davon spürte sie nichts. Müde war sie, gewiss. Noch immer erhielt sie den Zauber der Sieben Pforten aufrecht, und das kostete Kraft, erst recht aus solcher Entfernung. Zudem hatte sie tagelang kaum geschlafen, und wenn doch, dann ließen ihr die Träume keine Ruhe. In ihnen sah sie sich zurückversetzt in die Feste der Schneekönigin, und erneut durchlebte sie die namenlosen Schrecken jenes

Ortes. Sie hatte Dinge gesehen, die selbst ihren Vater hatten erbleichen lassen. Mächte von jenseits der Nacht. Kreaturen aus der Kälte des Anbeginns. Und ein Gefühl absoluter Leere in den kathedralengleichen Hallen aus Eis.

Die Menschen, die Master Spellwell und seine Tochter mit dem Sturz der Tyrannin beauftragt hatten, waren aus den unterschiedlichsten Gründen in dieser Gegend gestrandet. Die Königin hatte sie gezwungen zu bleiben, als Untertanen, für die sie gar keine Verwendung hatte und die sie sich dennoch hielt, um wahrlich eine Königin zu sein, kein legendäres Schreckgespenst aus Frost und Bosheit. Die Herrin des Nordens hatte sich niemals die Mühe gemacht, Gründe für ihr Handeln zu finden. Es war wie mit den kleinen Jungen, die sie sich dann und wann an ihre Seite holte. Sie wollte einen Sohn, also stahl sie sich einen; und wenn er da war, wurde sie seiner bald überdrüssig. Sie wollte Untertanen, also lockte sie Menschen ins Nordland; aber was sie mit ihnen anfangen sollte, das wusste sie nicht. Nie war nachzuvollziehen, warum sie etwas tat, und das machte sie unberechenbar. Man hätte meinen können, Böses bereitete ihr schlichtweg Spaß – wäre sie in Wahrheit nicht unfähig gewesen, eine Regung wie Spaß überhaupt zu empfinden.

Tamsin überprüfte noch einmal, ob die Zündschnur bis zum Anschlag im Eisenstern steckte, dann streckte sie sich, gähnte herzhaft und stellte – durchaus mit einigen Skrupeln – fest, dass sie sich langweilte. Wo blieb der Schirm? Mittlerweile sollte Maus die Suite doch erreicht haben. War sie den Geheimpolizisten über den Weg gelaufen, die das Hotel räumten? Gut möglich. Aber

Tamsin hatte Maus mit Bedacht als Helferin ausgewählt; sie traute ihr zu, selbst der Polizei ein Schnippchen zu schlagen. Schade nur, dass Maus sich selbst nicht traute. Sie weigerte sich, ihre Gaben und Talente zu akzeptieren. Was ihr fehlte, war der Glaube an sich selbst. Tamsin gab nicht viel auf Altersunterschiede, und so suchte sie die Erklärung dafür nicht in Maus' Jugend. Sie hatte ihren Vater bei den unmöglichsten Aufträgen begleitet, als sie nicht einmal zehn gewesen war. Pallis, ihre jüngste Schwester, war gleichfalls ein Beweis dafür, dass Alter keine Rolle spielte. Nur *wollen* musste Maus. Aber dabei konnte ihr niemand helfen, nicht einmal Tamsin Spellwell und ihr Koffer voller Worte.

Es war sehr still in dem blinden Tunnelende. Tamsins Herzschlag und ihr Atem waren das Einzige, was sie hörte. Deshalb war sie vor allem überrascht – gar nicht mal erschrocken –, als jemand auf der anderen Seite des Spalts das Weinfass beiseite rollte. Sie hätte ihn lange vorher hören müssen, draußen in den Gewölben. Und nun sah sie ihn auch. Maus hatte nicht übertrieben, als sie von ihm erzählt hatte.

Trotz seiner enormen Größe glitt er in einer fließenden Bewegung durch den Mauerspalt und blieb auf Höhe des schrägen Balkens stehen. Tamsin war aufgesprungen, und nun starrten sie sich über den Eisenstern hinweg an, schweigend wie zwei Menschen, die einander gut kannten, ohne je ein Wort miteinander gesprochen zu haben. Beide wollten sie das Gleiche – und doch aus unterschiedlichen Gründen.

Der Lederkoffer stand neben Tamsin am Boden. Seine Schnallen waren geöffnet, aber sie hatte nicht gewagt, den Deckel für Fälle wie diesen aufgeklappt zu lassen. Man wusste nie, auf was für Ideen die Worte kamen, wenn man es ihnen allzu leicht machte. Einzeln ließen sie sich kontrollieren, doch auch das nur, wenn sie es gut mit einem meinten; falls sie sich aber zusammenrotteten und Schabernack im Schilde führten, konnten sie eine wahre Plage sein. Wer schätzte es schon, gekaut, verschluckt und ausgespuckt zu werden? Auch ein Wort war nur ein Mensch. Jedenfalls tat es manchmal so.

„Sie haben da etwas, nach dem ich lange gesucht habe", brach der Rundenmann das Schweigen zwischen ihnen.

„Das war nicht mein Verdienst", erwiderte Tamsin. „Maus hat mich hergeführt."

„Ich hätte mir früher denken sollen, dass sie Julias Bombe gefunden hat."

„Vielleicht hätten Sie zur Abwechslung einfach mal nett zu ihr sein sollen."

„Ich war zumindest ehrlich."

Das traf sie mehr, als sie sich eingestehen mochte. „Sie sind also einer der berühmten Nihilisten."

„Und Sie eine Spellwell, nicht wahr? Ich habe von Ihrer Familie gehört."

„Sehen Sie, das ist einer der Nachteile, wenn man im Revolutionsgeschäft tätig ist. All der Klatsch und Tratsch ... ganz fürchterlich. Jeder kennt jeden. Alle fühlen sich als Teil eines großen, weltumspannenden Ganzen. Ziemlicher Bockmist, wenn Sie mich fragen. Aber genug davon. Unser Problem hier und heute ist leider, dass sich unsere Ziele nicht so recht miteinander vertragen. Wenn Sie verstehen, was ich meine."

Er schüttelte stumm den Kopf.

„Sehen Sie, meine Familie ist dafür bekannt, dass sie jeden Auftrag zu Ende bringt. Und der Auftrag, der mich nach Sankt Petersburg geführt hat, lautet nun einmal *nicht*, Russland von seinem ungeliebten Despoten zu befreien."

„Hmm", machte er.

„Haben Sie das wirklich geglaubt?" Tamsin bewegte den linken Fuß unmerklich ein wenig näher zum Koffer hin. „Dass ich hier bin, weil wir dasselbe Ziel verfolgen? Dann tut es mir Leid, dass ich Sie enttäuschen muss ... Wirklich, der Zar ist mir vollkommen gleichgültig."

„Was wollen Sie dann?"

„Ein anderer Grundsatz der Familie Spellwell ist, das ahnen Sie sicher, unsere Verschwiegenheit. Diskretion ist in unserem Beruf das A und O."

„Haben Sie keine eigenen Überzeugungen? Kein Unrechtsempfinden?" Dieses Wort aus seinem Mund verwunderte sie. Sein grobschlächtiges Äußeres täuschte.

„Unrechtsempfinden", wiederholte sie nachdenklich. „Oh doch. Es ist ungerecht, wenn Blumen mit besonders hübschen Blüten welken. Oder wenn ein Droschkenfahrer mich am Straßenrand stehen lässt, weil zehn Meter weiter jemand winkt, der reicher aussieht als ich. Oder wenn es ausgerechnet dann regnet, wenn ich zum ersten Mal mein Sommerkleid trage."

„Ja", sagte er und zog einen Revolver. „Oder wenn jemand eine wehrlose Frau mit einer Waffe bedroht."

Sie runzelte die Stirn und tat, als brächte sie das zum Grübeln.

Er gab ihr mit dem Revolver einen Wink. „Nehmen Sie die Hände über den Kopf. Drehen Sie sich mit dem Gesicht zur Wand."

„Gott, und ich dachte schon, die Leute wüssten wirklich zu viel über uns." Ihre Fußspitze klappte den Kofferdeckel nach oben. Er fiel nach hinten und landete lautlos auf den Kissen.

Das erste Wort, das sie herbeirief, pflückte die Kugel aus der Luft, auf halber Strecke zwischen der Revolvermündung und Tamsins Brust. Das zweite Wort fuhr unter die Gesichtshaut des Rundenmannes und brachte ihn dazu, verrückte Grimassen zu schneiden. Das dritte Wort ließ seine Fingernägel wachsen, bis sie sich um die Waffe wickelten wie ein Wollknäuel aus Horn. Das vierte bereitete ihm scheußliche Zahnschmerzen. Das fünfte zupfte ihm die Augenbrauen. Das sechste warf ihn zu Boden und hielt ihn dort fest. Das siebte verwandelte seinen Mundgeruch in buntes Konfetti.

Das achte schwebte in der Luft und wartete auf Tamsins Befehl.

„Oje", sagte sie bedauernd und stellte sich neben ihn. Er lag am Boden und schnitt Grimassen. „Lass das!", befahl sie dem zweiten Wort, und mit einigem Murren zog es sich von ihm zurück. Darüber ärgerte sich das vierte Wort und beendete die Zahnschmerzen. Tamsins Macht über Worte war schwach, solange sie sie nicht vorher verschluckte und zu einem Teil von sich machte.

„Ich kann leider nicht zulassen, dass Sie die Bombe für Ihre Zwecke nutzen", erklärte sie und fragte sich plötzlich, wie weit ihre eigenen Skrupel gingen. Der Schirm war noch nicht zurückgekehrt; vielleicht musste sie ohnehin warten, bis der Tross des Zaren das Hotel erreichte. Mehr noch, sie hätte von hier verschwinden können, ohne selbst bei der Explosion ums Leben zu kommen, wenn der Rundenmann so versessen darauf war, die Bombe eigenhändig zu zünden.

Aber wenn er sie zu spät zündet, sagte sie sich, ist die Königin vielleicht geflohen. Und dann wäre alles umsonst gewesen.

Insgeheim hatte sie noch einen anderen Grund, aber den gestand sie sich nur ungern ein: Wenn schon irgendjemand über Leben und Tod zu entscheiden hatte, dann wollte sie selbst das sein. Sie konnte die Lunte anzünden, wenn es nötig war. Oder sie konnte es bleiben lassen.

Sie schüttelte unwillig den Kopf. Sie stand kurz vor dem endgültigen Sieg über die Schneekönigin. Was brachte sie auf die Idee, ihren größten Trumpf nicht auszuspielen? Natürlich würde sie die Bombe zünden.

„Der Zar hat den Tod verdient", stöhnte der Rundenmann.

„Warum hassen Sie ihn so sehr? Sehen Sie nur, wohin Sie das geführt hat."

„Das Volk leidet." Er nuschelte nun, weil Konfetti über seine Lippen quoll. „In den Straßen verhungern die Menschen. Die Gesellschaft ist –"

„Ich bitte Sie! Ich könnte einem meiner Worte befehlen, dass es die Wahrheit ausgräbt – buchstäblich, wie es eben Art der Worte ist. Aber ist das wirklich nötig?"

Der Rundenmann bäumte sich auf, doch das sechste Wort hielt ihn am Boden fest. „Auf seinen Befehl hin sind Menschen getötet worden, die mir ... viel bedeutet haben."

„Andere Nihilisten?"

„Ja." Noch mehr Konfetti, gelb und rot und grün und blau. Sogar zinnoberrot, wie Tamsins Mantel.

„Jemand Bestimmtes?"

Sein Blick war hasserfüllt. „Was geht Sie das an?"

Tamsin beugte sich vor und presste mit dem Zeigefinger so fest auf seine Brust, dass sich das äußere Fingerglied nach hinten bog. „Ich will die Wahrheit hören. Und Sie wissen, warum."

„Als der letzte Zar ermordet wurde, war ich Student, genau wie die anderen. Ich kannte alle, die damals hingerichtet worden sind." Verächtlich schob er sich mit der Zungenspitze Konfetti aus dem Mundwinkel. „Eine von ihnen war meine Verlobte."

„Julia", flüsterte Tamsin. „Maus' Mutter."

„Woher ...?"

Sie zuckte die Achseln. „Geraten."

Der Rundenmann schwieg.

„Und sie hat Ihnen nicht erzählt, wo sie die Bombe versteckt hat?"

„In diesen Dingen hat sie niemandem getraut. Nicht mir jedenfalls. Es sind immer wieder ... Fehler gemacht worden. Tölpelhafte Missgeschicke. Wir waren alle so jung damals."

„Fehler wie der, dass Julias Name in Nikolai Iwanowitschs Wohnung gefunden wurde?"

Er nickte.

„Sie haben die ganze Zeit über gewusst, wer Maus ist, nicht wahr?"

Noch ein Nicken.

„Und trotzdem haben Sie sie so behandelt?"

„Julia war meine Verlobte", sagte er grimmig. „Aber deshalb ist Maus nicht meine Tochter."

Tamsin ging ein Licht auf. „Etwa ... nein, das ist nicht

wahr, oder? Ich meine ... Nikolai Iwanowitsch? War er der Vater?"

Der Rundenmann sagte nichts darauf.

Tamsin fluchte. „Maus sollte das besser nicht erfahren, denken Sie nicht auch? Wir tun einfach so, als hätten Sie mir nichts davon erzählt."

„Das habe ich auch nicht."

Mit einem leisen Seufzen erhob sie sich, ging an ihm vorbei zum Mauerspalt und horchte ins Dunkel des Weinkellers. Noch immer kein Anzeichen, dass der Schirm zurückkehrte. Vielleicht war tatsächlich etwas Unvorhergesehenes geschehen.

„Ich hätte dem kleinen Biest den Hals umdrehen sollen", krächzte der Rundenmann. „Sie ist schuld an allem. Wäre Julia nicht schwanger gewesen, wäre sie niemals entdeckt worden."

Ohne sich umzudrehen, flüsterte Tamsin das achte Wort.

Fluchende Geheimpolizisten trieben immer noch Menschen durch die Drehtür hinaus auf den Boulevard. Diplomaten drohten mit Konsequenzen und Berichten an ihre Regierungen. Kinder quengelten und heulten. Hoch gestellte Damen versuchten, die barschen Anweisungen der Polizisten zu befolgen, ohne die Contenance zu verlieren. Und sie alle, Gäste, Polizisten und Hotelangestellte, taten ihr Bestes, die mörderische Kälte zu ignorieren, die wie eine Glocke um das Aurora lag und erst einen Block weiter südlich, abseits des Newski Prospekt, ein wenig nachließ.

Irgendwer hatte einen Fehler begangen: die Hoteldirektion, weil sie zu wenige Gäste gezählt hatte; die Polizei, weil sie geglaubt hatte, die Räumung werde schneller und reibungsloser vonstatten gehen; die engsten Mitarbeiter des Zaren, die den Behörden zu kurzfristig den Verlauf der Route gemeldet hatten.

Sicher war nur, die Räumung des Hotels verzögerte sich.

Der Zar würde nicht erfreut sein. Seine gesamte Familie begleitete ihn und den chinesischen Gesandten auf diesem Ausritt, trotz des bitteren Frosts. Es warf ein schlechtes Licht auf die russische Regierung, wenn nicht einmal die Evakuierung einiger dutzend Gebäude innerhalb eines vorgegebenen Zeitplans ausgeführt werden konnte.

Die Geheimpolizisten in der Eingangshalle des Aurora wussten das. Die Furcht vor den Konsequenzen machte sie nervös und wütend.

Bald schon ertönten Signale am Ende des Boulevards. Der Zug des Zaren war vom Winterpalais auf den Newski Prospekt eingebogen, hatte die Kasan-Kathedrale passiert und näherte sich dem Hotel Aurora. Schon erzitterte der Boden unter hunderten von Hufen. Eiszapfen brachen von Dachrinnen. Nicht einmal der Schnee konnte die Erschütterungen dämpfen.

Die Vibrationen waren überall zu spüren: im Tunnel unter dem Straßenpflaster und oben in den menschenleeren Fluren.

DAS KAPITEL,
IN DEM MAUS IN DEN ZYLINDER GREIFT

Maus und Erlen stürmten den Korridor hinunter und erreichten Tamsins Zimmer. Sie tauschten einen kurzen Blick. Maus nickte dem Rentierjungen zu, dann drückte sie die Klinke hinunter und trat ein. Er folgte ihr und schob die Tür hinter sich zu.

Durch die zugezogenen Vorhänge fiel ein trüber Hauch von Winterlicht. Sonnenstrahlen mochten draußen die Wolkendecke erhellen, aber hier drinnen war nichts davon zu sehen. Maus erkannte den Zylinder auf dem Tisch nur als Silhouette. Er lag immer noch da wie ein vergessenes Kleidungsstück. Vom Zauber, der in seinem Inneren Wache hielt, war nichts zu bemerken. Kein Knistern hing in der Luft, keine innere Stimme warnte sie davor, näher heranzugehen. Es hätte ein ganz gewöhnlicher Zylinder aus Filz sein können, zerknautscht und eingedellt. Nichts, woran ein Dieb einen zweiten Blick verschwendet hätte.

Erlen berührte Maus am Arm und deutete auf die Stühle, die sternförmig um den Tisch herum auf ihren Rü-
ckenlehnen lagen; auch jener, den Tamsin am Morgen
ans Bett gezogen hatte, befand sich nun wieder in seiner ursprünglichen Position.

Das Bett war noch genauso zerwühlt, wie sie es am frü-
hen Morgen zurückgelassen hatte. Eine Zeitung vom
Vortag lag zerfleddert am Boden. Die Tür zum Bad stand
weit offen, Maus konnte sich und den Zylinder in dem
großen Spiegel sehen. Es war, als beobachtete sie jemand
anderen dabei, einen verhängnisvollen Fehler zu begehen. Am liebsten hätte sie ihrem Spiegelbild zugerufen,
es solle die Finger von dem magischen Zylinder lassen
und sich schleunigst davonmachen.

Ihre Hand zitterte, als Maus sie über den Tisch ausstreckte. Das Innere des zerknautschten Huts lag im
Schatten, schien aber leer zu sein. Viel schlimmer war,
was ihre Fantasie dort hineinzauberte: Vielleicht würden Zähne aus der Krempe wachsen, genau wie aus den
Rändern des Regenschirms; das Ding mochte zuschnap-
pen und ihr den Arm abbeißen.

Erlen stand direkt hinter ihr und ergriff ihre linke Hand.
Die Berührung beruhigte sie ein wenig. Er war bei ihr, das
war gut. Seine Nähe half ihr, den letzten Schritt zu tun.

Sein Leben stand auf dem Spiel. Das aller Menschen im
Hotel. Von ihrem eigenen ganz zu schweigen.

Maus drückte Erlens Finger ganz fest, dann schloss sie
die Augen und schob ihre rechte Hand ins Innere des
Zauberzylinders.

❄

Sie glaubte, Erlen schreien zu hören. Aber das mochte Einbildung sein. Die Welt um sie herum zersprang zu Milliarden winziger Farbpunkte, die umherwogten, sich zusammenzogen, neue Formen und Gebilde schufen. Mal verdichteten sie sich zu Reihen aus Säulen und Türmen, die um sich selbst rotierten wie ein Wald aus Wirbelstürmen. Dann wieder bildeten sie vielzackige Sterne vor einem nachtschwarzen Hintergrund, ein gähnendes Nichts, in dem nur die Farbpartikel wie kalte Flammen loderten, verwehten, neue Muster bildeten.

Es kam ihr vor, als würde sie an ihrer rechten Hand durch diesen Wirbel aus Eindrücken gerissen, vorwärts, seitwärts, um Ecken und in Abgründe hinab. Dann, plötzlich, erstarrten die Farbspiralen und bunten Schleier zu abstrakten Strukturen, zersprangen mit einem grellen Klirren wie tausend Spiegel und rieselten in Splitterfontänen hinab in die lichtlose Leere.

Maus schlug die Augen auf – wann hatte sie die Lider überhaupt geschlossen? – und fand sich in einem langen Korridor wieder, holzgetäfelt wie so viele Gänge des Hotels. Zweifellos, dies *war* das Aurora. Oder etwas, das sich aus den Bildern in Maus' Erinnerung zusammensetzte und sich größte Mühe gab, etwas nachzubilden, das ihrem bekannten Umfeld glich. Sie fühlte, sie wusste einfach, dass dies hier keiner der Flure des Hotels war – dafür war alles eine Spur zu groß, zu hoch, zu makellos –, und doch war die Illusion fast perfekt. Erst als sie über die Schulter blickte, erschrak sie: Dort setzte sich der Gang bis ins Endlose fort, als hätte man ihn mit Spiegeln in Spiegeln ins Unendliche gestreckt.

Vor ihr jedoch, etwa zwanzig Meter entfernt, endete

der Korridor an einer Tür. Sie war nicht das, was Maus sich unter einer magischen Pforte vorgestellt hatte, kein gewaltiges Portal mit eisernen Beschlägen und brüllenden Drachen aus Stein rechts und links. Stattdessen sah sie aus wie eine ganz normale Eichentür, die es zu hunderten überall im Hotel gab. Sie hatte eine blitzblanke Messingklinke, aber – und das war ungewöhnlich – kein Schlüsselloch. Offenbar brauchten magische Türen so etwas nicht: Sie wussten ganz von selbst, wer hindurchtreten durfte und wer nicht.

Als Maus sich in Bewegung setzte, schwankte sie. Nach ein paar Schritten aber erkannte sie, dass nicht sie es war, die bebte – vielmehr schien die gesamte Umgebung in unregelmäßigem Rhythmus zu erzittern. Die Wände vibrierten lautlos, der Boden warf leichte Wellen, und die Lüster an der Decke pendelten. Das alles vermittelte das Bild eines Ortes, der nur auf den ersten Blick solide und stabil erschien. In Wahrheit aber hatte gerade jemand gehörige Mühe, die Illusion dauerhaft aufrechtzuerhalten.

Vor der Tür blieb Maus stehen und horchte am Holz. Unter ihrem Ohr fühlte es sich warm an und zitterte unablässig. Doch ein Geräusch vernahm sie nicht, weder als Folge der Erschütterungen noch auf der anderen Seite.

Sie fasste sich ein Herz, öffnete die Tür und trat hindurch.

Im ersten Augenblick nahm sie keine Veränderung wahr. Dann aber wurde ihr wärmer, beinahe heiß, denn jetzt kühlte kein Hauch von Feuchtigkeit mehr ihren Körper. Ihre Haut war wie Pergament, ganz glatt und trocken. Früher hatte sie geglaubt, nur im Sommer zu schwitzen oder wenn sie sich anstrengte. Aber Kukuschka hatte ihr erklärt, dass der Körper auch dann einen Schweißfilm produzierte, wenn man es gar nicht bemerkte. Nun, zumindest bemerkte sie jetzt, dass aller Schweiß, auch jene dünne, unsichtbare Schicht, verschwunden war. Sie hatte die erste der Sieben Pforten durchschritten und einen Teil von sich an der Schwelle zurückgelassen.

Auf der anderen Seite setzte sich der Hotelkorridor fort, aber er kam ihr jetzt noch ein wenig höher vor, die Kronleuchter weiter entfernt, die Täfelungen massiver. Bis zur nächsten Tür waren es nur wenige Schritte. Sie unterschied sich von der ersten allein durch ihre Größe. Die Klinke befand sich vor Maus' Gesicht. Insgesamt war die Tür wohl einen guten Kopf höher als die vorhergegangene und auch ein wenig breiter.

Maus öffnete sie und ging hindurch.

Ein glühend heißer Feuerstoß schien über ihren Körper zu sengen, raste an ihren Beinen herauf, an ihrem Leib, an Hals und Kopf. Sie schrie auf, nicht so sehr vor Schmerz als vor lauter Überraschung und der Furcht vor dem, was noch kommen mochte. Für den Bruchteil einer Sekunde hatte es sich angefühlt, als hätte man sie in Flammen getaucht; doch als die Hitze wieder schwand, blieb nicht mal ein Echo der Schmerzen zurück. Alles war wie vorher – mit dem Unterschied, dass Maus kein einziges Haar mehr am Körper trug.

Mit der Hand strich sie über ihre nackte Kopfhaut und war froh, dass sie sich nicht im Spiegel sehen musste. Auch ihre Unterarme waren vollkommen haarlos.

Sie bekam entsetzliche Angst vor der dritten Tür. An ihr sollte sie ihre Haut zurücklassen. Wie würde das vonstatten gehen? Würde sie einfach verschwinden, mit einer unangenehmen Hitzewallung wie vorhin? Oder ... Himmel, würde ihr etwas die Haut vom Körper *schneiden*?

Auch der dritte Abschnitt des seltsamen Korridors war wieder größer als der vorherige. Diesmal hatten sich die Dimensionen deutlicher verschoben. Der Gang war mehr als doppelt so breit, die Decke so hoch wie ein Ballsaal. Die Fasern des Teppichs schienen gewachsen zu sein wie Gras, sie verschluckten Maus' Füße bis zu den Knöcheln. Sie musste den Arm ausstrecken, um an die Klinke heranzukommen.

Die Angst pulsierte in ihr wie ein zweites Herz, schnürte ihr die Luft ab und verkrampfte ihre Muskeln. Du darfst dich nicht fürchten!, redete sie sich ein, aber für sie selbst klang das wie die Stimme eines Erwachsenen, der keine Ahnung hatte, wovor man sich wirklich fürchten musste: vor der Dunkelheit, zum Beispiel; vor dem Ding unter dem Bett, das sich nur zeigt, wenn das Licht erlischt. Es war genau diese Art von Furcht, die Maus jetzt quälte – angeborene Panik, gegen die man sich auflehnen, die man aber erst mit den Jahren überwinden kann. Und auch dann nicht immer ganz.

Hab keine Angst!, hämmerte sie sich wieder und wieder ein. Du bekommst dein Haar zurück, deine Haut, sogar deinen Schweiß, wenn du den Weg zurückgehst. Nichts von alldem ist für immer verloren.

Vorausgesetzt, sie schaffte es durch die letzte Pforte.

Dann ist nur noch dein freier Wille übrig, dein wahres Selbst, hatte die Königin gesagt. Doch war es nicht gerade das, woran es Maus immer gemangelt hatte? Selbstvertrauen. Die Gewissheit, alles erreichen zu können, wenn sie nur fest genug daran glaubte. Ausgerechnet!

Aber dennoch – hatte sie etwa nicht das Hotel verlassen, als es darauf angekommen war? Sie hatte es geschafft und würde es wieder schaffen. Genau wie das hier.

Sie stieß die dritte Tür auf und ließ ihre Haut zurück.

Ein Zwicken, ein Zwacken, ein Reißen und Schnippeln raste über ihren Körper, so als machten sich die Scheren von zehntausend Ohrenkneifern daran zu schaffen. Aber noch ehe der Schmerz durch die Nervenbahnen zum Hirn fegen konnte, war es schon wieder vorbei.

Hautlos, wie die Abbildung in einem von Kukuschkas Biologiebüchern, ging sie weiter. Mit ihrer Haut war auch ihre Kleidung verschwunden. Ihre Muskeln, Sehnen und Blutgefäße lagen offen. Alles glitzerte und glänzte, schillerte in allen Farben des Regenbogens, pulsierte und bebte und funkelte roh. So also sehe ich darunter aus, dachte sie verblüfft. Sie wartete vergeblich darauf, dass sich heillose Panik einstellte. Stattdessen brachte Maus es fertig, an sich hinabzusehen, sich selbst zu inspizieren wie einen faszinierenden Fremdkörper. Ein wenig Ekel überkam sie, aber selbst der hielt sich in Grenzen. Nach einem Augenblick begann sie gar, Schönes an sich zu entdecken, zum allerersten Mal in ihrem Leben. Ja, unter ihrer Haut, der spröden Verpackung des Mädchenjungen, war auch sie wunderschön und glanzvoll, beinahe elegant. Niemals hätte sie gedacht, dass ihr beim Nachdenken über sich selbst je das Wort Perfektion in den Sinn käme. Aber der rohe, unverhüllte Leib, der sie jetzt in Richtung der vierten Tür trug, schien ihr genau das zu sein: geradezu vollkommen.

Der nächste Durchgang war nicht größer als der davor, und das war eine weitere Überraschung. Auch der Gang hatte die Maße des vorherigen. Konnte das damit zu tun haben, dass sie jetzt ihre Angst im Zaum hielt? Hörte sie auf, sich klein zu fühlen, und wurde dadurch auch die Umgebung nicht mehr größer?

Sie konnte sich nicht vorstellen, dass irgendetwas schlimmer sein könnte, als gehäutet zu werden. Jetzt waren ihre Adern an der Reihe, und das schien ihr im Vergleich dazu ein geringer Verlust.

Durch die vierte Tür, weiter, immer weiter dem Herzzapfen entgegen. Zum ersten Mal hatte sie das Gefühl, dass der Schmerz eine Weile länger anhielt, vielleicht keine Sekunde, aber doch lange genug, um sich wie Klingen in ihr Bewusstsein zu graben. Die Adern verschwanden nicht einfach – sie wurden aus ihr herausgezogen. Wie man einen losen Faden aus einem Stofftier zerrt, so rissen unsichtbare Hände die Blutbahnen aus dem Geschlinge ihrer Muskeln, Knochen und Innereien. In einem wirbelnden Chaos aus rotblauen Strängen, verwickelt und verknotet, wogten die Adern bloßgelegt vor ihren Augen. Ein wirres Netz, verästelt wie eine Baumkrone. Dann waren sie fort. Und Maus ging weiter.

Sie zitterte jetzt ein wenig. Erstmals kamen ihr wieder Zweifel. Sie fürchtete sich vor weiteren Schmerzen, vor allem aber vor den Verlusten, die ihr erst noch bevorstanden. Kinder weinten manchmal bei dem Gedanken, dass ihre Eltern irgendwann sterben mussten, ganz gleich, wie fern dieser Tag noch sein mochte; sie weinten vor Angst, dass ihnen etwas genommen werden würde, ohne das sie sich ihr Leben nicht vorstellen konnten. Ganz ähnlich erging es jetzt Maus. Bisher hatte sie nur Teile ihres Körpers verloren, Schalen der bloßen Hülle. Aber was kam als Nächstes? Ihre Muskeln – ihr Herz! Wie sollte sie ohne Herz überleben können?

Sie ging durch die fünfte Tür. Und erkannte die Wahrheit. Wer sagt, man fühle mit dem Herz allein, der lügt, dachte sie verwundert. Denn sie spürte, wie es ihr aus der Brust gepflückt wurde und nur eine leere Höhlung zurückblieb, fühlte selbst dann, als nur noch Knochen übrig blieben, ein bleiches, blank poliertes Gerippe.

Sie verharrte kurz, blickte an sich hinunter, sah durch den leeren Rippenkäfig bis zur Wirbelsäule, sah gelbliche Gelenke und Knochenpfannen, sah ihr Becken wie eine leere Schüssel auf dürren, knöchernen Beinen ruhen. Ihre Finger strichen über blanke Zähne, tasteten in leere Augenhöhlen. Unter ihrer Schädeldecke war jetzt nichts als Luft und der Wille weiterzugehen. Tatsächlich – ihr Wille hielt sie aufrecht, ließ sie knöchrig-klapprig weiterstaksen, durch einen Korridor, der jetzt ganz schmal und niedrig war. Mit ihren Gedanken war auch der letzte Rest Angst verschwunden. Sie war nur sie selbst, und die Umgebung hatte aufgehört, eine fremde, Furcht einflößende Szenerie zu sein. Nur Illusion, nur Abbild von etwas, das einmal in ihrer Erinnerung gelegen hatte wie vergilbte Zeichnungen in einer Schublade.

Die sechste Pforte, eine bescheidene Eichentür.

Etwas hieb von oben auf sie herab wie der Hammer auf den Amboss eines Hufschmieds. Mit ungeheurer Macht, mit der Wucht von Kometen, die im Weltall kollidieren. Der Schlag zertrümmerte, was von ihrem Körper übrig war, zerblies ihre Gebeine zu Staub. Zurück blieb ein Hauch von Knochenmehl, verteilt über den Teppich und die Schmuckleisten der Holztäfelung.

Ihre Seele aber ging, sie trieb, sie schwebte weiter – der siebten Tür entgegen.

Klein und unscheinbar war diese letzte Pforte, und unscheinbar auch das Entblättern ihres Willens von der Seele. Maus spürte erst nach einer Weile, dass sie fort war, so wie einem plötzlich bewusst wird, dass ein Kopfschmerz verschwunden ist.

In ihr gab es jetzt keine Gedanken mehr, kein Überlegen oder Abwägen. Übrig war nur ihr Wille. Nur der Drang, etwas ganz Bestimmtes zu tun. Sie hatte nie geahnt, dass sie etwas Derartiges in sich trug, einen harten Kern aus Selbstvertrauen, den nicht einmal die Sieben Pforten klein bekamen. Das also war *sie*. Die Essenz von allem, was sie ausmachte. Kein Mensch hatte jemals so ungetrübt in sein Innerstes geblickt, hatte sich selbst so gut kennen gelernt.

Die letzte Tür machte den Weg frei zum Raum jenseits der Siebten Pforte.

Maus betrat das Allerheiligste.

Vor ihr lag der Herzzapfen.

Unten im Keller spürte Tamsin, dass der Zauber der Sieben Pforten gebrochen war. Sie spürte es wie einen Huftritt in die Magengrube, so unvermittelt und heftig, dass sie sich unter Krämpfen krümmte und mit einer Hand an der Wand abstützen musste.

Maus!, dachte sie und wand sich vor Schmerz.

Oh, Maus!

Maus zog die Hand aus dem Inneren des Zylinders und spürte den Frost zwischen ihren Fingern, noch bevor sie sah, was sie hielten.

Sie stand wieder im blassgrauen Winterlicht, das durch Ritzen zwischen den Vorhängen ins Zimmer fiel. Erlen musterte sie aus besorgten Augen. Doch sie achtete nicht auf den Rentierjungen. Denn die Kälte, die sie in ihren Fingern hielt, beherrschte ihre Gedanken und füllte sie aus.

Das Ding hätte ein beliebiger Eiszapfen sein können, wie es sie zu tausenden und abertausenden an der Fassade des Hotels gab. Er war nicht länger als ihr Zeigefinger, auch nicht viel breiter, aber seine Spitze war so scharf wie die einer Nadel. Die Kälte war kaum auszuhalten. Aber als Maus schon glaubte, der Zapfen würde an ihrer Hand festfrieren, rollte er wie aus eigener Kraft über ihre Fingerkuppen – und wurde von Erlen aufgefangen.

Der Junge stieß ein Stöhnen aus, zögerte eine Sekunde, dann warf er Maus den Zapfen wieder zu. Es war nur ihren Reflexen zu verdanken, dass sie ihn auffing. Haben wollte sie ihn nicht, obschon einer von ihnen das Eisgebilde tragen musste.

Der Zapfen tanzte auf ihrer offenen Handfläche wie ein Maiskorn in einer heißen Pfanne. Erst als sie mit den Fingern das Eis umschloss, hielt er still und fügte sich ihrem Willen.

Maus blickte an sich selbst hinab. Nichts an ihr war anders als vor ihrem Weg durch die Sieben Pforten. Ihre Haut, ihr Haar, ihre Kleidung – alles war an Ort und Stelle. Auf dem Rückweg hatten sich die Schalen um ihr unsichtbares Ich wieder zusammengefügt: Seele, Knochen, Muskeln, Adern, Haut, Haar, sogar der Schweiß in ihren Poren.

Mit einem Mal kam Bewegung in Erlen. Er fiel ihr um den Hals, als hätte er jetzt erst begriffen, dass sie wieder da war, und drückte sie ganz fest. Dann ließ er sie los und blickte verwirrt von Maus auf seine Arme. Offenbar hatte er mit seinem menschlichen Körper auch ein paar Gewohnheiten übernommen, die er noch nicht recht verstand. Trotzdem lachte er jetzt vor Erleichterung und Nervosität. Maus hätte gern gefragt, wie lange sie fort gewesen war, aber der stumme Junge konnte ihr darauf keine Antwort geben.

Vielleicht war ich gar nicht weg, dachte sie benommen, und das alles hat nicht länger als einen Augenblick gedauert.

Sie steckte den Zapfen in eine Tasche ihrer Uniform – unbewusst wählte sie jene über ihrem Herzen, so als führte eine fremde Macht ihre Hand dorthin –, nahm Erlen am Arm und lief zur Tür.

Hinter ihnen stieß der Zylinder ein hohes Wimmern aus und wurde schlagartig zusammengepresst, als sei ein unsichtbares Gewicht auf ihn herabgestürzt. Zuletzt sah es aus, als läge nur noch die Krempe wie ein zerknautschter Ring aus Filz auf dem Tisch. Ein leises Brabbeln ertönte aus ihrer Mitte, wurde leiser, immer leiser; dann war es fort.

Das Kapitel
über die wahre Grösse
der Schneekönigin

Sie fanden die Königin im Schlafzimmer ihrer Suite. Nie hatte sie schwächer ausgesehen. Mit angezogenen Knien kauerte sie hinter dem Bett, eingezwängt zwischen Wand und Nachtkommode. Ihr Kleid war zerrissen, die eisweiße Haut zerkratzt. Ihr abstehendes Haar, noch immer steif gefroren, war an vielen Enden nach unten geknickt wie Spitzen einer Narrenkappe. Sie zitterte, als hätte sie Fieber.

In ihren Armen, ganz fest an ihre Brust gepresst, hielt sie den tobenden Regenschirm. Seine Spitze zeigte nach unten und steckte zwischen ihren Knien. Die gezahnte Öffnung befand sich neben ihrem Gesicht. Das Maul schnappte und fauchte, kam aber nicht an sie heran. Der Griff hatte sich in eine dünne Zunge verwandelt, deren Ende umherpeitschte und nach den Augen der Königin tastete.

„Da seid ... ihr ja." Ihre Lippen sahen aus wie gesprungenes Glas, die Worte schnarrten leise und kaum verständlich dazwischen hervor. „Viel länger hätte ich

233

nicht ..." Sie brach ab, als der Schirm einen erneuten Versuch machte, aus ihrer Umarmung zu entkommen. Sein Schlund schnappte nach ihrem Ohr, doch er war zu unbeweglich, um es zu erreichen. Der Griff züngelte über ihre Wange. Mit letzter Kraft gelang es ihr, den Schirm fest- und doch von sich fern zu halten.

Maus sah sich mit fasziniertem Grausen im Zimmer um. Kein Möbelstück war heil geblieben, selbst das Himmelbett lag mit Schlagseite auf zwei Beinen. Alle Bilder waren von den Wänden gefallen, und die Tapete sah aus, als hätte man sie mit einer Spitzhacke bearbeitet. Die Fensterscheiben waren mit Rissen überzogen, Spinnweben aus milchweißen Bruchstellen. Draußen schneite es unverändert heftig, die Schneewehen türmten sich hüfthoch vor der Terrassentür auf.

Plötzlich stieß Erlen ein aufgeregtes Glucksen aus. Maus folgte seinem Blick und sah, dass zwei der drei Spiegel, die sein Fell bewachten, zerbrochen waren. Die Scherben lagen meterweit entfernt zwischen zertrümmerten Blumenvasen.

„Maus ... gib mir den Zapfen", brachte die Königin stockend hervor. „Nehmt das Fell, wenn ihr wollt."

Maus nickte Erlen zu. Der Junge setzte sich nach einem letzten, sichernden Blick auf seine Herrin in Bewegung. Er erreichte die beiden Spiegel, lief ein paar Mal aufgeregt davor auf und ab, dann beugte er sich über sie hinweg. Kein Zauber packte ihn und warf ihn zur Decke. Der Bann war gebrochen. Blitzschnell ergriff er das Fell und presste es an seine Brust.

„Der Zapfen", stöhnte die Königin.

Maus näherte sich ihr, nicht sicher, was ihr größeren

Respekt einflößte: die geschlagene, geschundene Tyrannin oder Tamsins schnappender Regenschirm. Die Kälte des Zapfens strahlte in ihre Brust aus, und mit einem Mal fand sie den Gedanken, sich von ihm trennen zu müssen, unerträglich. Ihre rechte Hand kroch wie von selbst über die Uniformtasche und zeichnete streichelnd die Form des Zapfens unter dem Stoff nach.

„Mir!", fauchte die Königin. „Gib ihn mir!"

„Was geschieht dann?", fragte Maus.

„Er gehört mir!" Die Zungenspitze des Schirms spaltete sich und kletterte mit ihren beiden Enden wie auf Beinen am Gesicht der Königin hinauf. Angewidert verrenkte sie den Kopf, um dem biegsamen Ding zu entgehen. Die Berührung schien ihr Schmerzen zu bereiten. „Ich rette dein Leben", fauchte sie Maus zu, *das* geschieht dann!"

Maus schob die Hand in die Brusttasche. Ihre Fingerspitzen berührten den Herzzapfen. Er fühlte sich angenehm an, ganz glatt und so kalt, dass es ihr beinahe schon wieder heiß vorkam. Es wäre schön, ihn zu behalten und herauszufinden, wie groß seine Macht tatsächlich war.

Nein!, rief sie sich zur Ordnung. Das war nicht das, was sie wollte. Sie hatte bereits mehr Macht, als ihr lieb war: über Erlens Leben und ihr eigenes; über das der Menschen unten im Hotel; sogar über die Zukunft des Aurora.

Sie schloss die Augen. Konzentrierte sich auf jenen Teil von ihr, der die Siebte Pforte passiert hatte. Tu, was du willst!, schien es tief in ihr zu flüstern. Nicht, was der Zapfen verlangt! Du bist es, die das Sagen hat! Nur du allein!

Sie zog den Herzzapfen der Königin hervor, ohne einen Blick darauf zu werfen. Er lag ganz ruhig zwischen ihren Fingern, so als lauerte er auf das, was als Nächstes geschehen würde.

„Mir", raunte die Königin erneut.

Maus streckte den Arm aus und tat den letzten Schritt.

Die Königin stöhnte auf, schleuderte den peitschenden, beißenden Schirm mit aller verbliebenen Kraft von sich und riss Maus den Zapfen aus der Hand. Der Regenschirm jagte aufheulend Richtung Tür, aber Erlen war vor ihm dort und warf sie zu. Wieder begann das zornige Ding seine Runden unter der Decke zu ziehen, doch Maus hatte nur Augen für die Schneekönigin.

Die weiße Hand, so hager wie eine Astgabel, hielt den Herzzapfen triumphierend in die Höhe und drehte ihn einmal zwischen den knöchrigen Fingern. Dann presste sie ihn sanft gegen ihre eingefallene Brust, wo er augenblicklich mit ihrem Körper verschmolz.

„Kein Herz, ihn zu empfangen", flüsterte die Königin. „Aber ein Ort, ihn zu bewahren bis zu meiner Heimkehr."

Gleißendes Licht erstrahlte aus ihren Augen. Maus spürte eine Kälte, die nicht von dieser Welt sein konnte: Sie legte sich über ihre Lippen, verschleierte ihre Augen, machte ihre Bewegungen steif und unbeholfen. Sie taumelte zurück, stolperte über den zerknüllten Teppich und stürzte. Erlen kam zu ihr, das Rentierfell fest umklammert, wollte ihr aufhelfen, erstarrte, hielt dann aber ebenso wie sie in der Bewegung inne und konnte nichts anderes mehr tun, als seine schreckliche, strahlende Herrin anzustarren.

Alter und Gebrechen schmolzen von den Zügen der Königin wie eine tauende Eiskruste. Darunter kamen jüngere, makellose Züge zum Vorschein. Sie erhob sich in einer gleitenden, beinahe schlängelnden Bewegung vom Boden. Ungeheuer groß kam sie Maus jetzt vor, weiß und perfekt wie die Marmorstatue einer antiken Göttin. Ihr Haar flutete über ihre Schultern bis zur Taille, so hell und glitzernd, dass Maus geblendet die Augen schloss.

Als sie die Lider wieder hob, war die Königin vorgetreten, stand jetzt mit dem Gesicht zum Fenster und breitete die Arme aus. Der Schneesturm schien innezuhalten, die Flocken tanzten abwartend vor den Scheiben, fielen nicht mehr, wehten auf und nieder, zitterten und bebten.

Das Glas zerplatzte und fiel klirrend nach innen. Der kreisende Regenschirm unter der Decke kam schlingernd zum Stillstand, zögerte einen Augenblick zu lange – und war plötzlich von einer Wolke aus Schneeflocken umgeben, die über ihn kamen wie ausgehungerte Piranhas. In dem weißen Gewusel war einen Moment lang nicht zu erkennen, was mit ihm geschah.

Dann aber explodierte die Flockenwolke in alle Richtungen, und aus ihrer Mitte fiel das leblose Gestänge des Schirms zu Boden wie ein abgenagter Knochen: ein Griff mit verbogenen Speichen, die wirr in alle Richtungen abstanden. Was immer ihn beseelt, ihm Leben eingehaucht hatte – jetzt war es fort.

Die Schneekönigin stieß ein helles Gelächter aus, melodisch und wohlklingend und zugleich von solch einer Kälte, dass alle Glas- und Spiegelscherben im Raum von Eisblumen überzogen wurden. Maus rieb sich mit stockenden Bewegungen die Augen, konnte wieder klarer sehen, spürte Erlen an ihrer Seite, fror aber dermaßen, dass sie nicht anders konnte, als sich eng zusammenzurollen.

Erlen zögerte kurz, betrachtete einen Moment lang unschlüssig das kostbare Fell in seinen Händen – und breitete es dann über Maus wie eine Decke. Sie verschwand nahezu gänzlich darunter, fror noch immer, aber die schlimmste Kälte wurde davon abgehalten.

Die Königin hatte sich umgedreht, um die Vernichtung des Schirms zu beobachten. Nun vollführte sie eine herrische Geste, und sofort formierte sich das Schneetreiben in ihrem Rücken zu einer Schleppe aus Eis und bitterkalten Winden. Ohne Maus und Erlen Beachtung zu schenken, schritt sie majestätisch zur Tür. Frost und Winter begleiteten sie hinaus, als sie wortlos das Zimmer verließ.

Zitternd und zähneklappernd hob Maus den Kopf. Das Fell wärmte sie, aber zugleich nahm auch die Temperatur im Raum wieder zu, ungeachtet der geborstenen Fensterscheiben. Draußen hatte es schlagartig aufgehört zu schneien. Während Maus noch hinsah, riss die Wolkendecke auf. Ein einzelner Sonnenstrahl bohrte sich durch das gleichförmige Grau und brannte eine leuchtende Insel ins Dächermeer der verschneiten Stadt.

„Es wird wärmer!", entfuhr es Maus. „Sie hat die Kälte des Anbeginns wieder in ihrem Inneren eingesperrt!"

Erlen nickte langsam, aber er schien ihre Euphorie nicht zu teilen. Sein besorgter Blick wanderte von Maus zur offenen Tür. In einiger Entfernung heulten Eisstürme durch die Korridore des Hotels.

Sie kroch unter dem Fell hervor und gab es ihm zurück. „Danke", sagte sie leise und drückte ihm einen Kuss auf die Wange. Sie wusste nicht, ob er diese Geste verstand, aber als er rot anlief und ganz zappelig wurde, dachte sie, doch, dazu ist er Mensch genug. Natürlich ist er das.

Sie sprang auf und reichte ihm ihre Hand. „Komm! Wir

müssen hier so schnell wie möglich raus." Sie wusste nicht, wie rasch Tamsin erkennen würde, was mit dem Schirm geschehen war. Höchstwahrscheinlich ahnte sie bereits, dass etwas schief gelaufen war. Würde sie die Bombe dennoch zünden, auch ohne Gewissheit über den Zustand ihrer Feindin? Die Vorstellung, dass die Lunte bereits brannte – jetzt, in dieser Sekunde! –, drohte Maus zu lähmen. Sie musste sich zwingen, nicht daran zu denken.

Mit Erlen im Schlepptau stolperte sie durch den Vorraum. Alle Möbel waren mit glitzernden Eiskristallen überzogen. Vom Kronleuchter hingen Zapfen, die sich auf den ersten Blick kaum von seinen gläsernen Kristallkaskaden unterschieden.

Maus lief aus der Suite hinaus auf den Korridor. Frost und Kälte hatten eine Spur aus Schnee hinterlassen. Die Königin musste ungeheuer schnell sein, wehte durch die Flure, als sei sie selbst zu einer Wolke aus Schneetreiben geworden. Aber in welcher Gestalt auch immer sie durch das Hotel eilte: Längst war sie am Ende des Gangs verschwunden.

Etwas stupste von hinten gegen Maus' Nacken.

Sie wirbelte herum und blickte in Erlens Gesicht – das jetzt nicht mehr *Erlens* Gesicht war.

Sie hatte nicht bemerkt, wie er das Fell übergestreift hatte. Was dann mit ihm geschehen war, musste so schnell gegangen sein, dass sie es nicht einmal aus dem Augenwinkel wahrgenommen hatte. Jetzt konnte sie nur noch dastehen und ihn anstarren, fassungslos, ungläubig und doch in dem Wissen, dass es so hatte kommen müssen.

Schnuppernd streckte er ihr seine lange Schnauze entgegen. Die riesigen braunen Augen, die niemals so recht in das Antlitz eines Jungen gehört hatten, blickten sie aus einem befellten Rentierschädel an: ganz sanft, aber von etwas erfüllt, das Zuneigung und Dankbarkeit und das Wissen um etwas Tieferes zu sein schien, dessen kein anderes Tier je gewahr werden würde. Zwei Stümpfe auf der flachen Stirn verrieten, dass jemand sein Geweih abgesägt hatte. Die Stellen waren verwachsen und knorpelig, die Verstümmelung musste Jahre zurückliegen. Dahinter befand sich der Rest des Rentierleibes, ein schlanker Körper auf vier langen, muskulösen Beinen.

Wieder stieß die feuchte schwarze Nase gegen Maus' Wange. Das Rentier zwängte sich an ihr vorbei und rieb seine Flanke an ihrer Schulter.

„Ich soll auf dir reiten?", fragte sie tonlos.

Das Rentier scharrte mit einem Vorderfuß auf dem Teppich und senkte das Haupt. Als Maus nicht gleich reagierte, wurde das Scharren hastiger, ungeduldiger.

Sie schluckte heftig, legte die Hände auf das drahtige Fell, zögerte erneut, packte dann fester zu und zog sich hinauf. Oben kam sie unsicher zum Sitzen, beugte sich vor und legte beide Arme um den schlanken Hals. Sie konnte die Muskeln unter dem Fell spüren, das aufgeregte Vibrieren des kraftvollen Leibes.

Das Rentier warf den Kopf in den Nacken, als wollte es einen Ruf ausstoßen, für den seine Kehle nicht geschaffen war. Dann galoppierte es los, den Korridor hinab, so geschwind wie der Frostwind, dessen eisiger Fährte es folgte.

DAS KAPITEL
ÜBER DIE WAHRHEIT.
UND EINE LAWINE IM TREPPENHAUS

Weiße und violette Schwaden aus Licht waberten durch die Korridore. Frostfeuer spannte flirrende Netze zwischen den vertäfelten Wänden, strich schillernd über die polierten Mahagonimöbel, schuf glühende Schleier, die sich beim Näherkommen auflösten und anderswo wieder zusammensetzten.

„Sind das Nordlichter?", fragte Maus, tief über den Hals des Rentiers gebeugt.

Sie bekam keine Antwort. Mit der Rückkehr in seinen alten Körper hatte Erlen offenbar mehr aufgegeben als nur seine menschliche Gestalt. Aber er wirkte glücklich, ungeachtet der Gefahr, in der sie schwebten: Schnell wie der Wind, fast ausgelassen, galoppierte er die langen Flure hinunter, während Maus alle Mühe hatte, sich auf seinem Rücken zu halten.

Immer wenn sie die Ecke eines Korridors erreichten, war die Königin bereits hinter der nächsten verschwunden. Alles, was sie zu sehen bekamen, waren Schlieren aus Schneetreiben und Eiskristallen, die der Tyrannin wie ein langer Umhang nachwehten. Und natürlich die Nordlichter. Maus fand sie überwältigend schön, genau wie die Königin selbst; doch im Gegensatz zu ihr schien von der Schönheit des Frostfeuers keine Gefahr auszugehen. Es erinnerte Maus an Spinnweben im Morgentau, zarte, wundervolle Strukturen, deren Pracht verschleierte, dass sie aus Mordlust und Gier geboren waren.

Zuletzt bogen sie in den Korridor, an dessen fernem Ende sich die Gittertür des Lifts befand. Ein gutes Stück weiter vorn, rechts in der Wand, wölbte sich der Bogendurchgang zum Haupttreppenhaus.

Schneewirbel tanzten wie lebende Wesen im Gang auf und ab. Schwaden aus Eis und klirrender Nordlandkälte trieben als Bodennebel über die Teppiche, ballten sich unter der Decke zu Wolkenbänken. Der Lärm eines Wintersturms fauchte ihnen entgegen; er übertönte sogar das Getöse des Zarentrosses, der sich unten auf dem Newski Prospekt dem Hotel näherte.

Inmitten dieses Chaos aus Frost und Nordlichtglanz war die Schneekönigin stehen geblieben, genau auf Höhe des Torbogens zum Treppenhaus. Vom Ende des Gangs und dem geschlossenen Liftgitter trennten sie noch knapp zehn Meter.

Das Rentier verlangsamte seinen Galopp, kam auf dem gefrorenen Teppich ins Rutschen, blieb dann aber stehen. Maus wurde nach vorn geworfen und wäre fast hinuntergepurzelt. Zögernd und vor Kälte zitternd richtete sie sich auf Erlens Rücken auf und blickte den Gang hinab.

Sie waren etwa fünfzig Schritt von der Königin entfernt. Die Tyrannin hatte sich der Treppe zugewandt und sagte etwas. Auf den oberen Stufen musste jemand stehen, den Maus von hier aus nicht sehen konnte. Treppenhaus und Lift waren die beiden einzigen Zugänge zur Dachetage des Aurora. Irgendwo an der Rückseite befand sich eine Feuertreppe, doch die schied als Fluchtweg aus: Das Rentier hätte die engen, steilen Gitterstufen niemals hinabsteigen können.

„Was tun wir jetzt?", flüsterte Maus in Erlens Ohr, aber eigentlich stellte sie die Frage sich selbst. Sie kamen an der Königin nicht vorbei. Das Eisinferno, das sie umtobte, füllte den langen Korridor zwanzig, dreißig Meter weit aus; selbst dort, wo Maus und das Rentier standen, schnitten die Ausläufer dieses höllischen Winters wie Sand in Haut und Augen.

Jemand trat durch den Torbogen auf den Gang, halb verborgen hinter dem Schneetreiben. Der Mann hatte die Arme vor der Brust überkreuzt und rieb sich frierend die Schultern. Er stand jetzt direkt vor der Königin. Es gehörte eine Menge Mut dazu, bei ihrem Anblick nicht sofort die Flucht zu ergreifen. Trotzdem hielt er ihrer Furcht einflößenden Aura stand.

Die Königin stieß ein gläsernes Lachen aus, dann deutete sie mit ausgestrecktem Arm den Gang hinunter – geradewegs auf Maus und das Rentier.

Der Eiswind riss die Mauer aus Schneetreiben entzwei, und jetzt erkannte Maus das Gesicht des Mannes. Er sah zu ihr herüber, die Augen zusammengekniffen, mit gesprungenen Lippen und Eiskrusten in den Brauen.

„Kukuschka!", brüllte sie. „Lauf weg!"

Aber er hörte nicht auf sie. Vielleicht übertönte das jaulende Schneechaos ihre Worte. Er wollte an der Königin vorbei, Maus und dem Rentier entgegen. Schon sah es aus, als würde sie ihn ungehindert ziehen lassen. Dann aber, er war kaum an ihr vorüber, machte die Königin eine Handbewegung in Richtung seines Rückens. Eine unsichtbare Faust schien zwischen seine Schulterblätter zu krachen. Ein Sturmstoß packte ihn mit solcher Gewalt, dass er fünf, sechs Meter nach vorn geschleudert wurde, gegen die Wand prallte, auf die Kante einer Kommode schlug und dabei eine schwere Bronzestatue mit sich zu Boden riss; sie krachte auf sein rechtes Knie. Gequält schrie er auf, rollte ungeachtet seiner Schmerzen auf den Bauch und robbte weiter den Gang entlang, durch Schnee und glitzernden Kristalldunst.

„Los!", schrie Maus.

Das Rentier setzte sich in Bewegung, während die Königin ihnen mit betörendem Lächeln entgegenblickte. Sogar in diesem Augenblick wirkte sie noch, als könnte sie nicht begreifen, weshalb irgendjemand sie nicht lieben könnte. Eisblumen umrahmten ihr Antlitz wie ein Porträt der reinen Unschuld.

Das Rentier galoppierte auf den Mann am Boden zu. Nur noch ein paar Sekunden, dann würden sie bei ihm sein. Kukuschka kroch weiter. Pein verzerrte seine Züge, aber er nahm den Blick nicht von Maus. Seine Augen schienen sie um Verzeihung zu bitten, und sie fragte sich, wofür.

„Ho!", rief sie, wie sie es von den Kutschern und Schlittenführern vor dem Hotel kannte. Erlen kam neben Kukuschka zum Stehen.

Die Königin sah zu. Sie hatte eine Braue erhoben, so als fehlte ihr jegliches Verständnis für die Szene, die sich vor ihr abspielte. Mitgefühl, Liebe und Sorge um andere waren ihr so fremd wie glühende Äquatorhitze.

Maus sprang vom Rücken des Rentiers und fiel neben Kukuschka auf die Knie.

„Oh, Kuku ... was machst du hier nur?"

„Ich habe dich gesucht." Er betastete das geprellte Kniegelenk und stöhnte auf. „Zu gefährlich hier im Hotel ..." Darüber musste er selbst beinahe lachen, aber der Schmerz ließ es zu einer Grimasse werden.

Maus sah zur Königin hinüber und kreuzte ihren eiskalten Blick. Noch machte sie keine Anstalten, ihnen etwas anzutun. Die Kälte in ihrer Nähe würde sie alle umbringen, wenn sie nicht bald von hier fortkamen.

„Kannst du aufstehen?", fragte sie Kukuschka.

Er schüttelte den Kopf, sagte aber gleich darauf: „Ich versuch's."

Maus stützte ihn, so gut sie konnte, auch wenn sie sein Gewicht nicht ganz halten konnte. Irgendwie gelang es ihm, sich aufzurichten und an den Rücken des Rentiers zu lehnen. Erlen hielt ganz still, nur eines seiner Hinterbeine scharrte nervös im Schnee auf dem Teppich.

„Du musst auf ihn rauf ", sagte Maus. „Er bringt uns von hier fort."

„Sieht aus, als hättest du eine Menge zu erzählen", brachte Kukuschka stockend hervor.

Die Königin wandte sich wieder zur Treppe. Sie hatte das Interesse an den dreien verloren. Alle Menschlichkeit, die sie bisher zur Schau getragen hatte, war nun endgültig gewichen. Sie mochte in Gestalt einer engelsgleichen Frau erscheinen, doch ihre Aura war die von etwas vollkommen Fremdem, Überirdischem. Ein Eiskristall, der auf unbegreifliche Weise zum Leben erwacht war – wundervoll anzusehen, aber unendlich kalt und mit messerscharfen Kanten.

Kukuschka zog sich auf das Rentier und schrie, als Maus ihm half, das verletzte Bein über den Rücken zu schwingen. „Beug dich vor", wies sie ihn an. „Und halt dich gut fest."

Sie wollte gerade hinter ihm aufsteigen, als ein helles Läuten erklang und für einen Augenblick sogar das Toben des Schneesturms übertönte. Sie hielt inne und sah zur Schneekönigin hinüber. Auch die Tyrannin blickte jetzt in die Richtung, aus der das Geräusch gekommen war.

Es war die Glocke, die das Eintreffen der Liftkabine ankündigte.

Ein metallisches Rasseln ertönte, als das Gitter zur Seite geschoben wurde. Goldlicht fiel aus dem Lift auf den Korridor, trübe gefiltert von Eis und Schnee; es verwandelte die Königin in eine schlanke Silhouette und verstärkte einen Moment lang ihre feenhafte Anmut. Sie stand genau zwischen Rentier und Lift und verstellte Maus die Sicht auf den Fahrstuhl.

„Du ...", hauchte die Königin.

Die lang gezogene Silbe tanzte auf den Stürmen den Korridor herab bis zu Maus. Eine Ahnung stieg in ihr auf. Ihr Herz machte einen aufgeregten Sprung.

„Komm hoch", keuchte Kukuschka.

Sie zögerte noch immer.

Die Königin löste sich von ihrem Platz vor dem Torbogen. Sie hatte Maus und dem Rentier jetzt den Rücken zugewandt und schwebte auf das Ende des Korridors zu, dem offenen Lift entgegen – und derjenigen, die jetzt aus der Kabine trat.

Maus sprang hinter Kukuschka auf Erlens Rücken. Das Rentier eilte los, tiefer in das Schneetreiben und die unirdische Kälte hinein, der Königin und dem Tor zum Treppenhaus entgegen.

Etwas fiel vor dem Lift zu Boden. Ein Ding aus Leder, rechteckig. Daneben stand Tamsin. Sie schenkte Maus einen Blick, an der Königin vorbei, so als wäre diese gar nicht da, trotz all ihrer furchtbaren Macht.

Lauft!, sagten ihre Augen.

Verschwindet von hier, so schnell ihr könnt!

Der Deckel des Koffers klappte hoch, als etwas in seinem Inneren sich ausdehnte, regelrecht explodierte. Doch die Bombe war es nicht. Bevor Maus noch mehr erkennen konnte, war Erlen am Torbogen, sprang schlitternd hindurch und erreichte den oberen Treppenabsatz. Die Königin und Tamsin verschwanden aus Maus' Blickfeld, als das Rentier todesmutig versuchte, die breiten Stufen hinabzustaksen, ohne sich dabei alle Beine zu brechen.

Tamsin, dachte Maus wie in Trance, was tust du da nur?

Sie erhielt keine Antwort. Das Rentier stolperte weiter die Treppe hinunter, wankend und holpernd und schlitternd. Die Nordlichter blieben zurück und mit ihnen die mörderische Kälte des Obergeschosses.

Kukuschka blickte über die Schulter nach hinten. „Was, zum Teufel –"

„Nicht jetzt." Sie klammerte sich noch fester an seine Taille.

Da ertönte ein Donnern. Maus sah sich um und riss die Augen weit auf. Ihre Stimme überschlug sich.

„Eine Lawine!"

Eine weiße, brodelnde Mauer, eine tonnenschwere Sturzflut aus Schnee und Eis folgte ihnen die Treppe herab, ergoss sich übers Geländer, verschüttete Stufe um Stufe, viel schneller, als das Rentier auf dem ungewohnten Untergrund laufen konnte.

„Oh nein!", knurrte Kukuschka.

Die Lawine holte auf, bis sie die Läufe des Rentiers fast erreichte. Zugleich aber verlor sie an Schwung – und verebbte schließlich. Die oberen zehn, fünfzehn Meter der breiten Wendeltreppe waren vollständig verschüttet, der Torbogen bis zum Rand mit Schnee versiegelt. Das Lärmen des Sturms brach schlagartig ab.

Das Rentier stolperte weiter.

Maus atmete auf. „Da ist noch etwas, von dem du nichts weißt", sagte sie zu Kukuschka, als sie den zweiten Stock passierten.

Er schaute sich um. „Was?"

„Im Keller liegt eine Bombe."

Kukuschka verzog keine Miene, so als wäre er selbst zu Eis geworden.

„Tamsin wollte sie zünden", sagte Maus mit bebender Stimme. „Aber jetzt ... jetzt ist Tamsin hier oben, und die Bombe bestimmt immer noch unten, und ich ... ich weiß nicht ..."

„Ob sie einen Weg gefunden hat, sie aus der Ferne zu zünden?", vollendete Kukuschka ihren Satz.

Maus nickte.

Er schloss für einen Moment die Augen. „Es soll mich

hinbringen. Das Rentier, runter in den Keller. Kannst du ihm das sagen? Gehorcht es dir?"

„Nur, wenn du mich mitnimmst", schwindelte sie.

„Wie du willst", sagte er zerknirscht.

„Und dann?"

„Versuche ich, sie zu entschärfen."

Argwöhnisch starrte sie auf seinen Hinterkopf. Ihr war, als bückte er sich unmerklich weiter vor, so als ob er ihren Blick wie etwas Heißes, Unangenehmes in seinem Rücken spüren könnte. „Warum kannst du so was?", fragte sie.

Er zögerte, während das Rentier einen weiteren Treppenabsatz passierte. Schließlich seufzte er schuldbewusst. „Ich bin Polizist, Maus. Ich gehöre zur Geheimpolizei. Ich war all die Jahre lang auf dich angesetzt."

„Warum?"

Das Wort brauchte eine halbe Ewigkeit, ehe es sich schließlich über ihre Lippen quälte. Niemand außer ihnen war in den Fluren unterwegs. Sogar die Geheimpolizisten hatten das Hotel mittlerweile verlassen und die Türen von außen verriegelt.

Alle bis auf einen.

„Warum ich?" Am liebsten hätte sie Kukuschka losgelassen, aber dann wäre sie womöglich von Erlens Rücken gefallen.

„Wir wussten immer, wer deine Mutter war", sagte er, schaute aber dabei nach vorn. „Und dein Vater."

„Mein Vater?"

Er zögerte. „Ich bin mir nicht sicher, ob das hier der richtige Zeitpunkt –"

„Wer war mein Vater?"

Kukuschka seufzte. „Nikolai Iwanowitsch."

„Der Zarenmörder?"

„Ja." Kukuschka schien sich zu ducken, als erwarte er, dass sie von hinten auf ihn einschlagen würde. Aber nichts lag ihr ferner. „Die beiden hatten viele Freunde. Verbündete in ihrem Kampf gegen den Zaren. Die meisten sind gefangen und hingerichtet worden. Aber wir wussten immer, dass es noch weitere geben musste ... Männer und Frauen, die versuchen würden, auch den neuen Zaren zu töten. Und irgendjemand war wohl der Meinung, dass einer von ihnen dich vielleicht von hier fortholen könnte. Für die Nihilisten bis du die Tochter zweier Märtyrer. Deshalb ..." Er schluckte, drehte dann doch den Kopf und sah ihr in die Augen. „Deshalb hat man mich auf dich angesetzt. Um zu beobachten, ob Nihilisten hier im Hotel auftauchen und Kontakt zu dir aufnehmen."

Das Rentier hatte das Erdgeschoss erreicht und das Haupttreppenhaus verlassen. Jetzt lief es durch den Gang, der zur Kellertreppe führte. Die Seilsperre, die signalisierte, dass hier nur Personal Zutritt hatte, war im Trubel der Räumung längst umgestürzt.

Maus sprach wie betäubt, ganz leise und emotionslos. „Es ist nie einer gekommen."

„Nie", sagte er.

Erlen erreichte die Kellertreppe und lief die Stufen hinab bis zum unteren Treppenabsatz. Dort stieß er mit der Schnauze die Tür zu den Kellergängen auf. Maus war es hier unten niemals zuvor so bedrückend vorgekommen.

„Du hast mich nur ausgenutzt", sagte sie, „um an die Nihilisten heranzukommen."

„Nein!", widersprach er. „Zu Anfang vielleicht, als ich nichts über dich wusste. Aber als du größer wurdest ... da hab ich versucht, dir all diese Dinge beizubringen ... Ich war wirklich einmal Lehrer. Und ich ... ich habe dich immer sehr gern gehabt, Maus. Das tue ich auch jetzt noch."

„Wenn das stimmt, hättest du mir die Wahrheit gesagt." Maus' Stimme klang kühl, aber sie konnte ein Zittern nicht unterdrücken.

„Und was dann? Du hättest nichts mehr mit mir zu tun haben wollen. Man hätte mich abgezogen, und dich hätten sie in irgendein Waisenhaus gesteckt."

Sie sagte nichts mehr, flüsterte nur dann und wann Anweisungen, wenn das Rentier eine Gabelung oder Kreuzung erreichte.

Bald standen sie vor dem Weinkeller. Maus stieg ab, öffnete die Tür und schaltete das Licht ein. Nackte Glühbirnen flammten auf, tauchten die Gewölbe in schattenreiches Halblicht. Sie wollte nicht über Kukuschkas Geständnis nachdenken. Nicht jetzt. Aber so ganz ließen sich seine Worte nicht abschütteln.

Nikolai Iwanowitsch. Die Nihilisten. Tochter zweier Märtyrer. Du liebe Güte ...

Statt wieder auf den Rücken des Rentiers zu steigen, lief sie vorneweg. Erlen folgte ihr, während Kukuschka zusammengesackt auf ihm saß und sich mit beiden Armen am Hals festhielt.

Maus erreichte das letzte Weinfass und rollte es mit ausgestreckten Armen beiseite. Sie hatte Angst vor dem, was sie sehen würde. Und wenn Tamsin doch noch eine längere Zündschnur gefunden hatte und sie gerade in jenem Moment dazukamen, da sich die Glut durch die Öffnung in den Eisenstern fraß?

„Maus!", krächzte Kukuschka, aber sie hörte nicht auf ihn. „Geh nicht allein dort rein."

„Wartet hier", sagte sie, ohne sich zum Rentier und seinem Reiter umzuschauen. Sie hatte noch immer Tränen in den Augen und wollte nicht, dass Kukuschka sie so sah. Es gab im Augenblick Wichtigeres als seinen Verrat an ihr, aber trotzdem konnte sie das Gefühl der Enttäuschung und Kränkung nicht abstreifen. Nicht einmal jetzt, als es um ihrer aller Leben ging.

„Maus, bitte …"

Sie ließ das Fass wieder zurückrollen, nachdem sie sich in den Spalt gezwängt hatte. Hinter sich hörte sie ein Rascheln. Kukuschka kletterte vom Rücken des Rentiers. Ein leiser Schmerzensschrei erklang, als er zu Boden polterte. Sie drehte sich trotzdem nicht um.

Es war dunkel in der Tunnelkammer hinter dem Spalt. Die Erkenntnis, dass Tamsins Kerze erloschen war, jagte Maus einen Schauder über den Rücken. Der Eisenstern lag in absoluter Finsternis.

Sie tastete sich an dem schrägen Balken in der Mitte des Tunnels vorbei. Ihre Fußspitzen berührten etwas Weiches. Die Kissen. Eine brennende Lunte hätte sie in der Dunkelheit sehen müssen.

Ihre ausgestreckten Fingerspitzen berührten kaltes Metall. Ihre Hand zuckte zurück. Da war er. Groß und schwer und stachelig. Mit genug tödlicher Kraft in seinem Inneren, um den ganzen Häuserblock zu zerstören.

Auf einmal war ihr todschlecht, sie musste würgen, hatte sich aber gleich wieder im Griff.

„Maus!", rief Kukuschka hinter ihr im Dunkeln. Es rumpelte, als er versuchte, das Fass zu bewegen, gefolgt von einem Fluch. Er konnte sich nicht einmal auf den Beinen halten, geschweige denn das leere Weinfass beiseite stemmen. „Sei vorsichtig!"

Sie dachte, dass er diesen Ratschlag besser selbst befolgen sollte, bevor er sich auch noch das andere Bein verletzte. Aber sie gab keine Antwort.

Ihr Fuß berührte etwas. Glas schepperte leise. Die Petroleumlampe!

Maus ging in die Hocke und fand die Blechdose mit ihrem Zündzeug gleich daneben. Der Glaszylinder der Lampe war noch warm, Tamsin musste sie eben erst gelöscht haben. Mit geübten Handbewegungen brachte sie eine Flamme zustande. Flackernder Lichtschein fiel über die Vorhänge an den Wänden der Tunnelkammer. Der Faltenwurf des Stoffes schuf breite, tiefe Schatten.

Oben auf dem Eisenstern stand die Kerze, handhoch und so glatt, als hätte sie niemals gebrannt. Auch der Docht war unberührt und mit einer dünnen Wachsschicht überzogen. Tamsin hatte Recht behalten: Die Kerze hatte sich vollständig wiederhergestellt. Die Frist war abgelaufen.

Aber der Eisenstern war nicht explodiert.

Maus bückte sich erneut und suchte nach der Öffnung. Es steckte keine Zündschnur darin. Stattdessen war das kleine Loch mit etwas Weißem versiegelt. Kerzenwachs.

Oh, Tamsin ...

Sie schluckte, kämpfte erneut gegen Tränen, aber diesmal aus einem anderen Grund. Unweit der Öffnung lag die zerknüllte Lunte am Boden, daneben ein Zettel, auf dem in hastiger Handschrift etwas niedergeschrieben war:

Manchmal trifft man die falschen Entscheidungen. Und manchmal die richtigen, die aus einem anderen Blickwinkel trotzdem falsch sind. Irgendwann wirst du das verstehen. Das alles hier ist meine Angelegenheit. Sie hat nichts mit dir oder dem Aurora oder gar dem Zaren zu tun. Es tut mir Leid, dass ich das nicht früher erkannt habe. Es tut mir Leid, dass ich dir Angst gemacht habe. Und es tut mir Leid, dass ich das Bild an der Wand ruiniert habe.

Leb wohl!

Deine Freundin Tamsin

Maus überflog die Worte ein zweites Mal. Eine Träne fiel von ihrer Wange und ließ die Unterschrift verschwimmen. Dann kehrte ihr Blick erneut zu Tamsins letztem Satz zurück.

Mit bebenden Knien stand sie auf, den Brief in der linken, die Lampe in der rechten Hand. Sie sah über den Eisenstern zur Stirnwand am Tunnelende. Es gab hier nur ein einziges Bild. Das Gemälde des jungen Adeligen mit den freundlichen Augen.

Sie musste die Petroleumlampe über den Kopf heben. Ihr Schein glitt über die zerwühlten Kissen, kletterte am rohen Fels der Wand empor und berührte den Bilderrahmen.

Maus entfuhr ein halb verschlucktes Keuchen. Instinktiv sprang sie einen Schritt zurück, stolperte über ein paar offene Hutschachteln, hielt sich aber schwankend auf den Beinen.

„Maus?", rief Kukuschka besorgt. „Was ist passiert?"

Sie antwortete nicht. Ihre Stimme hätte ihr nicht gehorcht, selbst wenn sie es versucht hätte.

Erneut trat sie vor, diesmal am Eisenstern vorüber, näher an die Felswand und den schweren Bilderrahmen. Der Lichtschein zitterte, als sie die Lampe abermals hob, jetzt genau auf Höhe des Gemäldes.

Sie konnte die breiten Pinselfurchen erkennen, die haarscharfen Grate zwischen den einzelnen Farbbahnen. Daran hatte sich nichts geändert.

Nur das Gesicht im Bild war ein anderes.

Der Rundenmann hatte in Panik die Fäuste erhoben, als hämmere er gegen eine unsichtbare Wand. Sein Gesicht schien noch breiter als sonst, die Augen verkniffener. Er hatte die Zähne gefletscht wie eine tollwütige Dogge. Aber er rührte sich nicht, war vollkommen steif, ganz in Öl gemalt. So stand er da, geronnen zu einem Gespinst aus Pinselstrichen, erstarrt in der Zeit wie ein Insekt im Bernstein.

DAS KAPITEL,
IN DEM MAUS NICHT TUT,
WAS MAN IHR SAGT

„Das ist doch Wahnsinn!"

„Du kannst ja hier bleiben."

„Sie hätte das nicht gewollt. Ganz bestimmt nicht."

Maus verzog das Gesicht. „Manchmal weiß Tamsin nicht so recht, was sie wirklich will ... glaube ich."

Kukuschka sagte nichts mehr, klammerte sich nur noch fester an den Hals des Rentiers, während Erlen sie in fliegendem Galopp durch die verlassenen Kellergänge trug. Maus hielt sich an Kukuschka fest, obgleich es ihr lieber gewesen wäre, wenn er nicht bei ihr gewesen wäre. Draußen im Schnee, außerhalb des Hotels, wäre er sicherer. Genau wie Erlen. Aber sie brauchte das Rentier, weil es so viel schneller war als sie selbst. Und da Kukuschka keine Anstalten machte, erneut vom Rücken des Tiers zu klettern, musste sie auch ihn wohl oder übel mitnehmen.

Erlen sprengte die Stufen hinauf ins Erdgeschoss. Das ganze Gebäude schien zu dröhnen und zu zittern von den Hufen des Reiterkorsos, der das Hotel jetzt fast erreicht hatte. Vom Korridor aus konnte Maus einen kurzen Blick in die Eingangshalle werfen, doch jenseits der gläsernen Drehtür sah sie nichts als Weiß und Grau: der verschneite Newski Prospekt. Dort draußen war endlich alles abgeriegelt, die Hotelgäste und übrigen Anwohner verschwunden. Nicht einmal Geheimpolizisten sah sie hinter dem Glas, obgleich sie ahnte, dass dieser Eindruck täuschte. Ganz sicher gab es keinen Schrittbreit des Boulevards, der nicht unter Beobachtung stand.

Vor der verborgenen Tür zum bodenlosen Treppenhaus ließ Maus Erlen anhalten. Sie rutschte rückwärts über sein Hinterteil. Kukuschka hielt sie am Arm zurück, und einen Moment lang blieb sie widerwillig stehen und begegnete seinem traurigen Blick.

„Was willst du nur da oben, Maus? Du bist zwölf. Ich hab dich nicht all die Jahre aufgezogen wie …" – er verstummte, als er um Worte kämpfte – „… wie eine Schülerin, damit du jetzt …" Er schüttelte den Kopf. „Ach, verdammt! Das ist nicht dein Kampf. Sobald draußen jemand mitbekommt, dass im Dachgeschoss etwas vor sich geht, wird die Geheimpolizei das Hotel stürmen. Und was wirst du dann tun?"

Armer Kukuschka! Er hatte die Schneekönigin mit eigenen Augen gesehen, und doch begriff er noch immer nicht. Vielleicht wollte er auch nur nicht wahrhaben, dass die Geheimpolizei Maus' allergeringste Sorge war.

„Ich muss zu ihr", sagte sie. „Zu Tamsin."

Selbst hier, tief im Inneren des Hotels und fernab vom Newski Prospekt, war das Donnern der trabenden Pferde auf dem Boulevard noch zu hören. Der Eisenstern war vorläufig entschärft, aber Gefahr für ihrer aller Leben bestand noch immer. Maus hatte bislang keine Zeit gehabt, sich darüber Gedanken zu machen. Doch jetzt wurde ihr bewusst, dass sich die Bedrohung gewandelt hatte. Zuvor war sie von der Bombe ausgegangen und von der Kälte des Anbeginns. Nun aber fragte sich Maus, ob ein Duell zwischen zwei so mächtigen Zauberinnen nicht weit größere Verheerung anrichten konnte als jeder Sprengstoff. Die Gefahren, die die beiden – ganz buchstäblich – heraufbeschworen, mochten um ein Vielfaches schrecklicher sein als die Zerstörungskraft des Eisensterns.

„Du kannst ihr nicht helfen", unterbrach Kukuschka ihren Gedankengang. Jetzt hob auch Erlen seine Rentierschnauze und stupste Maus an, als wollte er dem Mann auf seinem Rücken Recht geben.

„Aber ich kann auch nicht einfach abwarten, was passiert", sagte sie und ließ ihren Blick dabei von Kukuschka zu den großen braunen Augen des Rentiers wandern. „Tamsin geht vielleicht in den sicheren Tod, weil sie nicht gewollt hat, dass uns anderen etwas zustößt."

„Aber sie war diejenige, die die Bombe überhaupt erst zünden wollte!", stieß Kukuschka verzweifelt aus.

Maus kaute auf ihrer Unterlippe. „Sie ist meine Freundin. Trotz allem. Genauso wie Julia meine Mutter war, ganz gleich, was sie damals auch vorgehabt hat. Aber im Gegensatz zu ihr hat Tamsin eingesehen, dass sie einen Fehler gemacht hat."

„Oh", sagte Kukuschka mit rollenden Augen, und ein wenig konnte sie ihn sogar verstehen, „wie ungemein edel von ihr! Ein Fehler! Und sie hat ihn bereut!"

Maus streifte seufzend seine Hand ab, schenkte ihm

den Schatten eines Lächelns und wollte sich zur Tür wenden.

Ein urgewaltiges Grollen erschütterte das Hotel. Stuck regnete von der Decke. Ein riesiger Spiegel fiel von der Wand und ließ scheppernd eine Flut aus silbernem Glas über den Boden fächern. In der Ferne folgte ein dröhnendes Donnern und Bersten, das ein paar Herzschläge lang näher zu kommen schien und dann abrupt abbrach. Dafür setzte anderer Lärm ein, dumpfes, rollendes Getöse – dutzende Pferde, die scheuten und dann vielleicht in alle Richtungen sprengten –, gefolgt von einem ohrenbetäubenden Prasseln außerhalb der Hotelmauern, so als regnete es Steine vom Himmel.

Und womöglich tat es genau das.

„Erlen", sagte sie beschwörend zu dem Rentier, „bring Kuku hier raus!"

Dann, bevor einer der beiden sie aufhalten konnte, huschte sie durch die Tapetentür und betrat das bodenlose Treppenhaus. Sie hörte Kukuschkas Rufe hinter sich, aber er konnte ihr aus eigener Kraft nicht folgen. Schniefend und keuchend rannte sie die riesige Wendeltreppe hinauf. Staubschwaden hingen in der Luft, Putz rieselte von der Decke. Und dann ertönte zum zweiten Mal das schreckliche Bersten.

Einen Augenblick lang glaubte sie, der Eisenstern sei doch noch explodiert. Aber nein! Das hier war etwas anderes.

Sie warf sich gerade noch auf die Stufen und verbarg den Kopf unter den Armen, als dem Lärm ein erneutes Prasseln folgte, diesmal nicht von Stein, sondern vom Glas, das im Zentrum des Treppenhauses in die Tiefe regnete. Etwas hatte die mächtige Glaskuppel zum Einsturz gebracht! Scherben, so groß wie die Eiszapfen vor den Fenstern, stürzten am Geländer vorbei in den Abgrund. Manche zerplatzten direkt neben Maus auf den Stufen. Kristallscharfe Splitter zischten beim Aufprall wie Schrapnellgeschosse in alle Richtungen. Maus spürte ein Stechen, aber als sie den Kopf hob und genauer hinsah, konnte sie keine gefährlichen Verletzungen finden, nur ein paar harmlose Kratzer.

Eisige Kälte fauchte auf sie herab. Als Maus wie betäubt ans Geländer tappte und vorsichtig nach oben blickte, war die Kuppel verschwunden. Schnee rieselte friedlich an ihr vorbei in die Tiefe. Ihr Blick folgte dem Fall der Flocken, und dann sah sie, dass das Treppenhaus nun doch einen sichtbaren Boden hatte: Der schwarze Schiefer, der sonst dort unten alles Licht schluckte, war jetzt mit einem Meer aus Glasscherben überzogen, die das weiße Winterlicht reflektierten.

„Maus?", brüllte Kukuschka von jenseits der Tür, zwei Etagen tiefer. Die Fallwinde von oben zerfledderten ihren Namen zu Silbensalat.

„Alles in Ordnung!", erwiderte sie mit flauer Stimme. „Mir ist nichts passiert."

„Komm zurück!"

„Nein!", entgegnete sie und lief weiter.

Falls Kukuschka erneut nach ihr rief, hörte sie es nicht mehr. Ihre Schuhe knirschten über gesplittertes Glas. Das Fauchen und Grollen der Winde war ohrenbetäubend. Sie fragte sich, was passiert war. Dass Tamsin und die Schneekönigin dahinter steckten, schien sicher. Es hatte geklungen wie eine Explosion im Dachgeschoss, aber von Feuer oder auch nur Hitze war nichts zu spüren gewesen.

Wie reagierten wohl gerade die Soldaten und der Tross des Zaren? Vermutlich brachte man erst einmal den Herrscher und seine Begleiter in Sicherheit und bildete einen weiten Sicherheitsbereich um das Hotel. Falls man die Erschütterungen für Detonationen hielt, würde man wohl sichergehen wollen, dass keine weiteren Bomben explodierten, bevor man Geheimpolizisten und Militär ins Innere des Aurora schickte. Hoffte sie. Aber vielleicht war ja auch alles ganz anders.

Sie lief noch schneller. Je höher sie kam, desto mehr Trümmerstücke der Glaskuppel lagen auf den Stufen, nicht nur Scherben, sondern auch Metallstreben und Reste von Holzrahmen. Bald erkannte sie, dass sowohl die Kuppel selbst zerstört worden war als auch der Rand des Daches, das sie eingefasst hatte. Sie war neugierig, wie es im Obergeschoss aussah, aber nur im vierten Stockwerk – dem vorletzten – gab es einen Ausgang. Sie verließ das Treppenhaus und passierte die Stelle, an der sie Maxim und den Kindern begegnet war. Jetzt war hier niemand mehr, alles war ruhig. Nur aus der Etage über ihr ertönte noch immer mysteriöser Lärm.

Durch einen Seitenkorridor gelangte sie zum Notausgang. Sie riss den Riegel auf, atmete tief durch – und wollte hinaustreten auf die Feuertreppe. Aber da war keine Treppe mehr. Etwas hatte die gesamte Gitterkonstruktion aus ihren Verankerungen gerissen. Jetzt hing das eiserne Ungetüm verdreht und verknotet zwischen der Außenwand des Hotels und der Ziegelmauer auf der anderen Seite der Gasse, schräg und verkantet, sodass es zwischen den beiden Gebäuden in der Luft zu schweben schien. Der obere Teil sah aus, als hätte ein ungeheuerliches Wesen ein Stück davon abgebissen und die Eisenstreben genüsslich zwischen mächtigen Zähnen zermalmt.

Maus ließ die Tür offen stehen und rannte zurück zum Hauptkorridor. Zwei Ecken weiter sah sie schon von weitem die Schneemassen, die sich aus dem Torbogen zum Haupttreppenhaus in den Flur ergossen hatten. Die Lawine, die sie vorhin die Stufen hinab verfolgt hatte, hatte den Zugang zur Treppe und damit zum fünften Stock vollständig versiegelt.

Maus kletterte über den schrägen Schneehang hinweg und wunderte sich, wie fest seine gefrorene Oberfläche war: hart und scharfkantig wie Kristall, dabei aber so rutschig wie Seife. Dies war kein gewöhnlicher Schnee, sondern eisiges Zauberwerk der Königin.

Sie erreichte die andere Seite, schlitterte zu Boden und kam endlich an das Gitter des Lifts. Dahinter lag der Aufzugschacht, durchzogen von Ketten und Seilen, die sich von den riesigen Zahnrädern im Keller bis zum Dampfantrieb oben auf dem Dach spannten. Die Kabine musste sich noch immer eine Etage über ihr befinden, im fünften Stock, dort wo Tamsin sie verlassen hatte.

Das Liftgitter war verriegelt, aber Maus wusste, aus welchem Winkel man mit dem Ellbogen dagegen schlagen musste, um den eingerasteten Eisenhaken im Inneren zu lösen. Das war ein alter Trick, den alle Liftjungen und sicher auch ein paar der Zimmermädchen kannten. Es war eines von diesen unnützen Dingen, die sie sich schon immer am allerbesten hatte einprägen können. Besser jedenfalls als Kukuschkas Rechenformeln und Grammatikregeln.

Das Gitter rasselte. Der Abgrund gähnte ihr entgegen. Irgendetwas war anders als sonst, aber ihr fiel erst beim zweiten Hinsehen auf, was es war. Der Liftschacht war zu hell. Von oben schien Licht herein, schimmerte auf Ketten und Schrauben und Absätzen im Gestein. Es kostete Maus gehörige Überwindung, sich über den Abgrund zu beugen – bis zum Keller waren es von hier aus rund fünfundzwanzig Meter – und nach oben zu blicken; mit einer Hand hielt sie sich dabei an der Gittertür fest.

Die Liftkabine war noch immer über ihr, aber sie hing schräg im Schacht, so als hätte sie an einer Seite keine Aufhängung mehr. Rund um ihre Ränder glomm graues Tageslicht. Der Schacht war zu schmal, als dass Maus an der Kabine hätte vorbeisehen können; doch die Tatsache, dass überhaupt Licht von dort oben in die Tiefe sickerte, war mehr als ungewöhnlich.

Plötzlich fragte sie sich, ob das Hotel überhaupt noch ein Dach besaß. Das schreckliche Grollen und Donnern, dann das Prasseln von Stein, die geborstene Kuppel ... Womöglich hatte die aufeinander prallende Macht der beiden Magierinnen das gesamte Dach vom Hotel gesprengt wie den Deckel eines überkochenden Hexenkessels.

Der Liftschacht war der einzige Weg nach oben. Das grässliche Rumoren, das durch die Decke dröhnte, hatte sich anderswohin verlagert. Die Chancen standen recht gut, dass der Korridor vor dem Aufzug auch dort oben einigermaßen sicher war.

Maus überwand ihre Angst vor dem Abgrund, hielt sich mit einer Hand fest, beugte sich weit vor und ergriff mit der anderen eine der Ketten. Sie schloss die Augen, schickte ein Stoßgebet den Schacht hinauf – und stieß sich ab.

Sie bekam die Kette mit beiden Händen zu fassen, geriet ins Schaukeln und schrie auf, als sie an den öligen Eisengliedern abwärts rutschte, fast eine Armlänge, ehe sie sich endlich festhalten konnte. Über ihr ertönte ein steinerweichendes Quietschen und Knirschen, als die gesamte Kabine in Bewegung geriet, sich aber nur noch schräger und fester im Schacht verkantete. Bis zu ihrer Unterseite waren es von Maus aus etwa vier Meter. Eigentlich keine allzu große Entfernung für jemanden, der sich aufs Klettern verstand. Und sie *konnte* klettern, gar nicht mal schlecht – doch es war ein Unterschied, ob man an Gardinenstangen und Treppengeländern herumturnte oder aber frei an einer glitschigen Kette baumelte, mehrere Stockwerke über einem Gewirr scharfkantiger Zahnräder. Grund genug, sich wirkliche Mühe zu geben, den Boden der Kabine – und die Falltür darin – zu erreichen.

Sie brauchte nicht einmal lange, ehe sie oben ankam, doch es kam ihr vor wie eine Ewigkeit. Immer wieder drohten ihre Hände an der Kette abzugleiten, und mehr als einmal sackte ihr das Herz in die Hose, als sie einen Augenblick lang ins Rutschen geriet und sich gerade noch festhalten konnte.

Das Quadrat im Kabinenboden ließ sich von unten entriegeln und nach innen stoßen – nicht ganz einfach, wenn man eigentlich beide Hände brauchte, um zu überleben. Unter allerlei Gestöhne und Gefluche gelang es ihr, sich in den Lift zu hangeln. Die Kabine ächzte und knirschte, aber sie behielt ihre verkantete Schräglage bei. Maus hielt sich nicht damit auf, nach der anstrengenden Kletterpartie zu verschnaufen. Stattdessen kroch sie eilig über den Spalt hinaus auf den Korridor. Erst dort blieb sie flach auf dem Bauch liegen, in hohem, aufgewühltem Schnee. Sie spürte ihre Hände nicht mehr, ihre Arme und Schultern waren taub. Ihr Atem raste, als wollte er das Eis um sie herum zum Schmelzen bringen, und in ihrem Kopf herrschte ein einziges Tohuwabohu. Angst und Erleichterung wechselten im Stakkatotakt.

Erst mit einiger Verzögerung hob sie den Kopf und sah sich um. Sie hatte sich ausgemalt, welcher Anblick sie erwartete. Aber ihre Ahnung bestätigt zu finden war dennoch ein gehöriger Schock.

Die Decke der Etage war verschwunden. Hoch über Maus, über ausgefransten Mauerrändern, verbogenen Eisenstreben und geborstenen Dachbalken, gähnte das Grau des Winterhimmels. Es hatte wieder zu schneien begonnen, jetzt geradewegs in das offen liegende Stockwerk hinein. An den Wänden hingen schief ein paar Bilder, auch die Kommoden und Stühle in den Ecken standen noch. Sicher lagen unter der Schneedecke auch die teuren Teppiche aus dem Orient. Aber das Dach war fort. Die obere Etage des Hotels lag offen wie das Innere eines Puppenhauses.

Tamsin und die Schneekönigin waren nirgends zu entdecken. Von irgendwo weiter rechts, jenseits der vereisten Wände, erklang Lärm. Einmal glaubte Maus sogar, Stimmen zu hören, gleich darauf wieder übertönt von einem grässlichen Knistern, ähnlich wie das der Elektroleitungen unten im Keller, nur hundertfach lauter und verzerrt.

Sie sprang auf, schwankte und sank mit dem Rücken gegen die Korridorwand. Der Schweiß, der beim Klettern ihre Uniform getränkt hatte, kühlte sich ab. Auch ihre

Stirn wurde von einer dünnen Frostschicht überzogen, ihre Mundwinkel wurden steif. Zwischen Oberlippe und Nase bildeten sich Eiskristalle. Sogar ihre Wimpern vereisten, deutlich erkannte sie die weiße Kruste am oberen Rand ihres Blickfelds.

Tamsin konnte nicht allzu weit sein, genauso wie die Schneekönigin. Als Kukuschka sie immer wieder gefragt hatte, was sie hier oben denn tun, wie sie Tamsin helfen wolle, hatte sie ihm keine Antwort geben können. Sie wusste auch jetzt keine. Aber irgendwie hatte es sich richtig angefühlt, hierher zu kommen. Bei Tamsin zu sein. Ihr zu zeigen, dass sie noch immer ihre Freundin war.

Maus hatte keine Möglichkeit gehabt, ihrer Mutter zu verzeihen – *Du bist immer noch meine Mutter, auch wenn du schreckliche Dinge tun wolltest!* –, aber durch Tamsin bekam sie eine zweite Chance. Es war nicht vernünftig. Nicht logisch. Und doch war es das, was sie tun musste. Eine Sache des Herzens, nicht des Verstandes. Indem man die Revolutionärin Julia vor ein Erschießungskommando geführt hatte, hatte man Maus die Entscheidung abgenommen, wie sie zu ihrer Mutter stehen, was sie für sie empfinden wollte. Heute dagegen entschied sie ganz allein, auf wessen Seite sie stand. Seltsamerweise hatte sie sich ihrer Mutter niemals näher gefühlt als in diesen Augenblicken. Es war fast, als wäre Julia bei ihr – etwas von ihr –, und Maus wollte darauf nicht mehr verzichten. All die Jahre über hatte sie nicht gemerkt, dass ihr etwas gefehlt hatte. Nun aber wusste sie es. Und sie würde es nicht mehr hergeben.

Sie rannte los. Der Schnee fiel jetzt heftiger, aber es war kein tobender Sturm mehr wie noch vor Stunden, als die

Königin die Kälte in ihrem Inneren nicht unter Kontrolle halten konnte. Dies hier war natürlicher, winterlicher Schnee, und er schwebte in fedrigen Flocken vom Himmel und bedeckte alles mit einer puderweißen Schicht. Er dämpfte den aufgeregten Lärm vom Newski Prospekt, bis nichts mehr davon zu hören war, und als Maus nach oben blickte, den Millionen und Abermillionen Flocken entgegen, war der Anblick majestätisch und wunderschön, so als hätten die Sterne ihre Schatten abgeschüttelt und auf die Erde herabgestreut.

Das Knistern war verebbt, und auch die Stimmen der beiden Gegnerinnen waren nicht mehr zu hören. Tatsächlich senkte sich mit dem Winter Stille über die Ruine des Dachgeschosses. Die meisten Türen waren aus ihren Angeln gefallen und lagen unter dem frischen Schnee begraben. Ansonsten aber gab es kaum Trümmer, die Einrichtung war nahezu unversehrt. Das Dach war nicht eingestürzt, es war vollständig fortgerissen worden.

Durch die Türrahmen konnte Maus im Vorbeilaufen in die leeren Suiten schauen. Der Anblick war unwirklich: Eingeschneite Betten und Kommoden; Schränke mit glitzernden Eishauben; Büsten, Vasen und Kerzenleuchter, die allmählich im Schnee versanken; Tische mit weißen Decken aus Eis, Stühle mit wattigen Schneepolstern. Das Stockwerk war eine Ruine, und doch verströmte es den Charme verzauberter Winterpracht.

Maus bog um eine Ecke nach rechts. Sie näherte sich jetzt der Suite der Schneekönigin. Es mochte Zufall sein, dass sich das Duell der beiden ausgerechnet dorthin verlagert hatte – oder aber die Königin hatte dort ihrerseits eine Falle für Tamsin vorbereitet.

Sie lief noch schneller, versank knöcheltief im Schnee. Flocken verklebten ihre Wimpern.

Nordlichter flammten jenseits der Wände auf, genau dort, wo die Suite lag. Dann strahlte Helligkeit zum Himmel empor, tauchte die Flockenwirbel in tausend schillernde Farbnuancen und warf Lichtschlieren unter die Wolkendecke. Erneut ertönte ein Krachen und Bersten, aber diesmal hielten die Mauern den freigesetzten Zauberkräften stand.

Jemand schrie.

Tamsin!

Maus bog in den letzten Korridor. Die beiden Säulen am Eingang der Suite standen noch unversehrt da, aber das Relief des brüllenden Bären über der Tür war mitsamt dem Dach fortgerissen worden. Ein paar Balkenreste fingerten dunkel in den Himmel. Um verbogene Eisenstangen oben auf der Mauerkrone zuckten hellblaue Blitze, wanderten auf und ab und verpufften zu feinem Funkenregen.

Maus blieb in der Tür der Suite stehen und blickte mit klopfendem Herzen in den Vorraum. Der Schnee fiel dicht genug, um bald die Spuren zu überdecken, die von hier aus ins Schlafzimmer führten. In der Mitte des Vorzimmers lag Tamsins Lederkoffer, weit aufgeklappt und ohne Inhalt, soweit Maus das vom Eingang aus erkennen konnte.

Sie nahm all ihren Mut zusammen, trat ein und ging zuerst zum Koffer hinüber. Er war leer, tatsächlich, aber die Innenwände sahen aus, als wäre bis vor kurzem etwas Lebendiges darin eingesperrt gewesen: Das Leder war voller Kratzer und Striemen, so als hätte etwas versucht, sich mit Krallen und Zähnen einen Weg nach außen zu bahnen. Maus erinnerte sich an das Rumoren im Inneren des Koffers, als sie ihn für Tamsin durch das Foyer des Aurora getragen hatte, gleich bei ihrer ersten Begegnung – *damals*, so kam es ihr vor, obwohl seitdem nur Tage vergangen waren. So vieles war seither geschehen. Die Welt hatte Kopf gestanden, und ihr Leben, so schien es ihr, tat es noch immer. Alles war wie umgekrempelt. Am allermeisten sie selbst.

Sie wagte nicht, den Koffer zu berühren, deshalb ließ sie ihn liegen und ging hinüber zur angelehnten Schlafzimmertür. Durch den Spalt fiel ein Streifen des unnatürlichen Lichts. Maus scheute sich weiterzugehen, aber sie kam nicht umhin, wenn sie wirklich herausfinden wollte, was im Schlafzimmer vor sich ging.

Mit einem Ruck stieß sie die Tür nach innen. Der Lichtstreif fächerte auf, badete sie in seinem vielfarbig funkelnden Glanz. Sekundenlang schloss sie geblendet die Augen, öffnete sie, erkannte noch immer nichts, rieb mit den Knöcheln über die Lider und sah gleich darauf abermals hin.

Die breite Fensterfront war verschwunden, ihre Scherben unter Schnee begraben. Das Schlafzimmer ging jetzt in die Terrasse über, bildete eine weite, nach oben hin offene Bühne eines verzweifelten Kampfes.

Überall flirrten Nordlichter, vereinigten sich zu einer himmelhohen Säule, tanzten um Maus, um die Königin, um Tamsin.

Und um eine vierte Gestalt.

DAS KAPITEL
ÜBER DEN ANFANG VOM ENDE
DER GESCHICHTE

Die Helligkeit erlosch schlagartig, wenige Augenblicke nachdem Maus die Tür aufgestoßen hatte. Einen Moment lang sah sie das Funkeln und Leuchten noch über die Wände, die Einrichtung, die Menschen im Zimmer geistern. Dann ertranken sie alle in grauem Winterdämmer.

Weite Teile der Zimmereinrichtung lagen in Trümmern. Die meisten Möbelstücke waren zu Holzsplittern zerschreddert, länger als Maus' Arme; wie Geschosse hatten sie sich in Wände und Boden gebohrt. Unfassbare Gewalten mussten hier gewütet haben. Im Duell der beiden Zauberinnen war alles zur Waffe geworden: nicht nur die Möbeltrümmer, sondern auch Glasscherben, schwertlange Eiszapfen, womöglich gar die Winde selbst, denn der Schnee am Boden wies seltsame Wellen auf, so als hätten ihn starke Böen zu rippenförmigen Dünen aufgeworfen.

Inmitten all dieser Verwüstung lag die Königin auf dem Rücken und stemmte gerade mit verzerrtem Gesicht ihren Oberkörper vom Boden. Sie befand sich draußen auf der Terrasse, jenseits der Schwelle, die nur noch als Erhebung unter dem Schnee zu erkennen war.

Tamsin kauerte auf den Knien vor der Rückwand des Zimmers und hielt den Kopf vornübergebeugt. Ihr blaues Haar hatte sich gelöst und verdeckte als zerzauster Vorhang ihr Gesicht. Ihr ganzer Körper bebte und zitterte, und Maus meinte, in der plötzlichen Stille ihren rasselnden Atem zu hören. Es klang, als steckte etwas in ihrem Hals fest.

Zwischen den beiden Kontrahentinnen lagen zwanzig Meter Trümmerfeld, in seiner Mitte stand eine weitere Gestalt. Maus brauchte ein paar Sekunden, um zu begreifen, woher sie so plötzlich gekommen war; dann aber sah sie die großen Reisekisten der Schneekönigin und vor allem die eine, weit geöffnete, in der ein Mensch mühelos Platz fand.

Der fremde Mann war groß gewachsen und hager, imposant in seiner ganzen Erscheinung, und obgleich er sich nicht rührte, strahlten seine Statur und Pose Stärke aus. Er stand hoch aufgerichtet, hatte die Arme seitlich an den Körper und den Kopf leicht in den Nacken gelegt, so als blickte er zum Himmel empor. Ein kurzer Vollbart rahmte sein Kinn, sein langes Haar reichte bis auf die Schultern.

Alles an ihm, vom Gesicht bis zur Kleidung, war aus Eis.

Maus ahnte, wem sie da gegenüberstand. Und zugleich fragte sie sich, weshalb die Königin ihn wohl den weiten Weg von ihrem Schloss bis hierher mitgebracht hatte. Nur um ihre Feindin, die Diebin des Herzzapfens, zu verhöhnen? Der Mann – daran bestand kein Zweifel – war Master Spellwell: Tamsins Vater. Das legendäre Oberhaupt dieser wunderlichen Familie. Meister der Zauberkünste und Mächtigster der Nekromanten.

Aber Master Spellwell lebte nicht mehr. Er stand da als Skulptur aus Eis, durchscheinend wie Glas, und auf seinen Schultern, seinem Kopf, sogar auf seiner Nasenspitze sammelten sich Hauben aus Schnee.

Tamsin versuchte, sich aufzurichten, sackte aber wieder auf die Knie.

Die Königin wollte sich hochstemmen, doch auch sie fiel mit einem Keuchen zurück.

Keine der beiden schien Maus zu bemerken, die immer noch im Türrahmen stand und zögerte. Dann aber erwachte sie aus ihrer Erstarrung und lief quer durchs Zimmer zu Tamsin hinüber. Gerade wollte sie die Hand nach der Magierin ausstrecken, als deren Kopf nach oben ruckte.

„Nicht!", knurrte sie.

Hinter den blauen Haaren wurden Tamsins Züge sichtbar. Etwas stimmte nicht mit ihrem Gesicht. Sie war sehr blass, ihre Haut fast weiß. Ihre Nase war durchscheinend wie der Leib ihres Vaters, die Spitze zu Eis geworden.

„Nicht anfassen!", kam es tonlos über ihre blutleeren Lippen. „Der Frostzauber hängt ... an mir."

Maus ließ ihre Hand sinken.

„Geh ... weg", brachte Tamsin hervor. „Zu gefährlich ..."

„Was ist mit dir?"

Tamsin hob den rechten Arm.

Voller Entsetzen sah Maus, dass die Finger bis zum Handgelenk zu durchsichtigem Eis erstarrt waren.

„Ich habe ... ihn berührt", stöhnte Tamsin. „Meinen Vater ... berührt ..."

Maus' Blick wurde trüb, als sie erkannte, welche Art

von Falle die Königin Tamsin gestellt hatte. Sie musste geahnt haben, dass der Anblick Master Spellwells sie dazu bringen würde, ihn anzufassen. Jetzt war derselbe Zauber, der ihn getötet hatte, auf Tamsin übergesprungen.

Hilflos sah Maus hinüber zur Königin. Die Tyrannin lag am Boden, aber jetzt hatte sie ihre eisblauen Augen auf das Mädchen gerichtet. Ihr Blick funkelte vor Zorn, doch vor allem wirkte sie verwundert, Maus hier zu sehen. Als sie sprach, klang ihre Stimme kaum lebendiger als die von Tamsin.

„Erlen …", fauchte sie. „Wo ist er?"

Maus war nicht sicher, ob sie die Worte richtig verstanden hatte. Zaghaft machte sie einen Schritt auf die Schneekönigin zu, dann noch einen.

„Nicht zu ihr", keuchte Tamsin hinter ihrem Rücken.

Maus blieb stehen.

Die Königin stöhnte. Ihr Kopf fiel zurück in den Nacken. „Erlen!", schrie sie so schrill, dass überall um sie herum die Eissplitter ins Klirren gerieten. Master Spellwells Kristallkörper erzitterte. Tamsins Eishand geriet in Schwingung und tönte wie eine Gitarrensaite.

Etwas geschah mit dem Schnee. Überall setzte er sich in Bewegung, kroch aus sämtlichen Winkeln des Zimmers in Richtung der Königin. Blendend weiße Schneewehen schoben sich über- und untereinander, wellten sich auf die Herrin des Nordlandes zu.

Maus fuhr zu Tamsin herum. „Was tut sie da?"

„Ich … weiß es nicht …"

„Kann ich dir irgendwie helfen?"

Tamsin schüttelte mit abgehackten Bewegungen den Kopf. „Ich habe ihr alle Worte entgegengeschleudert, die ich hatte ... Und fast hätten sie sie besiegt ... aber nicht ganz ..."

„Aber wir müssen doch –"

„Lauf weg, Maus!" Tamsin hob die Kristallhand vor ihr Gesicht und betrachtete sie mit makaberer Faszination. „Es ... tut nicht einmal weh ..."

Rund um Maus kroch der Schnee davon, bis sie nur noch auf einem Bett aus Holzsplittern stand. Erst hatte sie geglaubt, das Eis würde eine Art Wall um die geschwächte Königin bilden, doch sie hatte sich getäuscht: Die wandernden Wehen schoben sich an ihrer Herrin vorüber, sammelten sich am Ende der Terrasse, türmten sich höher und höher, bis sie die kahlen Pflanzen am Geländer unter sich begraben hatten. Zugleich nahm der Schneefall vom Himmel wieder zu; innerhalb von Sekunden wurde er so heftig, dass Maus die Königin dahinter kaum noch ausmachen konnte.

Irgendetwas tat sich hinter den Vorhängen aus Schneeflocken, aber sie konnte nur Bewegung erkennen, nichts Genaues.

Maus ging erneut neben Tamsin in die Hocke. Der Drang, ihr aufzuhelfen, sie zu berühren, wurde immer stärker, aber sie hielt sich zurück.

„Sie will fliehen", sagte Tamsin bitter.

Maus wusste zu wenig über die Macht der Schneekönigin, um zu erkennen, ob Tamsin mit ihrer Vermutung richtig lag. Sicher hatte der Kampf die Tyrannin geschwächt, Tamsins Zauberworte mochten sie beinahe besiegt haben – aber eben nur beinahe. Würde sie sich wirklich davonmachen, ohne ihrer Gegnerin den Todesstoß zu versetzen?

Aber begreifst du denn nicht?, wisperte es in Maus. Das

hat sie doch längst getan! Und erst da wurde ihr wahrhaftig bewusst, dass Tamsin sterben würde.

Die Magierin musste ihr angesehen haben, was sie dachte, denn ein schmerzerfülltes Lächeln erschien auf Tamsins Lippen. „Es kriecht immer weiter an mir herauf ... unter den Kleidern ... Zu schwach, um es aufzuhalten ... Aber ... er war mein Vater. Ich musste doch Abschied nehmen."

Maus starrte sie unter Tränen an. Sie liefen über ihre Wangen und gefroren, bevor sie ihr Kinn erreichten. Wie sehr sie sich wünschte, Tamsin in den Arm zu nehmen! Aber dann würde der Frostzauber auch auf sie überspringen. Einen Moment lang, nur für einen Moment, war es ihr beinahe egal.

Sie riss sich zusammen und wischte mit einer unwilligen Handbewegung die vereisten Tränen von ihren Wangen.

„Zeit gewinnen ...", stöhnte Tamsin.

„Was?"

„Versuch, sie aufzuhalten ... nur eine Weile ..."

Maus überlegte nicht lange. Sie sprang auf und lief an Master Spellwells Eiskörper vorüber in die Wand aus tobenden Schneeflocken. Die Königin war dahinter jetzt unsichtbar, ebenso wie die Terrasse und das winterliche Panorama Sankt Petersburgs. Die Welt hätte hier enden können, es hätte kaum einen Unterschied gemacht.

Halb blind tapste Maus durch den Schneesturm, dort vorbei, wo eben noch die Königin gelegen hatte. Die Schneeflocken erreichten hier nicht einmal mehr den Boden, sondern wurden kurz vorher von etwas angesaugt, das sich dort draußen am Rand der Terrasse aufgetürmt hatte.

Im ersten Moment glaubte sie, es sei einfach nur ein Hügel aus Eis, ein mächtiger Buckel, der den Blick auf den Abgrund jenseits des Geländers versperrte. Dann aber erkannte sie, dass es der Beginn einer Brücke war.

Eine gebogene Brücke aus Eis und Schnee, grobschlächtig geformt, ein unregelmäßiger Bogen, der an der Kante der Terrasse begann und hinaus in das Unwetter reichte. Wohin sie führte, konnte Maus nicht erkennen. Nach Norden, so viel stand fest.

Die Königin war direkt vor ihr, nur wenige Meter entfernt. In ihrem weißen Kleid, mit dem hellen Haar und der bleichen Haut, hätte Maus sie fast übersehen. Nun aber erkannte sie, dass die Tyrannin sich gebeugt die Schräge der Schneebrücke emporschleppte, mühsam und fast ein wenig Mitleid erregend. Sie hatte Maus den Rücken zugewandt. Ihr Haar hatte sich gelöst und wehte auf den Nordwinden in langen Strähnen wie ein weißes Medusenhaupt.

Bevor sie noch darüber nachdachte, rief Maus: „Warten Sie!"

Die Königin zögerte kurz, drehte sich aber nicht um und stieg dann weiter den eisigen Brückenbogen empor.

„Machen Sie es rückgängig!" Das zu verlangen, war kindisch und ganz sicher aussichtslos. Aber die Worte sprudelten einfach so aus ihr heraus. „Sie können das, oder? Sie können den Frostzauber wieder von ihr nehmen."

Nun blieb die Königin doch stehen, umtost von den Ausläufern des Schneesturms, dessen Zentrum ganz allmählich weiterwanderte, um seine Eismassen dem vorderen, unsichtbaren Ende der Brücke einzuverleiben; dadurch wuchs der Eisbogen weiter und weiter über die

Dächer hinweg, bis er wohl irgendwann außerhalb der Stadt oder gar im Nordland selbst ankommen würde.

„Warum sollte ich das tun?", fragte die Königin. Die Winde verzerrten ihre Stimme, aber selbst durch die Schneewirbel sah Maus das niederträchtige Lächeln auf ihren Zügen. Es stahl ihr den letzten Rest von Schönheit, der ihr nach den Mühen des Zauberduells geblieben war.

„Weil ich Ihnen den Herzzapfen gebracht habe!", entgegnete Maus und wusste genau, wie papierdünn dieses Argument war.

Die Königin zerfetzte es in der Luft. „Und Erlen hat dafür sein Fell bekommen, so wie es abgemacht war."

Dagegen war nichts einzuwenden. Die Königin hatte sich an ihren Teil des Handels gehalten.

Aufhalten, hatte Tamsin gesagt, nur eine Weile. Aber wofür?

„Erlen wird Ihnen trotzdem folgen, nicht wahr?" Maus blieb am Fuß der märchenhaften Eisbrücke stehen und musste jetzt zur Königin aufblicken. „Sie haben ihn gerufen, und er wird mit Ihnen gehen."

„Vielleicht."

„Das ist nicht gerecht."

Einen Moment lang sah es aus, als würde die Tyrannin das Gewicht dieses Einwurfs ernsthaft abwägen. „Ich habe ihn vor langer Zeit gefangen und zu meinem Diener gemacht. Aber wenn er mir heute gehorcht, dann tut er es aus freien Stücken. Ich habe jetzt keine Macht mehr über ihn."

„Er fürchtet Sie."

„Und das solltest du auch."

Das Haar der Schneekönigin züngelte flatternd um ihre

ausgezehrten Züge. Maus sah wieder den stummen Jungen vor sich, seine riesengroßen braunen Augen. Dann das Rentier, zu dem er geworden war, nachdem er sein Fell zurückerhalten hatte.

Die Königin wurde der Unterhaltung überdrüssig und wandte sich ab. Immer noch gebeugt, aber jetzt merklich kraftvoller, setzte sie ihren Weg über die Brücke fort. Bald würde sie wieder im Schneetreiben verschwunden sein, diesmal für immer. Schon begann der Fuß der Eisbrücke in Bewegung zu geraten: Ganz unten lösten sich Schneeschollen und wanderten wellenförmig aufwärts, um das vordere Ende zu verstärken. Eine magische Brücke wie diese schien keinen Anfang und kein Ende auf festem Grund zu benötigen. Sie ruhte frei schwebend in der Luft und baute am einen Ende an, was sich am anderen ablöste.

Maus spürte, dass mit einem Mal jemand neben ihr war.

Sie blickte nach rechts und sah einen Umriss in den Ausläufern des Schneesturms auftauchen. Im allerersten Moment glaubte sie, es wäre Tamsin. Da war der lange, wehende Mantel. Flatterndes Haar. Ein hoher Zylinder.

Aber Tamsins Hut war zerstört worden. Maus selbst hatte dafür gesorgt, als sie den Bann der Sieben Pforten gebrochen hatte.

Etwas berührte sie an der linken Schulter. Da war noch jemand. Sie entdeckte eine zweite Gestalt, kleiner und schmächtiger als die erste, aber ähnlich gekleidet, wenn auch bunter, fast so wie Tamsin. Eine schmale Hand hatte Maus an der Schulter gefasst, ließ jetzt wieder los und gab ihr mit einem Kopfschütteln zu verstehen, keine Fragen zu stellen.

Es war eine junge Frau, nein, eher noch ein Mädchen. Achtzehn vielleicht, kaum älter. Es hatte feuerrotes, wild gelocktes Haar, das in so drahtigen Kringeln unter dem Zylinder hervorschaute, dass nicht einmal der Sturm es zerzausen konnte.

„Bitte", sagte das Mädchen freundlich, „tritt beiseite."

Maus blickte wieder nach rechts. Die erste Gestalt war näher gekommen. Ein Mann um die vierzig mit düsteren Zügen, in denen zwei bernsteinfarbene Augen wie Glutstücke brannten. Sein langes Haar war wild und dunkel, die Augenbrauen buschig. Sein Blick streifte sie beiläufig und suchte dann die Königin, die sich oben auf der Brücke entfernte. Der Mann gab Maus keine Zeit, der Aufforderung des Mädchens Folge zu leisten; stattdessen packte er sie und riss sie grob nach hinten.

„Hey!", stieß sie noch aus, dann landete sie auch schon auf dem Hinterteil im Schnee.

„Rufus!", rief das rot gelockte Mädchen empört.

Der Mann hörte nicht auf sie, sondern machte sich daran, den Eisbuckel zu erklimmen. Erst jetzt fiel Maus auf, dass beide geschlossene Regenschirme trugen. Der des Mädchens war orangerot gestreift, der des Mannes rabenschwarz.

„Nimm ihm das nicht übel", sagte das Mädchen zu Maus und plapperte aufgekratzt weiter: „Du hättest ihn mal erleben sollen, als ich der Katze ein drittes Auge gezaubert habe. Oder als ich Geldscheine in Schmetterlinge verwandelt habe. Oder als mein Regenschirm –"

„Pallis!", brüllte der Mann, ohne sich umzudrehen. „Komm jetzt!"

Das Mädchen zuckte die Achseln, lächelte entschuldigend und kletterte hinter ihrem älteren Bruder auf die Brücke. Unter ihren schmalen Füßen war der Schnee weich und bröckelig – ein weiteres Anzeichen dafür, dass sich das untere Ende allmählich auflöste, um nach vorn zu wandern.

Rufus und Pallis. Deshalb also hatte Tamsin Zeit schinden wollen. Sie musste geahnt oder vielleicht auch nur gehofft haben, dass ihr ältester Bruder und ihre jüngste Schwester auf dem Weg nach Sankt Petersburg waren. Als Tamsin von Rufus gesprochen hatte, hatte sie respektvoll, beinahe ängstlich geklungen, wie es sonst so gar nicht ihre Art war.

Überhaupt ... Tamsin!

Maus wollte aufspringen, aber ihre Füße rutschten weg. Sie fing sich gerade noch, machte die ersten Schritte auf allen vieren und stolperte schließlich aus den Schneewolken in die Trümmer des Schlafzimmers.

Tamsin kniete noch immer dort, wo Maus sie zurückgelassen hatte. Der Frost hatte auf ihre Kleidung übergegriffen. Mit einem Knirschen, das wie brechendes Eis klang, hob sie langsam den Kopf und blickte Maus entgegen. Ihr Gesicht war starr

„Warum helfen sie dir nicht?", entfuhr es Maus verzweifelt. „Sollen sie die Königin doch laufen lassen."

„Sie können mir ... nicht helfen ..."

„Aber es muss doch einen Weg –"

„Nur ... einen."

Maus horchte auf. „Was kann ich tun?"

Tamsins Lippen bewegten sich kaum mehr, als sie antwortete: „Nichts. Ich muss selbst ..."

„Was?"

„Ich ... vielleicht ..." Und damit wurden ihre Lippen zu Eis und erstarrten.

Maus hörte Geräusche hinter sich im Schnee, und als sie sich umschaute, kam jemand – etwas – durch die Tür des Zimmers getrabt. Ein schlanker, muskulöser Leib. Drahtiges Fell. Abgesägte Stümpfe eines Geweihs über treuen braunen Augen.

„Erlen? Aber wie –"

Kukuschka lag mehr auf dem Rücken des Rentiers, als dass er saß. Maus hatte ihn im ersten Moment gar nicht wahrgenommen, aber jetzt sah sie, dass er sich mit letzter Kraft festhielt – und plötzlich von dem Rentier herunterglitt. Mit wenigen Schritten war sie bei ihm und half ihm zu Boden. Fiebernd vor Schmerz, lag er vor ihr im Schnee. Sein Blick streifte den kristallisierten Master Spellwell, dann Tamsin. Schließlich fixierte er Maus. „Diese beiden Gestalten sind aus dem Nichts unten im Foyer aufgetaucht. Sie sind einfach an uns vorbeigelaufen ..."

Das Rentier schnaufte protestierend.

„Ja, gut", verbesserte sich Kukuschka, „das Mädchen hat Erlen gestreichelt, bevor der Mann sie fortgezogen hat ... Jedenfalls liefen sie die Treppe hinauf, und wir sind hinterher. Der Mann hat die Lawine mit einer Handbewegung weggefegt ... Einfach so. Und dann sind sie rauf ins Obergeschoss, und wir ... wir sind jetzt hier."

„Sind noch immer keine Soldaten im Hotel?"

Kukuschka schüttelte den Kopf. „Ich kenne ihre Taktik. Sie warten erst ab, ob vielleicht noch weitere Bomben hochgehen – oder was sie für Bomben halten." Er deutete auf die zerstörten Wände, das fortgerissene Dach.

Maus drehte sich um. „Tamsin ..."

„Ja", sagte Kukuschka bedauernd. „Sieht nicht gut für sie aus."

Erlen stieß Maus mit der Schnauze an. Sie folgte dem Blick seiner Rentieraugen. Auf der Terrasse hatte es jetzt aufgehört zu schneien, das Unwetter tobte scharf abgegrenzt gut hundert Meter weiter draußen. Dort ballte sich hoch über den Dächern Sankt Petersburgs das Schneetreiben um die magische Eisbrücke, die sich nach vorn hin – unsichtbar im Sturm – wohl immer noch verlängerte, während sich ihre Verbindung zum Gebäude vollständig aufgelöst hatte. Ihr diesseitiges Ende schwebte jetzt frei in der Luft, etwa zwei Meter vom Geländer entfernt. Noch immer bildeten sich Wellen aus Schnee und Eissplittern, die weiter nach vorn in den Sturm wanderten.

„Die beiden sind ihr gefolgt, oder?", fragte Kukuschka.

Maus nickte fahrig, eilte zu Tamsin und ließ sich neben ihr im Schnee nieder. Wenn sie schon nichts tun konnte, um den Frostzauber aufzuhalten, wollte sie wenigstens bis zuletzt bei ihr sein. Es tat furchtbar weh, nicht einmal ihre Hand halten zu können.

Erlen trabte neben sie und stieß sie abermals mit der Nase an.

„Ich weiß ... die Brücke löst sich auf", sagte sie schluchzend, ohne den Blick von Tamsin zu nehmen. „Ich hab's gesehen."

Aber hatten Rentiere womöglich schärfere Augen als Menschen? Gab es da noch etwas, das ihr entgangen war?

Sie wischte sich die gefrierenden Tränen aus den Augen und blickte erneut zur Brücke. Die Distanz zwischen dem Geländer und dem eisigen Stumpf war jetzt größer geworden. Drei Meter mindestens. Und das Ende löste sich weiter auf. Der Sturm verdeckte noch immer alles, was weiter draußen auf dem Eis geschah.

„Ich kann nichts erkennen", sagte sie leise.

Erlen scharrte aufgeregt im Schnee.

Da verstand sie. „Du willst hinterher?" Niedergeschlagen streichelte sie seinen Hals. „Du bist immer noch ihr Gefangener, hmm? Du willst zu ihr." Enttäuschung und Trauer schnürten ihr fast den Atem ab. „Das ist deine Entscheidung."

Aber das Rentier stupste sie ein weiteres Mal an und verdrehte dann den Kopf nach hinten, deutete auf seinen Rücken.

„Ich soll mitkommen? Mit dir über die Brücke reiten?"

Erlen scharrte noch schneller.

Maus schüttelte betrübt den Kopf. „Ich kann dort nichts tun. Pallis und Rufus werden schon zusehen, wie sie mit der Königin fertig –"

Neben ihr ertönte ein grässliches Bersten.

„Nein!", flüsterte sie.

Tamsins Eiskörper bekam Risse, die sich in Windeseile über der ganzen Oberfläche verästelten. Ein kristallener Arm fiel ab, dann ein Bein. Tamsin brach auseinander.

Und aus ihrem Inneren, wie aus einem gläsernen Ei, schlüpfte etwas Weißes, Gefiedertes.

Ein ausgewachsener Schneeadler.

Der Vogel stieg aus den berstenden Eisklumpen in die Lüfte, verharrte, wie das nur Raubvögel können, und raste dann wieder auf Maus und die Überreste von Tamsins altem Körper zu. Er ließ sich auf dem durchsichtigen Schädel nieder, der unter seinen Krallen zerbröckelte. Der Adler machte einen eleganten Hüpfer und landete direkt vor Maus' Knien im Schnee.

„Tamsin?", fragte Maus mit trockener Stimme.

Der Schneeadler stieß einen hohen, schrillen Schrei aus. Sein Blick bohrte sich in ihren.

Um Maus drehte sich alles. Sie streckte vorsichtig eine Hand aus und streichelte mit dem zitternden Zeigefinger die Brust des Adlers. Er ließ es bereitwillig geschehen.

„Tamsin ..."

Die Magierin hatte Maus erzählt, dass sie den Herzzapfen in Gestalt eines Adlers aus der Feste der Schneekönigin gestohlen hatte. Nun war sie zurück in diesen anderen Körper gefahren, bevor das Eis auch ihren Geist und ihre Magie hatte lähmen können. Aber würde sie je wieder ein Mensch sein können? Oder war sie für immer eine Gefangene im Leib eines Vogels?

Einmal heftiger stieß das Rentier sie an, fast zornig, als wollte es sagen: Was spricht dagegen, ein Tier zu sein? Dann drehte es sich mit der Flanke zu Maus – eine weitere Aufforderung, auf seinen Rücken zu steigen.

Der Schneeadler erhob sich mit einem Kreischen. Seine mächtigen Schwingen wehten Eiswind in Maus' Gesicht. Auch er flog jetzt auf die Brücke zu, die sich immer weiter von der Brüstung der verschneiten Terrasse entfernte, schlug einen Haken und kreiste über ihren Köpfen.

„Mach schon", sagte Kukuschka.

Maus sah ihn hilflos an. „Aber ich ... ich gehöre doch hierher, ins Aurora ... und ich ..." Sie verstummte. Ihnen blieb keine Zeit. Bald würde der Abstand zwischen Terrasse und Brücke selbst für die Sprungkraft eines Rentiers zu groß sein.

Kukuschka lächelte, trotz seiner Schmerzen. „Das Aurora hat dich all die Jahre über gefangen gehalten, Maus. Aber jetzt bist du bereit ... Geh schon. Schnell."

„Und was wird aus dir?"

„Ich bin Geheimpolizist, schon vergessen?" Sein Lächeln sah jetzt ein wenig gequält aus. „Ich werde ihnen irgendeine Geschichte erzählen. Sie werden mir schon glauben. Mach dir keine Sorgen."

Sie lief zu ihm, umarmte ihn fest und küsste ihn. „Danke, Kuku. Für alles."

Er schüttelte den Kopf. „Ich danke *dir*."

Sie schluchzte und lachte zugleich. „Für das kaputte Knie?"

„Für eine ... sagen wir: Lehre." Er streichelte ihr struppiges kurzes Haar, dann gab er ihr einen sanften Klaps auf den Rücken. „Los jetzt. Beeilt euch!"

Sie stand schweren Herzens auf und zog sich auf den Rücken des Rentiers. Es scharrte und schnaubte, dann galoppierte es los – geradewegs auf den Abgrund zu.

„Leb wohl, Kuku!", rief sie über die Schulter.

Er winkte und gab eine Antwort, aber sie verstand ihn nicht mehr. Über ihr schoss der Schneeadler nach Norden.

Das Rentier stieß sich ab, schnellte über das Geländer und sprang ins Leere.

DAS LETZTE KAPITEL

Das Ende der Eisbrücke kam immer näher. Der funkelnde Stumpf, der sie einst mit dem Gebäude verbunden hatte, schien zu brodeln, so schnell verschob und bewegte sich dort der Schnee nach vorne.

Erlens Vorderläufe kamen auf, Eiskristalle stoben empor. Dann berührten auch seine Hinterbeine den Boden. Er galoppierte weiter, tiefer hinein ins dichte Schneetreiben. Der Schneeadler krächzte über ihnen im flockenschweren Himmel.

Maus konnte zu beiden Seiten der Brücke den Abgrund erkennen, ganz trüb und grau durch den dichten Schnee. Da waren die Dächer nördlich des Newski Prospekts, die Türme des Sankt-Michails-Palasts. All das erschien ihr künstlich, wie eine bemalte Tapete. Wenn das Rentier jetzt abrutschte, so kam es ihr vor, würde sie nicht in die Tiefe stürzen, sondern gegen eine Kulisse prallen. Als würden alle Gesetze der Vernunft hier in ihr Gegenteil

verkehrt und die Welt dort draußen als Täuschung ent-
larvt.

Der Schneeadler krächzte lauter. Eissplitter peitschten
Maus ins Gesicht. Noch immer kamen die Flocken von
allen Seiten und wanderten mit den übrigen Eismassen
vorwärts, sobald sie die Brücke berührten. Dort stärk-
ten sie das andere Ende und verlängerten es nach Norden.

Maus war entsetzlich kalt. Ausgerechnet jetzt wurde
ihr bewusst, dass sie sich erkältet hatte. Sie schniefte
und nieste und wünschte sich einen heißen Kräuter-
tee.

Vor ihr schälten sich Gestalten aus dem Schneetreiben.
Sie konnte nicht auseinander halten, wer von ihnen
Pallis, Rufus oder die Schneekönigin war. Das Rentier
lief in gestrecktem Galopp, aber den drei Kontrahenten
kam es nur ganz allmählich näher, so als wären auch
Entfernungen, vielleicht gar die Zeit an diesem Ort außer Kraft gesetzt – zumindest jedoch kräftig durcheinander gewirbelt.

Unter ihnen schnitt die Newa als grauweißes Band
durch die Dächerlandschaft. Maus erkannte flüchtig die
Peter-und-Pauls-Kathedrale auf der Haseninsel – sie kannte sie von einer Radierung im zweiten Stock –, dann die
Giebel eines Viertels mit rechtwinkligen Straßen, drüben auf der Petrograder Seite. Schließlich den Stadtrand.
Er war das Letzte, was sie dort unten sah, denn der Schnee
begann jetzt noch stärker zu toben. Alles um sie herum
war blendend weiß. Vom Boden aus musste das schwe-
bende Brückenfragment nur als dichte Schneewolke zu
erkennen sein.

Ein grauenvoller Schrei ertönte, dann schlug eine unsichtbare Druckwelle in Maus' Gesicht. Sie verlor ihren Halt auf Erlens Rücken, rutschte mit rudernden Armen über sein Hinterteil, landete im Schnee, überschlug sich zwei-, dreimal und blieb auf dem Bauch liegen. Kälte stach ihr wie Ameisengift in die Wange, und sogleich versuchte sie sich aufzurappeln, stolperte erneut, kam aber auf die Beine. Ihr linker Ellbogen tat weh, ein paar andere Stellen waren geprellt.

Ein ganzes Stück vor ihr war das Rentier zum Stehen gekommen, blickte mit aufgerissenen Augen zu ihr zurück, dann wieder nach vorn. Die drei Gestalten waren jetzt wieder im Schneetreiben verschwunden.

Der Schneeadler – Tamsin – kreischte auf, dann ertönten mehrere Stimmen durcheinander, von denen Maus nur Pallis' wiedererkannte. Abermals schrillte der furchtbare Schrei, und diesmal konnte Maus ihn zuordnen: Die Schneekönigin hatte ihn ausgestoßen.

Erlen bäumte sich auf, stand einen Moment lang auf den Hinterbeinen und sprang schließlich nach vorn. Auch er wurde jetzt eins mit dem Schneechaos. Der Adler war nirgends zu sehen, aber immer wieder hörte Maus das aufgeregte Krächzen.

Eishagel mischte sich zwischen die fetten Schneeflocken. Ein Hagelkorn, groß wie ein Hühnerei, traf Maus an der Schulter. Ein zweites landete unweit von ihr und grub einen kopfgroßen Krater in den Schnee. Es spielte keine Rolle, ob sie hier stehen blieb oder weiterlief: Nirgends gab es eine Deckung. Ebenso gut konnte sie versuchen, Erlen wieder einzuholen.

Sie hatte sich gerade auf den Weg gemacht, als sie spürte, dass die Wanderbewegungen des Bodens unter ihren Füßen wilder, die wellenförmigen Schübe der Oberfläche schneller wurden. Hinter ihr löste sich die Brücke auf, um weiter vorn neues Eis anzusetzen. Als Maus über die Schulter schaute, konnte sie trotz der tobenden Schneevorhänge den Abgrund erkennen, der sich mit erstaunlicher Geschwindigkeit auf sie zufraß.

Sie rannte schneller, aber sie fühlte, dass sie diesen Wettlauf verlieren würde. Unter ihr geriet der Boden immer stärker ins Rutschen, doch statt sie einfach mit sich nach vorn zu tragen, wellte und wogte er so heftig, dass sie erneut fast das Gleichgewicht verlor.

„Tamsin!", schrie sie. „Erlen!"

Keinen von beiden konnte sie mehr erkennen, sah nur noch Weiß in Weiß, eine blendende Wand aus Helligkeit. Als sie panisch nach hinten blickte, entdeckte sie eine Schattierung: das Grau des Abgrunds, das sich rasend näherte und gierig nach ihren Füßen leckte.

Sie konnte sich nicht mehr auf den Beinen halten, zu weich wurde der Untergrund, zu turbulent die Wellenbewegung des Schnees. Der Boden schien zu bocken und sich zu schütteln, und dann stürzte sie auch schon nach vorn aufs Gesicht, auf eine Oberfläche aus Schnee, die sich zappelnd unter ihr dahinschlängelte und nacheinander ihre Füße, ihre Hüfte, ihre Brust und ihren Kopf nach oben warf und wieder herabsacken ließ, wieder und wieder und wieder. Ihre Finger krallten sich in den Schnee, ohne genug Widerstand zu finden. Schon spürte sie unter ihren Knien überhaupt nichts mehr, denn dort war jetzt die abgerundete Kante des Brückenstumpfs. Sie rutschte nach hinten, war plötzlich in der Schräge, ihre Füße sackten nach unten weg, ihre Beine folgten, dann ihr ganzer Körper.

Ein ohrenbetäubendes Kreischen ertönte. Dann schlugen scharfe Krallen in ihre Uniformjacke, in den dicken Pullover, ritzten ihre Haut. Sie wurde gepackt, fühlte sich durch die Luft geschleudert, kam hart, aber nicht schmerzhaft auf und begriff erst einen Augenblick später, dass sie nicht mehr im Schnee lag, sondern auf dem Rücken des Rentiers. Erlen war trotz der Schreie seiner Herrin zu Maus zurückgekehrt, um sie in Sicherheit zu tragen. Über sich sah sie gerade noch den Adler hinwegschießen. Blitzschnell war er wieder im Schneetreiben verschwunden.

„Danke", flüsterte sie ins Ohr des Rentiers, das sich auf der Stelle in Bewegung setzte und dem Vogel hinterhergaloppierte.

Unvermittelt tauchten vor ihr die drei Gestalten auf. Zwei lagen jetzt am Boden, eine dritte war in die Knie gegangen. Dunkle Flecken waren im Schnee zu sehen: ein schwarzer Mantel, zerfetzt wie von einer riesigen Kralle; ein skelettierter Regenschirm, nur blankes Holz und verbogener Draht; ein zweiter Schirm, der mit der Spitze im Schnee feststeckte, während sein Maul an der Rückseite wütend ins Leere schnappte; und, schließlich, die beiden Zylinder, der eine schwarz und angekohlt, der andere rotgelb und äußerlich unversehrt, aber meterweit von seiner Besitzerin entfernt.

Rufus und Pallis lagen im Schnee. Die Geschwister lebten, waren aber sichtbar angeschlagen. Rufus versuchte, sich hochzustemmen, doch seine Ellbogen gaben nach. Stöhnend sank er zurück. Pallis wimmerte leise. Ihr rechter Arm war merkwürdig abgespreizt, womöglich gebrochen. Ihre Augen richteten sich hasserfüllt auf ihre Gegnerin.

Die Königin kniete im Schnee. Sie ließ den Kopf vornüberhängen und atmete schwer. Ihr Kleid war an vielen Stellen zerrissen, darunter kam ihre milchige Eishaut zum Vorschein. Wunden an ihren Armen und am Rücken hätten eigentlich bluten müssen, doch sie glänzten nur wässrig und überfroren bereits.

Erlen verlangsamte sein Tempo und tänzelte auf der Stelle, nicht weit von der Königin entfernt. Sie sah auf und wandte den Kopf in die Richtung des Rentiers. Maus unterdrückte den Drang, hinter seinem Hals in Deckung zu gehen. Mit zusammengepressten Lippen erwiderte sie den Blick. Die Königin lächelte, und nun wirkte es nicht mehr bösartig wie vorhin, sondern wieder sanft und freundlich. Sogar ein Hauch ihrer alten Schönheit kehrte zurück auf ihre erschöpften Züge.

„Erlen", flüsterte sie und streckte ihm eine zitternde Hand entgegen. „Komm und trag mich heim. Trag mich heim ins Nordland."

„Nein", fauchte Pallis heiser. Sie versuchte aufzustehen, fiel aber gleich wieder zu Boden. Ihre roten Locken sahen im Schnee aus wie Blut.

Erlen zögerte. Tänzelte. Schnaubte verwirrt.

„Komm zu mir", lockte ihn die Schneekönigin, aber ihre Hand bebte jetzt noch stärker. Schließlich ließ sie den Arm in den Schnee sinken. Ihre Finger schienen mit dem glitzernden Weiß zu verschmelzen.

„Tu's nicht", flüsterte Maus Erlen zu. „Du musst ihr nicht gehorchen. Sie ist nicht mehr deine Herrin."

„Nein?" Die Königin blickte auf, ihre Miene verfinsterte sich. „Wer dann? Du vielleicht? Ein Kind?"

„Er muss niemandem gehorchen", entgegnete Maus energisch, obgleich sie doch die Macht der Königin immer noch fürchtete. Jetzt, da die Tyrannin in die Enge getrieben und geschwächt war, mochte sie gefährlicher sein denn je. „Erlen kann selbst entscheiden, auf wessen Seite er steht."

„Und sie nach Belieben wechseln, genau wie du?"

Maus hatte stets nur getan, was ihr das Richtige zu sein schien. Dafür schämte sie sich nicht. „Erlen soll selbst entscheiden", sagte sie und glitt vom Rücken des Rentiers in den Schnee. Sie streichelte ihn, küsste seine Flanke und trat dann einen Schritt zurück. „Wenn du zu ihr gehen willst", sagte sie, „dann geh. Und wenn du sie ins Nordland tragen willst, damit sie wieder so mächtig und grausam wird wie früher, dann musst du es tun."

Das Rentier tänzelte jetzt noch aufgeregter, blieb dann aber stehen und wurde ganz ruhig. Schnaubte noch einmal mit bebenden Nüstern und verstummte. Sein Blick suchte Maus, strich dann am Boden entlang, vorbei an Pallis' verlorenem Zylinder im Schnee, bis hin zur Königin, die Erlen in düsterer Erwartung anstarrte.

Ganz langsam und bedächtig setzte sich das Rentier in Bewegung.

Maus biss sich auf die Unterlippe und schwieg. Rufus keuchte leise. Pallis versuchte noch einmal aufzustehen und brach abermals zusammen. Die Königin lächelte wieder. Im Schneetreiben schrie der Adler.

Hinter Maus' Rücken ertönte Rauschen und Scharren. Das Ende der Brücke kam näher. Noch immer war der

Schnee in Bewegung, wanderte von hinten nach vorn. Bald würde der Abgrund sie alle einholen.

Erlen wandte im Gehen den Kopf zurück, eine Geste, die bei einem Rentier seltsam wirkte. Er sah an seiner Flanke entlang zu Maus, in seinen Augen spiegelte sich das Winterweiß. Dann blickte er wieder nach vorn, zur Königin, die jetzt erneut die Hand hob und nach ihm ausstreckte.

„Erlen", flüsterte sie brüchig, „komm zu mir."

Maus ließ die Schultern hängen und folgte dem Rentier in einigem Abstand. Hinter ihr kam das Brückenende näher, aber sie lief nicht davor weg, ging ganz ruhig.

Erlen war zwischen ihr und der Königin, als sie Pallis' Zylinder passierte. Sie sah ihn vor sich im Schnee liegen und hatte das Gefühl, dass der Schatten in seinem Inneren eine Spur zu schwarz, zu lebendig war. Genauso wie in Tamsins Zimmer, bevor sie die Hand hineingeschoben und die Sieben Pforten durchschritten hatte.

„Komm zu mir", hörte sie die Königin sagen. „Gutes, treues Rentier."

Erlen blieb kurz stehen, so als zögere er noch einmal. Er verbarg Maus mit seinem Körper vor den Augen der Königin. Noch einmal sah er zurück zu ihr – und Maus verstand.

Ohne langsamer zu werden, hob sie den Zylinder vom Boden. Die Dunkelheit im Inneren des Huts wirkte bodenlos und schien nach ihr zu schnappen wie das Fangzahnmaul des nimmermüden Regenschirms, der immer noch im Eis feststeckte. Sie hielt den Zylinder mit beiden Händen an der Krempe, drehte ihn mit der Öffnung nach unten. Ging weiter.

Erlen bewegte sich wieder. Näherte sich der Königin. Gleich würde er bei ihr sein.

Maus folgte ihm, verringerte ihren Abstand.

Jenseits der Königin wimmerte Pallis vor Anstrengung. Sie lag reglos im Schnee, rührte keinen Finger. Rufus hatte den Kopf erhoben und versuchte vergebens, seine letzten Reserven zu mobilisieren.

Hinter Maus näherte sich das Ende der Eisbrücke. Schabend, scharrend, krachend. Unter ihr rollte der Boden in Wellen nach vorn. Je näher der Abgrund kam, desto kräftiger wurde die Bewegung des Eises.

„So ist's gut", sagte die Königin zum Rentier. Erlen blieb stehen, jetzt direkt vor ihr.

Maus sprang los. Die letzten vier, fünf Schritte, dann um Erlen herum.

Die Königin sah sie. Sah den Zylinder in ihren Händen. Öffnete den Mund.

Im selben Moment stieß der Adler herab. Tamsins Krallen fuhren in weißes Haar. Die Königin schrie, der Adler kreischte. Sie schlug mit den Händen über sich und versuchte, sich den Vogel vom Kopf zu zerren.

Pallis lag derweil ganz still, nur ihre Lippen bewegten sich. Was Maus für Wimmern gehalten hatte, war in Wahrheit eine Folge rätselhafter Silben.

Maus umrundete die Königin. Die Schwingen des Adlers hätten sie fast von den Füßen gerissen. Erlen machte einen Satz beiseite.

Maus war jetzt genau hinter der Königin. Keine Armlänge entfernt tobte der Adler in einem Chaos aus schneeweißem Haar. Für einen Moment verlor die Königin Maus aus den Augen.

Tamsin stieß ein schrilles Kreischen aus, riss sich los und stieg ruckartig aufwärts.

Ihre Gegnerin fuhr fauchend herum. Durchschaute das Ablenkungsmanöver.

Maus war schneller. Sie hob den Zylinder. Holte aus.

Dann stülpte sie ihn mit aller Kraft über den Kopf der Schneekönigin.

Das Ende kam so schnell, dass Maus es kaum wahrnahm. Hätte sie im falschen Augenblick geblinzelt, sie hätte es verpasst.

Mit aller Kraft rammte sie den Zylinder so weit herunter, dass seine Krempe über die Augen der Königin fuhr, über die schlanke, schöne Nase.

Pallis hob die Stimme. Ihre murmelnde Beschwörung schnitt durch das Schneetreiben.

Die Königin riss den Mund auf, um zu schreien. Doch so viel Zeit blieb ihr nicht mehr. Der Zylinder fraß sich in Windeseile an ihr herab, verschlang pulsierend ihren Kopf, saugte ihre Schultern in sich hinein, ihren Oberkörper, die Hüften, zuletzt ihre langen weißen Beine.

Dann fiel er hinab in den Schnee, nur noch ein rotgelber Hut, leicht zerknautscht und nicht besonders modisch.

Die Königin war fort.

Pallis verstummte. Rufus kroch durch den Schnee zu ihr hinüber, flüsterte ihren Namen und bettete ihren Kopf in seinem Schoß. Der Adler schoss vom Himmel herab, landete mit gespreizten Flügeln neben seinen Geschwistern und stieß Pallis mit dem Schnabel an.

Maus stand da wie betäubt. Etwas Kaltes, Feuchtes berührte ihre Wange. Erlens Nase.

„Ist es vorbei?", fragte sie.

Ein Ruck fuhr durch die Eisbrücke. Der Schneesturm um sie herum verebbte, die Sicht klärte sich, gerade so, als fielen sie aus einer Wolke.

Tatsächlich – der Boden kam näher. Sie verloren an Höhe.

Die Brücke stürzte ab.

Im ersten Moment schien es genau das zu sein: ein Sturz.

Dann aber durchfuhr Maus die Erkenntnis, dass sie – wäre dies wirklich ein freier, ungebremster Fall – alle längst von der Brücke geschleudert worden wären. Ganz sicher wäre das Fragment des Eisbogens nicht waagerecht in die Tiefe gesunken, und die Geschwindigkeit eines Absturzes hätte viel schneller sein müssen.

Hinter ihr raspelte sich das Ende der Brücke heran, und so griff Maus kurzerhand in Erlens Fell und brachte ihn dazu, mit ihr näher an die drei Magier heranzulaufen. Pallis bewegte sich und stöhnte, aber Maus hatte keine Zeit, länger hinzusehen. Stattdessen wurde ihr Blick wie hypnotisch von der Landschaft angezogen, die unter ihnen klarer und detailreicher wurde. Weites, unberührtes Weiß. Die verschneite Leere der Tundra.

Rufus begann plötzlich zu sprechen, unverständliche Worte, ein monotoner Singsang. Er hatte die Lider gesenkt und schirmte Pallis' Augen mit der Hand ab. Der

Adler stieß einen Schrei aus und flatterte aufgeregt. Pallis öffnete die Lippen und fragte etwas in ihrer Muttersprache.

Rufus nickte. Sagte etwas zu Tamsin. Schaute noch einmal zu Maus herüber, und diesmal sah er traurig aus, gar nicht mehr finster und Furcht einflößend.

Er sprach ein Wort, und im selben Augenblick lösten er und Pallis sich auf. Ein Zerren und Ziehen der Wirklichkeit, ein Farbenregen, dann etwas, das wie zwei Atemwolken aussah und vom Gegenwind nach oben fortgerissen wurde. Die beiden Geschwister verschwanden so unvermittelt, wie sie im Foyer des Hotels erschienen waren.

Maus, das Rentier und der Schneeadler blieben allein auf der sinkenden Brücke zurück.

„Wo sind sie hin?", fragte Maus, aber sie ahnte die Antwort: Rufus hatte die entkräftete Pallis in Sicherheit gebracht. Vielleicht nach Hause.

„Und wir?", flüsterte Maus.

Das Weiß der Landschaft schien sie schlucken zu wollen, denn plötzlich war es überall. Ein furchtbarer Ruck riss Maus von den Füßen, nicht der Aufprall, wie sie im ersten Augenblick dachte, sondern abermals die Krallen des Adlers, die sie im letzten Moment vom Boden hoben. Neben ihr, unter ihr, machte Erlen einen Satz zur Seite, sprang von der Brücke – und landete strauchelnd, aber sicher im Schnee.

Was von der Brücke übrig war, erreichte im selben Moment den Boden. Es war kein harter Aufschlag, immer noch abgebremst von den Resten jener Magie, die sie zuvor in den Lüften gehalten hatte. Und doch reichte die Erschütterung aus, um die Überbleibsel des Bogens zu klumpigem Schnee zu zerschmettern.

Tamsins Krallen öffneten sich und setzten Maus ab. Ihr war schwindelig, sie verlor das Gleichgewicht und fiel hin. Der Schnee fing sie auf, und nach einem Augenblick konnte sie sich hochrappeln, noch immer ganz fassungslos, dass sie nicht zerschellt oder verzaubert oder sonst wie zu Tode gekommen war.

Über ihnen wölbte sich ein tiefblauer, klarer Winterhimmel. Nirgends war mehr eine Wolke zu sehen. In alle Richtungen erstreckte sich eine weite, verschneite Ebene, aus der hier und da dürres Geäst hervorlugte.

Erlen trabte heran, noch ein wenig wacklig auf den Beinen, tippte seine Nase gegen ihre Schulter und deutete mit einer Kopfbewegung auf seinen Rücken. Sie wollte der Einladung folgen, doch dann fiel ihr Blick auf etwas Rotgelbes zwischen den eisigen Trümmern der Brücke.

„Warte", sagte sie mit schwankender Stimme, stapfte durch den Schnee und zerrte den verbeulten Zylinder unter dem Eis hervor. Sein Inneres war jetzt nicht mehr von Schwärze erfüllt. Dennoch wagte sie nicht, die Hand hineinzustecken.

Ihr Blick suchte Tamsin, die sich in ihrer Adlergestalt neben ihr im Schnee niederließ. „Es waren die Pforten, oder? Pallis hat sie heraufbeschworen."

Der Adler krächzte.

Maus erinnerte sich, was die Königin zu ihr gesagt hatte; darüber, dass sie einzig und allein aus Eis bestünde und schon von der ersten der Sieben Pforten vollständig aufgezehrt würde.

„Dann ist sie tot?"

Der Adler senkte das Haupt – eine ganz und gar menschliche Geste. Maus hoffte, dass sie Ja bedeutete.

Sie ließ den Zylinder fallen und wandte sich zu Erlen um. Als sie sich mit letzter Kraft auf den Rücken des Rentiers zog, hörte sie hinter sich das Flattern der Adlerschwingen. Tamsin stürzte sich mit gespreizten Flügeln auf den Zylinder und riss ihn mit ihren messerscharfen Krallen in Fetzen. Vielleicht, um die Pforten endgültig zu schließen und zu verhindern, dass etwas von dort zurückkehren konnte. Vielleicht auch nur, weil es richtig erschien, keine Spuren zu hinterlassen.

„Wohin?", fragte Maus, als Erlen erwartungsvoll unter ihr tänzelte. Der Zauber, der in ihren Pullover eingewoben war, schützte sie vor dem Erfrieren – aber kalt war ihr trotzdem.

Der Adler erhob sich in die Lüfte und jagte davon. Dem Stand der Sonne nach musste dort Norden liegen. Ein eisiges Reich ohne Herrscherin. Doch Tamsin flog nur eine Schleife und kehrte bald zurück.

Maus blickte ein letztes Mal auf den Hügel aus Schneetrümmern. Die Fetzen von Pallis' Zylinder leuchteten wie winzige Flammen. Ein Windstoß trieb sie auseinander.

Dahinter am Horizont war nichts als Leere. Sie waren weiter von Sankt Petersburg entfernt, als Maus es sich je hätte träumen lassen. Noch vor ein paar Tagen hatte sie nicht gewagt, das Hotel zu verlassen, aber nun verspürte sie nichts als Zuversicht beim Anblick dieser Weite.

„Irgendwohin, wo es wärmer ist, ja?", flüsterte sie dem Rentier ins Ohr.

Erlen hob das Haupt, als nähme er Witterung auf. Der Schneeadler kreischte am Himmel und flog voraus.

Das Rentier setzte sich in Bewegung, verfiel in Galopp. Maus grub die Hände in sein Fell, genoss das Leuchten der Landschaft, die Unendlichkeit, ihre neu gewonnene Freiheit.

Der Adler pflügte durch das kristallklare Blau, ritt auf den Winden und krächzte vergnügt.

In der Ferne stand lächelnd ein alter Mann. Er trug einen Mantel aus Bärenfell. Maus aber sah nur die ungeheuren Weiten Russlands, den maßlosen Horizont. Sie fragte sich, was dahinter lag.

Väterchen Frost neigte dankbar das Haupt.

Erlen trug Maus der Welt entgegen.

ENDE

„*Stephen King für Jugendliche!*" _{Daily Mail}

Anthony Horowitz
Todeskreis
978-3-7855-5809-6
288 S., gebunden, ab 13 Jahren

Panisch fährt Matt aus dem Schlaf hoch. Er hatte wieder denselben Traum, wie schon so oft: Drei Jungen und ein Mädchen rufen ihn verzweifelt um Hilfe. Oder wollen sie ihn warnen? Matt spürt, dass er keine Zeit mehr zu verlieren hat. Er muss fliehen – fort von seiner Pflegemutter und fort von der Farm, auf der sie ihn seit Tagen wie einen Gefangenen festhält. Denn Matt soll Teil einer dämonischen Verschwörung werden. Und jede Sekunde, die er länger auf der Farm bleibt, könnte seinen Tod bedeuten ...

Wolfgang Hohlbein

Der einzigartige Roman zum größten deutschen Heldenepos

Der größte deutsche Mythos: ein atemberaubendes Drama um Rache und Magie, um Liebe und Tod – ein Epos, das Tolkiens *Herr der Ringe* an erzählerischer Wucht und Phantasie in nichts nachsteht.

978-3-453-53026-3

HEYNE

Christoph Marzi

Das Tor zu einer phantastischen Welt

»Christoph Marzi ist ein magischer Autor, der uns die Welt um uns herum vergessen lässt! Er schreibt so fesselnd wie Cornelia Funke oder Jonathan Stroud«
Bild am Sonntag

»Wenn Sie Fantasy mögen, müssen Sie Christoph Marzis wunderbare Werke lesen. Eine echte Entdeckung!«
Stern

978-3-453-52327-2

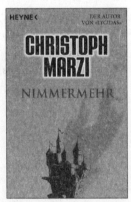

978-3-453-53275-5

HEYNE‹